U0083712

古典詩歌研究彙刊

第十一輯

龔鵬程 主編

第 1 冊

陶淵明飲酒詩之意象研究

黃 巧 妮 著

國家圖書館出版品預行編目資料

陶淵明飲酒詩之意象研究／黃巧妮 著 — 初版 — 新北市：花
木蘭文化出版社，2012〔民 101〕
目 4+210 面；17×24 公分
（古典詩歌研究彙刊 第十一輯；第 1 冊）
ISBN 978-986-254-719-9（精裝）
1.（晉）陶淵明 2. 中國詩 3. 飲酒 4. 詩評
820.91 101001253

ISBN-978-986-254-719-9

9 789862 547199

古典詩歌研究彙刊
第十一輯 第一冊 ISBN：978-986-254-719-9

陶淵明飲酒詩之意象研究

作 者 黃巧妮
主 編 龔鵬程
總 編 輯 杜潔祥
出 版 花木蘭文化出版社
發 行 所 花木蘭文化出版社
發 行 人 高小娟
聯絡地址 新北市永和區中正路五九五號七樓
電話：02-2923-1455／傳眞：02-2923-1452
網 址 http://www.huamulan.tw 信箱 sut81518@gmail.com
印 刷 普羅文化出版廣告事業
初 版 2012 年 3 月
定 價 第十一輯 30 冊（精裝）新台幣 42,000 元

陶淵明飲酒詩之意象研究

黃巧妮　著

作者簡介

黃巧妮，1977 年出生於台中市大肚區，國立台灣師範大學國文系、國立彰化師範大學國語文教學研究所碩士班畢業。現任職於台中市立龍津國中，擔任國文科教師兼輔導主任。喜歡閱讀詩歌、散文；喜愛接近大自然、體驗人生；熱愛文學，並且積極投入國文教學工作，相信本著熱情可以帶領每一顆年輕的心成長茁壯，曾指導學生參加演說、作文、字音字形比賽等皆獲佳績，曾參加台中縣國語文競賽獲中學教師作文組第三名，曾獲選為台中縣優良教師、台中縣優秀青年代表。

提　　要

　　本論文旨在探討飲酒詩之意象與意象群組合，並藉此剖析詩人飲酒時心中的主要情感與思考。論文共分六章，第一章緒論，說明研究動機、範圍，第二章探討陶淵明飲酒詩創作之背景，第三章探討飲酒詩之意象，究其飲酒詩中主要意象有酒意象、鳥意象、菊意象、松意象、風意象、雲意象、雨意象，其中鳥意象與菊花意象則為陶淵明飲酒詩中的特定意象；這些意象呈現出作者在面對亂世時，其心路歷程的三個階段：第一個階段充滿壯志。第二個階段主要呈現出當詩人心中仕隱的掙扎。第三個階段則傳達出詩人在體認到理想終究難以實現之際，轉而追求獨善其身的高潔人格與避世隱逸的生活，並透露出詩人心中不得已而避世的矛盾情懷。第四章探討飲酒詩之意象群，飲酒詩之意象群則有「雲－風」、「菊－松」、「鳥－松」、「菊－酒」、「山－川」、「日－月」等意象群組合。前述意象群組合共同呈現詩人心中的隱逸幽情、高潔的人格特質、嚮往田園生活的閒適自在，且抒發對時間生命苦短的憂慮，追求長生不老的渴望。第五章探討飲酒詩意象塑造特色，就字句篇章而言表現技巧是不露痕跡的。須細細品嘗方能見出真諦，就飲酒詩意象色彩而言，陶淵明飲酒詩中意象色彩是尚「清」、尚「淡」的，是清虛、清淡、清新的，而飲酒詩中意象之聲韻組合，則是悠淡的音樂式流動組合。詩中每一個意象像一個音符，都在流動中遞進、飛升。就飲酒詩意象及意象群所表現的內容特色而言：對田園生活的嚮往是主調。詩人經由意象及意象群的經營表達出嚮往隱居田園的心志，歌詠農村生活的美好，並繼承漢末以來組詩的傳統，以組詩形式，來抒發他隱含其內心悲觀的避世思想，並大加歌詠個人理想與懷抱。此外，鎔鑄了莊子達生思想境界，找到生命的出口，在煩悶、痛苦的折磨下，找到解憂之道，並進而樂其心志。第六章結論，總結研究成果。

謝　誌

　　執教鞭兩年後再度拾回書本，當起帶職進修的學生，每週須兼顧教學、行政工作與夜晚研究所課業，這對我而言是一大挑戰，也讓要求完美的我一度體力透支，尤其在撰寫論文這一年，我十分擔心自己無法勝任，而在今年暑假，論文即將付梓前夕，終於證明我能完成這項不可能的任務，心中的喜悅不言而喻。

　　回首三年來，每個往返彰師大國研所教學碩士專班的夜晚，真有如一齣永不落幕的舞台劇般令人回味無窮，首先要感謝每位老師們，不辭辛勞地傳授新知，老師們寬厚的包容與體諒，振奮了我夜晚疲累的精神，趕走了我白天教學上諸多不愉快與煩惱，其次要感謝同學們課堂上的切磋討論，時而噓寒問暖、時或歡言笑語、適時扶持鼓勵，使我堅定了繼續念下去的信心。每一次的課程總能讓我們入寶山而滿載歸返，每次披著夜色返家途中，總是滿心期待下一次的課程。

　　撰寫論文的這一年，特別要感謝指導教授周益忠老師，周老師經常在處理繁忙的行政工作之餘，特別撥空親自指導我在論文撰寫時須注意的事項，適時為我指出論文盲點與缺失，不厭其煩地叮嚀且耐心為我解答所有的困惑，此外還要感謝兩位口考委員－呂光華老師及李正治老師，兩位老師分別為魏晉南北朝文學及研究方法論的專家，在論文初審及口考時均非常詳細地為我指出論文缺失，提供我諸多改進

的建議，並且不斷給予我鼓勵，由於三位老師的經驗傳授，使得筆者逐漸對於寫作論文諸多需注意的事項，如版本的選用、引用及註解方式等有較完整的概念。

　　此外，感謝父母與家人的全力支持與無微不至的照顧，讓我在深夜挑燈筆耕之時毫無後顧之憂；感謝同事們的包容與熱情協助使我能兼顧工作與課業；感謝同窗好友的時相鼓勵與鞭策提醒，讓我能如期交稿；感謝許多前輩的傾囊相授，感謝諸多熱情提供書籍、期刊論文資料的朋友，使我能順利完成學位。在此深表感謝。

巧妮謹誌

2008/7/25 於彰師大

第一章　緒　論

第一節　研究動機與目的

綜觀歷代的史料得知，文人與酒向來有著密切的關係。酒在文人的生活中扮演著極重要的角色，舉凡娛樂、創作、解憂、消愁、相聚、抒懷皆離不開酒，魏晉時期，士人飲酒更蔚為風尚，〔註1〕「酒」已深入文人的心靈與作品，成為表意抒情的重要媒介，當時大量引酒入詩，結合酒和詩，幾乎是「篇篇有酒」者，當屬陶淵明。他在〈五柳先生傳〉中自稱「性嗜酒」，〔註2〕顏延之為陶淵明作誄文，序中稱其「性樂酒德」，〔註3〕至沈約《宋書·隱逸傳·陶潛傳》，引〈五柳先生傳〉以為淵明自況，並特就「飲酒」一事發揮，計有：「公田種秫」、「王弘共飲」、「延之留錢」、「重九無酒」、「我醉欲眠」、「葛巾漉酒」等六條。〔註4〕之後蕭統仿史傳體作〈陶淵明傳〉，以及初唐李延壽等

〔註1〕　關於魏晉士人飲酒現象，主要參考魯迅：〈魏晉風度及文章與藥及酒之關係〉，載於魯迅著《而已集》（台北：風雲時代，1989 年），頁140。

〔註2〕　龔斌《陶淵明集校箋》（上海：上海古籍出版社，1996 年 12 月），頁420。

〔註3〕　顏延之：〈陶徵士誄並序〉，收入蕭統撰，李善注本：《文選》（上海：上海古籍出版社，1992 年），卷 57。

〔註4〕　見《宋書·隱逸傳·陶潛傳》（北京：中華書局點校，1974 年），卷93，頁 2286。

所修的《南史》，多沿襲之。〔註5〕《晉書》雖有增刪，唯仍就淵明與鄉親好友共飲酣醉之事著墨，〔註6〕乃至無名氏《蓮社高賢傳》的「慧遠許飲」，〔註7〕皆突出了淵明好飲的形象。〔註8〕

　　昭明太子蕭統〈陶淵明集序〉中言：「有疑陶淵明詩，篇篇有酒」，〔註9〕方祖燊也說在陶淵明一百二十六首詩篇中，涉及飲酒者約佔五分之一，〔註10〕而王瑤更進一步肯定陶淵明是「把酒和詩連了起來」，「以酒大量地寫入詩」的第一人。〔註11〕王國瓔亦謂「於自己詩文中不諱言飲酒，並視飲酒為日常生活中之雅趣，人生境界之寄寓，實為淵明所肇始」。〔註12〕袁行霈則以為「酒是陶淵明生活與文學的標誌」，陶淵明在詩文中寫飲酒，且「形成一種文學的主題」。〔註13〕由此可見陶詩主題離不開飲酒。

〔註5〕蕭統：〈陶淵明傳〉，引自李公煥《箋註陶淵明集》卷十，（台北：國立中央圖書館善本叢刊　第七種，1991 年 2 月出版），頁 368～371。〈南史〉傳則見《南史・隱逸傳・陶潛傳》（北京：中華書局，1975），卷 75，頁 1856～1859。

〔註6〕〈晉書〉傳則見《晉書・隱逸傳・陶潛傳》（北京：中華書局，1974 年），卷 94，頁 2460～2463。

〔註7〕佚名，〔明〕程榮，何允中，〔清〕王謨輯刊；嚴一萍選輯《蓮社高賢傳》，（臺北：藝文印書館，1967 年），頁 2～8。

〔註8〕李辰冬：〈陶淵明在中國文學史上的地位〉中，談陶淵明對中國文人的影響，以為後代文人將陶淵明用為典故者約有十九類，其中酒、陶巾、醉欲眠、種秫四項皆與飲酒相關。見李辰冬著：《陶淵明評論》（臺北：東大圖書公司，1975 年 8 月再版），頁 135～160。

〔註9〕蕭統：〈陶淵明集序〉，李公煥《箋註陶淵明集》卷十，（台北：國立中央圖書館善本叢刊　第七種，1991 年 2 月出版），頁 1～5。

〔註10〕詳見方祖燊：《陶淵明》（臺北：河洛圖書出版社，1978 年 8 月），頁 145。

〔註11〕比如阮籍雖多飲酒事蹟，但其詠懷詩中並沒有關於飲酒趣味與境界的描寫，參見王瑤：〈文人與酒〉，收入《中古文學史論・中古文人生活》（台北：長安出版社，1982 年 8 月再版），頁 44～76。

〔註12〕見王國瓔：〈陶詩中隱居之樂〉，載於《古今隱逸詩人之宗——陶淵明論析》（台北：允晨文化，1999 年），頁 100。

〔註13〕見袁行霈著：《陶淵明研究・陶詩主題的創新》（北京：北京大學出版社，1997 年），頁 113。

　　陶學研究者對飲酒詩文，有據史傳所載「貧而嗜酒」之逸聞趣事，
認為他展現的是不拘俗禮，率性不群，任真自得，泰然自若的悠然情
調，也有認為陶淵明的飲酒並不是那麼絕對的悠然，如李長之便強調
陶淵明飲酒的寂寞況味，〔註14〕魯迅認為陶淵明「在後人的心目中實
在飄逸得太久了」，〔註15〕也指出其實陶淵明總不能超乎塵世，還是留
心朝政，也不能忘掉死，〔註16〕誠如魯迅先生所言，陶淵明飲酒詩的
本來面目或許已失去不少，因此，陶淵明的嗜酒與寫作心境，其飲酒
詩究竟反映何種情調，實有必要進一步分析探討，此為促使筆者欲探
其究的主因，再者，陶淵明一生最大的愛好是酒，他以率真的性情和
才氣將酒、詩、人生三者完美的結合，飲酒詩即其代表作。他在詩中
營造一個豐富多彩且獨立自足的酒世界，並將日常生活、內心各種情
感和思想，都反映在這個酒世界中。他的詩中有酒，更有「孤雲」、「時
雨」、「秋菊」、「歸鳥」、「游魚」、「青松」、「凱風」、「南山」、「流水」
等諸多豐富意象。飲酒詩可謂詩人生命體驗的精華，詩人心靈世界透
過詩歌意象展現出來。雖然〔清〕沈德潛《唐詩別裁・凡例》評陶淵
明詩云：「過江以後，淵明詩胸次浩然，天真絕俗，當於語言意象外求
之。」〔註17〕認為陶詩之絕俗當從語言意象外探求，然而在近代西方
意象理論蓬勃發展下，詩歌意象成為探討詩人創作本心的重要方法，
故欲探討陶淵明飲酒詩究竟展現何種情調，從深入洞悉詩歌意象表現
的手法，分析探求陶淵明內心世界，應可為此論題尋求解答並提供一
些研究例證。故筆者先從陶淵明一生中最重視的酒著手，歸納陶淵明

〔註14〕李長之：〈陶淵明的孤獨之感及其否定精神〉，（《文學雜誌》第二卷
　　　　第十一期，1948 年），頁 14～19。
〔註15〕見《魯迅全集》第六卷〈且介亭雜文二集〉，「題未定」草（六）（七），
　　　　（北京：人民文學出版社，1996 年），頁 425。
〔註16〕見魯迅：〈魏晉風度及文章與藥及酒之關係〉，載於《魯迅全集》
　　　　第三卷《而已集》（北京：人民文學出版社，1996 年），頁 501。
〔註17〕〔清〕沈德潛：《唐詩別裁（一）》（台北：臺灣商務出版社，1979 年
　　　　一版一刷），頁 2。

寫酒詩篇中的各種意象主題，旨在探求陶淵明飲酒詩之意象情蘊及意象塑造所表現的特色，以例證陶淵明在文學史上的關鍵性地位。

第二節　研究範圍與版本依據

一、研究範圍

　　本論文以陶淵明的飲酒詩爲主要研究範圍，找出幾個主要意象予以探討歸納主題，期望透過意象的分析探討，直探詩人的心靈世界。

　　本文欲以陶淵明飲酒詩爲研究範圍，在論述之前必須先釐清飲酒詩的範疇，在此飲酒詩係指與酒有關的詩，因此不限於〈飲酒詩〉二十首，除〈飲酒詩〉二十首外，凡陶詩中題名與飲酒有關，或詩中有明言「酒」字、「酒」名、「酒」器，或雖無言酒而其詩文誦來，醉意飽滿、醉態佯狂者；或作者因飲酒而起興的內在精神世界狀況；皆爲本文所指稱之飲酒詩。關於飲酒詩所佔陶詩的比例，方祖燊在《陶潛詩箋註校證論評》指出與酒有關的作品約佔全集五分之一：

> 在他的一百二十四首詩篇中，他用了跟飲酒有關係的文字有「酒、醪、酣、醉、醇、飲、斟、酌、餞、酤、壺、觴、杯、罍」等十幾字，但總算起來共出現了九十幾處，其中單「酒」一字，就出現了三十二個，標明與酒有關的作品，有連雨獨飲一首、飲酒詩二十首、述酒詩一首、止酒詩一首，約佔全集五分之一，由此可見他的作品與酒的關係。〔註18〕

而逯欽立在〈關於陶淵明〉一文中也曾就《陶集》現存詩文一百四十二篇作過一次統計並指出，凡說到飲酒的共五十六篇，約佔全部作品的百分之四十。〔註19〕與方祖燊所言有出入，其間差異乃在於方祖燊僅計算「標明與酒相關的作品」，而逯欽立係針對詩文中提及飲酒而

〔註18〕方祖燊：《陶潛詩箋註校證論評》（台北：臺灣書店，1988 年），頁135。

〔註19〕逯欽立：《陶淵明集》（北京：中華書局，1995 年 7 月第三版），頁238。

統計，故略有差異。

　　在前述研究成果的基礎下，筆者以下分就詩題名與飲酒相關者、詩句與酒相關者兩類分述之，並於文後歸納統計總篇數及所佔比例。

（一）題名與飲酒相關者

　　詩題名與飲酒相關者，有〈飲酒〉二十首、〈連雨獨飲〉一首、〈止酒〉一首、〈述酒〉一首，共二十三首。

（二）詩句與酒相關者

　　凡詩中言及酒字，或酒器物、如「酒、醪、醋、醉、醇、飲、斟、酌、餞、酤、壺、觴、杯、罍」等字者皆屬之，檢視《陶集》詩篇中有〈停雲〉、〈時運並序〉、〈榮木〉、〈酬丁柴桑〉、〈答龐參軍並序〉、〈形影神並序〉、〈影答形〉、〈神釋〉、〈九日閑居並序〉、〈歸園田居二、九〉、〈遊斜川〉、〈乞食〉、〈諸人共遊周家墓柏下〉、〈答龐參軍並序〉、〈移居二〉、〈和劉柴桑〉、〈和郭主簿　一、二〉、〈於王撫軍座送客〉、〈歲暮和張常侍〉、〈和胡西曹示顧賊曹〉、〈癸卯歲始春懷古田舍二首〉、〈還舊居〉、〈己酉歲九月九日〉、〈庚戌歲九月中於西田穫早稻〉、〈責子〉、〈蜡日〉、〈擬古一、七、八〉、〈雜詩一、二、四、八〉、〈詠貧士二、三〉、〈詠二疏〉、〈詠荊軻〉、〈讀山海經十三首〉、〈擬挽歌辭一、二〉等皆使用與酒相關文字，共計五十五首。

　　綜上所述，現存陶詩一百二十餘篇詩中，與酒有關的詩篇共計有七十八篇，佔全詩文集比例高達百分之五十，雖不至於篇篇有酒，也可見酒與陶淵明詩作關係之密切。列表說明如下：

序號	詩　題	與酒相關之詩句	說　明
1	停雲	罇湛新醪，園列初榮。 靜寄東軒，春醪獨撫。 有酒有酒，閒飲東窗。	與酒相關文字： 罇、醪、酒、飲
2	時運	揮茲一觴，陶然自樂。 我愛其靜，寤寐交揮。 清琴橫床，濁酒半壺。	與酒相關文字： 觴、酒、壺

3	榮木並序	志彼不舍，安此日富。	與酒相關文字：日富
4	酬丁柴桑	放歡一遇，既醉還休。	與酒相關文字：醉
5	答龐參軍並序（四言）	我有旨酒，與汝樂之。送爾于路，銜觴無欣。	與酒相關文字：酒、觴
6	形影神並序形贈影	願君取吾言，得酒莫苟辭。	與酒相關文字：酒
7	影答形	酒云能消憂，方此詎不劣。	與酒相關文字：酒
8	神釋	日醉或能忘，將非促齡具。	與酒相關文字：醉
9	九日閑居並序	秋菊盈園，而持醪靡由，空服九華，寄懷於言。酒能祛百慮，菊為制頹齡。塵爵恥虛罍，寒華徒自榮。	與酒相關文字：醪、酒、爵、罍
10	歸園田居（二）	白日掩荊扉，對酒絕塵想。	酒
11	歸園田居其五	漉我新熟酒，隻雞招近局。	酒
12	遊斜川並序	提壺接賓侶，引滿更獻酬，未知從今去，當復如此不？中觴縱遙情，忘彼千載憂。	壺、觴
13	乞食	談諧終日夕，觴至輒傾杯。	觴
14	諸人共遊周家墓柏下	清歌散新聲，綠酒開芳顏。	酒
15	答龐參軍並序	或有數斗酒，閑飲自歡然。	酒、飲
16	連雨獨飲	故老贈余酒，乃言飲得仙。試酌百情遠，重觴忽忘天。	酒、飲、酌、觴
17	移居二	過門更相呼，有酒斟酌之。	酒、斟、酌
18	和劉柴桑	谷風轉淒薄，春醪解飢劬。	醪
19	和郭主簿（一）	春秫作美酒，酒熟吾自斟。	酒、斟
20	和郭主簿（二）	銜觴念幽人，千載撫爾訣。	觴
21	於王撫軍座送客	爰以履霜節，登高餞將歸。	餞
22	歲暮和張常侍	屢闕清酤至，無以樂當年。	酤

23	和胡西曹示顧賊曹	感物願及時，每恨靡所揮。	靡所揮
24	癸卯歲始春懷古田舍（一）	在昔聞南畝，當年竟未踐，屢空既有人，春興豈自免？	屢空
25	癸卯歲始春懷古田舍（二）	日入相與歸，壺漿勞近鄰。長吟掩柴門，聊爲隴畝民。	壺
26	還舊居	撥置且莫念，一觴聊可揮。	觴
27	己酉歲九月九日	何以稱我情，濁酒且自陶。千載非所知，聊以永今朝。	酒
28	庚戌歲九月中於西田穫早稻	盥濯息簷下，斗酒散襟顏。	酒
29	飲酒二十首之一	（序）余閑居寡歡，兼比夜已長，偶有名酒，無夕不飲，顧影獨盡。忽焉復醉。既醉之後，輒題數句自娛，紙墨遂多，辭無銓次，聊命故人書之，以爲歡笑爾。（一）忽與一觴酒，日夕歡相持。	酒、飲、醉、觴
30	飲酒之二		題名有飲酒
31	飲酒之三	有酒不肯飲，但顧世間名。	酒、飲
32	飲酒之四		題名有飲酒
33	飲酒之五	結廬在人境，而無車馬喧。問君何能爾？心遠地自偏。採菊東籬下，悠然見南山。山氣日夕佳，飛鳥相與還。此還有眞意，欲辨已忘言。	題名有飲酒
34	飲酒之六	咄咄俗中愚，且當從黃綺。	詩題有飲酒
35	飲酒之七	一觴雖獨進，杯盡壺自傾。	觴、壺
36	飲酒之八	連林人不覺，獨樹眾乃奇，提壺撫寒柯，遠望時復爲。吾生夢幻間，何事紲塵羈。	提壺
37	飲酒之九	田父有好懷，壺漿遠見候。且共歡此飲，吾駕不可回。	壺、飲

38	飲酒之十		題名有飲酒
39	飲酒之十一	屢空不獲年，長飢至於老。	詩題有飲酒
40	飲酒之十二		詩題有飲酒
41	飲酒之十三	醒醉還相笑，發言各不領。 寄言酣中客，日沒燭當炳。	醉、酣
42	飲酒之十四	故人賞我趣，挈壺相與至。 班荊坐松下，數斟已復醉。 父老雜亂言，觴酌失行次。 悠悠迷所留，酒中有深味。	壺、斟、醉、觴、 酌、酒
43	飲酒之十五		詩題有飲酒
44	飲酒之十六		詩題有飲酒
45	飲酒之十七		詩題有飲酒
46	飲酒之十八	子雲性嗜酒，家貧無由得。 時賴好事人，載醪祛所惑。 觴來為之盡，是諮無不塞。	酒、醪、觴
47	飲酒之十九	世路廓悠悠，楊朱所以止。 雖無揮金事，濁酒聊可恃。	酒
48	飲酒之二十	若復不快飲，空負頭上巾。 但恨多謬誤，君當恕醉人。	飲、醉
49	止酒	平生不止酒，止酒情無喜。	酒
50	述酒		詩題有酒
51	責子	通子垂九齡，但覓梨與栗。 天運苟如此，且進杯中物。	悲中物
52	蜡日	我唱爾言得，酒中適何多！ 未能明多少，章山有奇歌。	酒
53	擬古一	未言心相醉，不在接杯酒。	醉、酒
54	擬古七	佳人美清夜，達曙酣且歌。	酣、歌
55	擬古八	飢食首陽薇，渴飲易水流。	飲
56	雜詩一	得歡當作樂，斗酒聚比鄰。 盛年不重來，一日難再晨， 及時當勉勵，歲月不待人。	斗酒

57	雜詩二	欲言無予和，揮杯勸孤影。 日月擲人去，有志不獲騁。 念此懷悲悽，終曉不能靜。	揮杯
58	雜詩四	觴絃肆朝日，罇中酒不燥。	觴、罇、酒
59	雜詩八	人皆盡獲宜，拙生失其方。 理也可奈何，且爲陶一觴。	觴
60	詠貧士二	傾壺絕餘瀝，闚竈不見煙。	壺
61	詠二疏	餞送傾皇朝，華軒盈道路。 促席延故老，揮觴道平素。	餞、觴
62	讀山海經一	歡然酌春酒，摘我園中蔬。	酌春酒
63	讀山海經二	高酣發新謠，寧效俗中言。	酣
64	讀山海經三		
65	讀山海經四		
66	讀山海經五	在世無所須，唯酒與長年。	酒
67	讀山海經六		
68	讀山海經七		
69	讀山海經八	赤泉給我飲，員丘足我糧 [註20]	飲
70	讀山海經九		
71	讀山海經十		
72	讀山海經十一		
73	讀山海經十二		
74	讀山海經十三		
75	擬挽歌辭一	但恨在世時，飲酒不得足。	飲酒
76	擬挽歌辭二	在昔無酒飲，今但湛空觴。 春醪生浮蟻，何時更能嘗？	酒、飲、觴、醪
77	詠荊軻	飲餞易水上，四座列群英。	飲
78	詠貧士三	弊襟不掩肘，藜羹常乏斟。	斟

〔註20〕 《山海經・海外南經》交脛國：「不死民在其東，其爲人黑色，壽，不死。」郭璞注：「有員丘山，上有不死樹，食之乃壽。亦有赤泉，飲之不老。」

在上述飲酒詩範圍內，以意象爲探討主軸，舉凡飲酒詩中提及的大自然景物，如日、月、風、雨、霜、露、山、川水澤以及活躍其中的動物（鳥）、植物（菊、松）、器物皆爲本文討論範圍。

二、版本依據

在南朝，陶淵明的詩文尚未受重視，直到唐代，陶詩才贏得人們普遍愛好和研究。宋元之際，關於陶淵明的探討日趨廣泛，《陶集》得以傳抄、補輯、校訂、注釋，刊布甚多。陶淵明生前，陶詩已有抄本傳世，在他去世後一百年，由梁蕭統編爲八卷本《陶淵明集》，後來北齊陽休之又在蕭本基礎上，增補爲十卷本《陶潛集》。至北宋又經宋庠重新刊定爲十卷本《陶潛集》，但上述各本均已散佚，現存皆爲南宋以後刊本。南宋蔡寬夫詩話：「《淵明集》世既多本，校之不勝其異，有一字而數十字不同者，不可概舉。」由於版本文字的不同，歷代注釋家及學者眾說紛紜，莫衷一是。現存較具校勘價值的主要有下列版本：（一）曾集詩文二冊本，南宋紹熙三年刊，有清光緒影刻本；（二）汲古閣藏十卷本，南宋刊，有清咸豐、光緒兩種影刻本；（三）焦竑藏八卷本，南宋刊，有焦氏明翻本，此外，尚有宋末湯漢注本及元初李公煥《箋註陶淵明集》十卷本，又有宋刊《東坡先生和陶淵明詩》本（民國十一年上海黃藝錫等刊本），〔註21〕以及陶澍《陶靖節集注》、吳瞻泰《陶詩匯注》、古直《陶靖節詩箋》、丁福保《陶淵明詩箋注》、逯欽立校注本、王瑤編注本等。

其中，清陶澍注的《靖節先生集》，及今人逯欽立注的《陶淵明集》是較好的注本，本篇論文所引用陶詩之版本係以逯欽立校注本《陶淵明集》〔註22〕爲依據，並參照楊勇《陶淵明校箋》，其中若有與其他版本具有異文之處，皆以逯欽立校注本《陶淵明集》中所刊之詩文

〔註21〕 見逯欽立校注：《陶淵明集》（北京：中華書局，1995 年 7 月第三版），
頁 1～2。
〔註22〕 逯欽立校注：《陶淵明集》（北京：中華書局，1995 年 7 月第三版）。

為準繩。研究之輔佐材料除了有關陶淵明作品輯錄及注釋的書籍版本外，另參考坊間許多有關陶學研究的著作。

第三節　研究文獻回顧與探討

關於陶淵明飲酒詩意象之相關研究歷來文獻相當多，撰寫前透過蒐集坊間與陶淵明相關的研究文獻：如陶淵明集、陶淵明詩箋注、研究專書、學位論文、單篇論文、研討會論文集、期刊、雜誌等方面，加以分析尋找主題，從回顧探討現有研究成果中，掌握現有研究狀況、研究趨勢及其不足之處，以提供本篇論文研究論題思考的方向。以下分成「專書」、「學位論文」、「期刊論文」三大部分來回顧探討相關研究成果。

一、專　書

專書著述在關於陶淵明生平、治學、思想、詩作等方面的探討，內容十分廣泛，成果最為豐碩，這些論著對本篇論文在作者創作背景方面提供了完整而豐富的資料，而直接論及飲酒詩議題的專書僅有葉嘉瑩之著作。以下分就較具代表性的專書條述之：

1. 李文初注《陶淵明論略》〔註23〕

全書包括考證訂正，論述陶淵明思想，評價陶淵明田園詩，探討陶詩表現技巧，以及陶作影響等十一篇文章，內容豐富，彼此間有一定的內在連繫。作者在書中對歷來一些有爭議的問題，如陶淵明退隱的原因、作品的思想內容及其藝術特色、陶詩在我國文學史上的地位等問題作系統的分析與論述，其中不乏新穎、獨到的見解，是一部具參考價值的古典文學研究著作。

2. 宋王質等撰，許逸民校輯之《陶淵明年譜》〔註24〕

本書收九種年譜，分別是：南宋王質《栗里譜》用雲韜堂紹陶

〔註23〕李文初注：《陶淵明論略》（廣東：廣東人民出版社，1986年）
〔註24〕宋王質等撰：《陶淵明年譜》（北京：中華書局，1986年）

錄，清陸心源《十萬卷樓叢書》本；宋吳仁傑撰《陶靖節先生年譜》
用《靈峰草堂叢書》本；吳譜辨證用李公煥《箋注陶淵明集》本；
《柳村陶譜》用清雍正七年顧易序刻本；清丁宴撰《晉陶靖節年譜》
用清道光二十三年《頤志齋四譜》本；清吳澍《靖節先生年譜考異》
用文學古籍刊行社一九五五年靖節先生集本；清楊希閔《晉陶徵士
年譜》用清光緒四年《豫章先賢九家年譜》本；梁啓超《陶淵明年
譜》用商務印書館一九二三年陶淵明本；古直《陶靖節年譜》用中
華書局一九三五年《層冰草堂五種》本。書中反映數百年來陶譜研
究的軌跡，年譜之外，還彙集有陶淵明的傳記資料。這些資料皆爲
本文研究依據。

3. 李錦全所著《陶潛評傳》〔註25〕

李錦全對晉宋之際的社會經濟，政治變化，學術思潮的影響等，
與陶淵明的家世與生平做結合，對於形成他思想的外在條件做了概
述，進而探討他的自然觀與人生哲學，並通過研究其詩文之思想與藝
術風格，刻劃出他任眞自得，直道而行的爲人風範，最後對陶淵明的
思想做出總結性的評價。

4. 鄧安生著《陶淵明新探》〔註26〕

鄧安生針對古今學者研究所涉及的里居、年歲、生平事蹟、生平
繫年等問題作考據與辯證，並對飲酒詩及陶淵明歸隱提出新論，兼及
比較陶淵明、阮籍詩歌的異同，書末並針對讀陶所見諸家不同的說法
作歸納整理並提出新見。有的發千古之覆，有的與當代學者持論異趣。

5. 陳怡良著《陶淵明之人品與詩品》〔註27〕

書中內容包括陶淵明的創作時代背景，魏晉文士風尚舉要，家世
與家庭，並陳述其一生歷程、性格嗜好、耕讀交遊、經濟生活、政治

〔註25〕李錦全：《陶淵明評傳》（南京：南京大學出版社，1998 年）
〔註26〕鄧安生：《陶淵明新探》（台北：文津出版社，1995 年）
〔註27〕陳怡良：《陶淵明之人品與詩品》（台北：文津出版社，1993 年）

立場及理想等，兼釋無弦琴之疑，另外諸如對文學淵源、造詣、創作意識、作品獨特風格、藝術特色，與哲學素養，人品及陶淵明之文學地位和影響皆有詳細深入的論述。

6. 鍾優民著《陶學史話》〔註 28〕

內容主在論述陶學發展流變，全面總結自古至今一系列陶淵明研究家，鑒賞家自身情感色彩和主觀信念的價值判斷及審美判斷，並剖析歷代陶學家所作出的獨特貢獻，品評功過得失，將歷史上各種對陶淵明其人其文的分析批評解釋等材料分門別類歸納整理，指出各種評價結論的性質特點及其內在聯繫，有助於瞭解陶學的來龍去脈。〔註 29〕

7. 陳美利著《陶淵明探索》〔註 30〕

陳美利所著《陶淵明探索》乃就陶淵明的自然思想，隱逸思想，文學創作，哲學理念等逐一論述與探討。第一章提出陶淵明的自然思想來自天性、家庭影響、時代影響，而自成一格，迥異於佛道及魏晉時期的自然意蘊，第二章探討陶淵明的隱逸思想，並歸納出歸隱型態，及對其歸隱的相關評議。第三章探究陶淵明文學創作，指出自然風格特色來自於人格及本性自然流露，尤以寫景詩、田園詩為特色。第四章陶淵明的哲學理念論及生死觀，提出陶淵明對生死不能完全放開，此外並對其政治理想與人倫實踐有深入的探討。

8. 阮廷瑜著《陶淵明詩論暨有關資料分輯》〔註 31〕

關於陶詩研究的專書首推阮廷瑜著《陶淵明詩論暨有關資料分輯》，內容上編為詩論，包括：陶淵明詩文源出應璩辯證、詩法剖析、詩證生活與思想、陶詩之影響如後人用陶詩中事、後人用陶詩辭句作詩、後人用陶詩中辭取名等，下編收錄有關資料如擬陶、效陶及律陶、

〔註 28〕鍾優民：《陶學史話》（台北市：允晨文化出版，1991 年）
〔註 29〕見鍾優民著：《陶學史話》（臺北：允晨文化出版，1991 年 5 月），頁 8。
〔註 30〕陳美利：《陶淵明探索》（台北：文津出版社，1996 年 6 月）
〔註 31〕阮廷瑜著：《陶淵明詩論暨有關資料分輯》（台北：國立編譯館出版，
　　　　1988 年）

集陶，和陶詩及和陶詩逸等，所蒐集的相關資料相當完備。

9. 葉嘉瑩著《陶淵明飲酒詩講錄》〔註 32〕

葉嘉瑩此書，是講錄集成之作品，共分二十三講，由〈飲酒〉的第一首逐一解剖賞讀，其解說的角度多從詩人的生活及思想著手，針對陶淵明〈飲酒詩二十首〉做深入的分析與解說，前四講介紹時代與個人，之後進入「飲酒詩」的主題，認為「在中國詩史上，只有陶淵明是真正達到了『自我實現』境界的一個詩人。」也肯定陶淵明的詩是詩人心靈意念的自然流露。

10. 葉嘉瑩《葉嘉瑩說陶淵明飲酒及擬古詩》〔註 33〕

書中共收錄有關陶淵明詩的兩種講錄，其一是飲酒詩講錄，其二是擬古詩講錄，並論及陶淵明的時代及其思想、生平經歷，對陶淵明的出仕與任真、歸隱與抉擇、矛盾與悲慨等處世哲學，提出個人與眾不同的新見解，另外書後討論陶淵明的《閒情賦》一文，也有獨到見解。

由上述專著中可見，陶淵明研究主要偏重詩人生平、詩文、思想方面，其次為飲酒詩，而關於飲酒詩之意象研究尚無專書問世，職是之故，筆者欲藉前人研究成果，採用意象學理論探討，期能見出新意裨補不足。

二、學位論文

學位論文研究陶淵明相關論題者，歷來有吳泰炎《陶淵明詩歌中之審美意識研究》〔註 34〕、劉金菊《陶淵明詩修辭探究》〔註 35〕、張惠蓮《陶淵明的生命智慧》〔註 36〕、鄭宜玟《陶淵明的生命哲學》〔註

〔註 32〕葉嘉瑩：《陶淵明飲酒詩講錄》（台北：桂冠出版社，2000 年）
〔註 33〕葉嘉瑩：《葉嘉瑩說陶淵明飲酒及擬古詩》（北京：中華書局，2007 年）
〔註 34〕吳泰炎：《陶淵明詩歌中之審美意識研究》（中國文化大學中國文學研究所碩士在職專班，2006 年）
〔註 35〕劉金菊：《陶淵明詩修辭探究》（玄奘人文社會學院中國文學所碩士論文，2003 年）
〔註 36〕張惠蓮：《陶淵明的生命智慧》（佛光人文社會學院生命學研究所碩

37〕、戴士媛《魏晉文學之生死觀研究——以阮籍‧陸機‧陶淵明爲例》〔註38〕、崔年均《陶淵明詩承襲探析》〔註39〕、陳燕玲《陶淵明與魏晉風流之研究》〔註40〕、楊玉成《陶淵明文學研究》〔註41〕、鄭安森《陶淵明思想研究》〔註42〕、陳麗足《陶詩中的生命層境與藝術風格》〔註43〕、李清筠《時空情境中的自我影像——以阮籍、陸機、陶淵明詩爲例》〔註44〕、金龍《陶淵明詩文的生命體驗》〔註45〕、許曉晴《論陶淵明詩歌中的理性精神》〔註46〕等，研究重心仍偏重於陶淵明其人及其詩文作品、文學、思想等範疇，其中李清筠所著《時空情境中的自我影像——以阮籍、陸機、陶淵明詩爲例》論及陶詩意象之心志表現，從書中第四章：從意象經營看心志呈現一文，對於陶詩自然意象及人文意象已有歸納整理並與阮籍、陸機詩兩相對照比較，本文論及自然意象、人文意象時，多採用李清筠之說。但該篇論文針對飲酒詩篇之意象及意象群卻未見完整考察與詳論。

士論文，2005 年）
〔註37〕鄭宜玟：《陶淵明的生命哲學》（東海大學哲學系碩士論文，2004
　　　　年）
〔註38〕戴士媛：《魏晉文學之生死觀研究——以阮籍‧陸機‧陶淵明爲例》
　　　　（南華大學文學研究所碩士論文，2002 年）
〔註39〕崔年均：《陶淵明詩承襲探析》（國立台灣大學中國文學研究所碩士
　　　　論文，1986 年）
〔註40〕陳燕玲：《陶淵明與魏晉風流之研究》（國立成功大學中國文學系碩
　　　　士論文，2004 年）
〔註41〕楊玉成：《陶淵明文學研究》（國立政治大學中國文學研究所博士論
　　　　文，1992 年）
〔註42〕鄭安森：《陶淵明思想研究》（國立臺灣師範大學國文研究所碩士論
　　　　文，1986 年）
〔註43〕陳麗足：《陶詩中的生命層境與藝術風格》（國立台灣師範大學國文
　　　　研究所教學碩士班碩士論文，2005 年 6 月）
〔註44〕李清筠：《時空情境中的自我影像——以阮籍、陸機、陶淵明詩爲例》
　　　　（國立臺灣師範大學國文研究所博士論文，1998 年）
〔註45〕金龍：《陶淵明詩文的生命體驗》（江西師範大學中文研究所碩士論
　　　　文，2004 年 5 月）
〔註46〕許曉晴：《論陶淵明詩歌中的理性精神》（廣西師範大學中文研究所
　　　　碩士論文，2000 年 4 月）

　　另外，關於陶淵明飲酒詩之研究論文，則有金南喜《魏晉飲酒詩探析》，〔註 49〕該篇論文對魏晉時期自曹操至陶淵明等飲酒詩題類加以分析整理，此篇長於全面性探析魏晉時期飲酒詩作品，從飲酒詩歸納出詩人飲酒的原因主要有四，一爲對另一世界的追求，二爲社交，三爲享樂享受，四爲解憂，作者在分析魏晉飲酒詩過程中，特別強調陶淵明的作品，主要是認爲陶淵明的酒是生活化的、落實的、普遍的，最能表現「飲酒詩」的各種面相，〔註 48〕可惜對陶淵明飲酒詩僅論及詩人飲酒原因，至於飲酒詩之內涵尚缺乏全方位深入剖析，可藉由意象學探討來補足。論及陶淵明飲酒詩的學位論文尚有游顯惠《陶淵明飲酒詩及其生命意涵之研究》，此篇則專以陶淵明〈飲酒詩二十首〉爲對象，探討其生命意涵並企圖結合生命教育議題於教學中，堪爲新見，爲現今國文教學實務提供助益。

　　論及陶淵明詩歌意象研究相關之學位論文有：鄭淳云《人與自然的對話──陶詩自然意象研究》作者從陶詩自然意象所呈現的情思意蘊、生命風情，歸納並重現陶淵明的人格風貌，其著力於自然意象研究，於精神意象及意象之間組合則未見論述。

三、期刊論文

　　關於飲酒詩研究有：蕭家成〈酒文化與文明飲酒〉〔註 49〕論述詩人與酒的關聯，傅武光〈陶淵明的飲酒詩〉〔註 50〕、周敏華〈陶淵明「飲酒詩」淺析〉，〔註 51〕這兩篇均直探飲酒詩內容，而余天授〈陶

〔註49〕金南喜《魏晉飲酒詩探析》（國立台灣大學中國文學研究所碩士論文，1984 年）
〔註48〕金南喜《魏晉飲酒詩探析》（國立台灣大學中國文學研究所碩士論文，1984 年）
〔註49〕蕭家成〈酒文化與文明飲酒〉《中國飲食文化基金會訊》第五卷第一期（1999 年 2 月）
〔註50〕傅武光〈陶淵明的「飲酒」詩〉《國文天地》第 166 期（1999 年 3 月）
〔註51〕周敏華〈陶淵明「飲酒詩」淺析〉《中國語文》第 540 期（2002 年 6 月）

淵明與酒〉、黃眞美〈陶淵明與「酒」〉、周靜佳〈酣觴賦詩──論陶詩的飲酒主題〉，則對陶淵明飲酒之動機加以探討，鄭曉江〈論陶淵明之生死哲學〉及劉瑞琳〈陶淵明飲酒詩的生命態度與生活旨趣〉論及陶淵明飲酒詩中所展現的生命情境，羅秀美〈陶淵明「飲酒詩二十首」中的仕隱觀念〉就飲酒詩二十首探討詩人所面臨的生命困境，並提出淵明歸隱是有遺憾的。

　　其他如胡鎭昇〈陶淵明的體驗與創作──飲酒篇〉、蔡瓊瑤〈中國詩學專題報告──從袁枚性靈說淺析陶淵明飲酒之五〉、李麗英〈陶淵明飲酒詩之五篇旨探析〉皆爲論陶飲酒之作提出探討，鍾京鐸〈陶淵明詩注釋〉，尤信雄〈陶潛之歷史定位及齊梁諸家對其詩作評論之探究〉〔註52〕考述齊梁論陶詩意見及其歷史地位。蔡瑜〈從飲酒到自然──以陶詩爲核心的探討〉〔註53〕係以「飲酒」爲線索，探討陶淵明如何由飲酒而「復返自然」，體現新自然說，以及此途徑爲何可開展出詩境。

　　諸家硏究層面雖各有不同，概皆有助於學界進入陶淵明飲酒詩之意象世界。對於陶詩之意象探討則以中國期刊論文最多，其中以論及陶詩中酒、菊、鳥、松、山、風等個別意象爲最多，但未有能將各種意象加以統合並作全面深入的探討飲酒詩篇之意象群或意象組合的篇章。

　　綜觀近年來，以陶淵明其人其詩或與其他詩人作比較研究的論著篇章，或學位論文者，汗牛充棟，在這些文獻中，儘管是舊題新作或者見縫插針提出新意，碩果輝煌，或以陶詩一百二十餘首爲研究對象探討意象或探討其詩歌修辭技巧，或以飲酒詩爲研究對象，研究層面主要論及飲酒詩呈顯之生命意涵，然而幾乎沒有任何一本書是專以陶

〔註52〕見尤信雄：〈陶潛之歷史定位及齊梁諸家對其詩作評論之探究〉，《中國文化大學中文學報》，第 10 期，頁 55～64。

〔註53〕見蔡瑜：〈從飲酒到自然──以陶詩爲核心的探討〉，《台大中文學報》，第 22 期，頁 223～268。

淵明飲酒詩之意象與意象群爲主題加以暢論者，關於陶淵明飲酒詩之意象與意象群論題，尚無人論及，筆者以爲此論題深具研究價值，故參考大量有關陶學研究的專書之後，再參考意象相關研究之論文，如陳佳君《辭章意象形成論》、羅覺《論中國哲學言──象──意觀對意境理論的影響》等文獻所採用的研究方法來切入探討。以期能爲其飲酒詩之意象及意象群作一全面梳理與論述，且從飲酒詩篇的意象經營，與意象群組合來進一步闡發陶淵明飲酒詩創作心跡。

第四節　研究方法與章節架構

一、研究方法

（一）文本分析歸納法

透過目前所收集的陶淵明作品集或相關研究論文來作文本分析，並歸納出其中使用最多的飲酒詩意象及意象群。其中主要參考逯欽立校注的《陶淵明集》所收錄的詩篇，逯本爲目前校注本中最齊全的，藉由對此文本分析歸納研究，直接比對陶淵明創作心路歷程，直探陶淵明的創作本心。

本文並採列表統計法歸納整理陶詩飲酒之作，並且歸納意象意蘊，透過列表統計數據的呈現，來得出陶淵明飲酒詩及意象所佔詩文作品的比例，由此數據例證飲酒詩之意象在陶淵明詩中的重要性。

（二）主題研究法

主題研究法係指主題學研究，根據陳鵬翔在《主題學研究論文集》書中對主題學研究所下的定義：「主題學研究是比較文學的一部門，它集中在對於個別主題、母題，尤其是神話人物主題做追溯探源的工作，並對不同時代作家如何利用同一主題或母題來抒發積懷以及反映時代，做深入的探討。」〔註54〕此外，他更進一步將主題學的範疇擴

〔註54〕參見陳鵬翔主編《主題學研究論文集》（台北：東大圖書，2004 年 8

展到抒情詩歌的探討與分析，此時，詩歌中的基本單位——意象，便佔重要的地位；而關於意象主題的探討，則成為分析詩歌作品的基礎課題，又根據陳鵬翔的說法：「主題學探索的是相同主題（包括意象、套語、母題等），在不同時代以及不同作家手中的處理，據以了解時代的特徵和作家的『用意』。」〔註55〕上列說法中，意象和套語都可說是大大小小的母題，雖然有許多意象未必形成母題，不過套語則可大多算是母題。在詩中意象和套語的應用都有積極的功能在，他們常常還承擔起象徵的角色來，是組成一篇作品的重要因素，意象除了提供視聽覺等效果外，最重要的是它們所潛藏包括的意義功能。文中的「套語」近似於具有同一主題的意象群組合。

　　因此，本文將從意象出發，先分析探討陶淵明飲酒詩中較常運用的意象及意象群，及其所表達的各種內涵，接著歸納出這些內涵所呈現的主題情思，以求更深入探究其飲酒詩中所要傳達的情懷。

二、章節架構

　　先藉由全面閱讀有關陶淵明的著作、箋證、作品評論、賞析、傳記等來了解陶淵明，再依各家的線索廣泛了解陶淵明的思想內涵，最後再依前賢的研究成果，試圖對尚未研究的論題作探討，以求在學術研究上能有所貢獻。

　　按程序本論文分六章。主要章節架構如下：

首章　緒論

　　揭示論題的研究動機、研究範圍、版本依據、研究方法與章節結構、並對前人文獻作回顧整理、探討及研究期望，做一明確的敘述。

第二章　陶淵明飲酒詩之創作背景

　　就一位藝術創作者而言，創作背景是主要影響其創作風格內涵的

月二版），頁 26～32。

〔註55〕見陳鵬翔主編《主題學研究論文集》（台北：東大圖書，2004 年 8 月二版），頁 26～32。

因素，是故第二章先介紹陶淵明所處時代背景、家世生平及其一生遭遇、續以酒之濫觴、飲酒文化乃至「酒」對詩人在文學中的諸多功用爲基礎，並對陶淵明飲酒動機、態度加以探討，期對飲酒詩的創作形成背景作一概說。

第三章　陶淵明飲酒詩之意象探討

首先探討意象淵源並綜合各家對意象定義，以作爲飲酒詩之意象探討根據，其次，就其陶詩中找出與飲酒相關的詩篇，再從飲酒詩中找出數個主要鮮明意象，如酒、鳥、菊、松、雲、風、雨等意象。再從詩歌最基本的意象元素歸納出酒、動物、植物、天象等意象類別，來探討詩人在飲酒詩中所要傳達的情感及意涵。

第四章　陶淵明飲酒詩之意象群主題探討

飲酒詩中使用的意象豐富，並且經常是多種意象一起出現，形成意象群，此即所謂意象思維系統，是故此章先對意象群作定義，再分就表現隱逸生活的意象群「酒－鳥－山」、表現孤高人格的「菊－酒－松」意象群、「鳥－松、鳥－雲、鳥－風」等意象群、表現田園生活的意象群如「酒－雲－風－木」、表現閒適自由的意象群「風－雨、雲－雨、霜－露」，表現對時間生命憂慮的意象群「酒、山－川、日－月」，表現追求長生觀念的意象群「酒－神話」等六節來加以探討其飲酒詩意象組合所展現的詩人生命情調。

第五章　陶淵明飲酒詩之意象塑造特色探討

第五章探討飲酒詩意象塑造所表現的特色，尤以形式表現與內容特色爲主。形式上從意象塑造的修辭技巧、辭章結構表現加以探討字句篇章及設色發聲技巧、生活意象等探討，內容上特重於人生思想觀念與自然本性與情感展現等方面探討。

第六章　結論

最後，透過前五章的探討，歸納總結出本論文的研究成果。

第二章　陶淵明飲酒詩創作背景

第一節　陶淵明所處之時代背景

　　文學作品是作家才情、學力、思想的結晶，也是時代社會的反映，作家所處的時代環境，如政治之明晦，經濟之盛衰，社會之良窳，學術之消長，風俗之厚薄，潮流之趨向等，無不與作者的思想內容、風格特色，息息相關。因此，要深入瞭解陶淵明的飲酒詩創作之前，首先要對陶淵明所處之外緣環境，也就是魏晉的時代背景，有所瞭解。以下分就政治、思想、文學、文化四方面述其時代背景對詩人飲酒詩創作之影響：

一、政治上

　　魏晉時代，是中國歷史上政治紊亂民生凋敝的大動盪時代，陶淵明就是在這社會最急遽變化的時代背景下所孕育的詩人，陶淵明生活在東晉中後期到劉宋文帝元嘉初年之間。〔註1〕東晉是一個由逃難的貴族王導、司馬氏所組成的政治集團，偏安江南的王朝無能寡弱又不

〔註1〕　關於陶淵明年壽各家說法皆不同，在此根據陳怡良考證以生年爲晉簡文帝咸安二年壬申（公元三七二年），卒年爲劉宋元嘉四年丁卯（公元四二七年），年五十六歲較爲近是。參見陳怡良：《陶淵明之人品與詩品》（台北：文津出版社，1993年三月初版），頁98。

圖進取，更不重視北伐中原，中原收復無期自是意料中事，在《晉書‧王羲之傳》云：「謝安嘗謂羲之曰：中年以來，傷於哀樂，與親友別，輒作數日惡。」〔註2〕《晉書‧桓溫傳》亦云：「溫自江陵北伐，行經金城，見少為琅琊時所種柳皆已十圍，慨然曰：『木猶如此，人何以堪』，攀枝執條，泫然流涕。」〔註3〕在昏亂時代中，士大夫文人無不多愁善感，悲嘆人世多艱，命途多舛，於是各尋避難場所，或寄情事物以求解脫。

　　東晉末年帝室在經過叛臣桓玄、海賊孫恩之亂後，元氣大傷，嗣君庸弱；而平定此二亂事之功臣劉裕，則勢力增壯，羽翼漸豐；明眼人都會察覺鼎革之兆已萌、新舊消長之勢已生。此時，政治上呈現新舊勢力交替的現象。陶淵明也是一位政治嗅覺絕佳及政治敏感度一流的人，他明瞭此時只要向劉裕靠攏、示好，日後即可生活富貴、仕途得意，機運大好，然而一直令他深深自豪的曾祖父陶侃，曾是平定蘇峻之亂而中興東晉帝業的最大功臣，官至長沙公；陶淵明本人雖未世襲到此一爵位，但整個陶氏家族都視此為莫大殊榮；所以淵明面對劉裕在政壇上的崛起「王業漸隆」可謂身份特殊，因而面臨仕與隱的選擇或態度上更加尷尬，但尷尬期不會太長，陶淵明在四十一歲左右，即已確定自己不再走入政壇，遠離政治風暴的漩渦，而決定終生固窮守志隱居於廬山東北坡下的潯陽、柴桑地界，過著飲酒賦詩以樂其志的生活。

二、思想上

（一）儒學式微

　　陶淵明之時代，隨著大一統政權的崩解，儒學的正統地位因之動搖，儒學不再是治國方針，儒生地位一落千丈，如曹操下令求士，只

〔註2〕 見唐太宗撰：〈王羲之列傳〉，《晉書斠注》（台北：藝文印書館）卷八十，頁1362。
〔註3〕 見唐太宗撰：〈桓溫列傳〉，《晉書斠注》（台北：藝文印書館）卷九十八，頁1661。

求能善戰之士，不論其忠孝，而《晉書・徐邈傳》也載錄：

> 帝謂邈曰：『雖未敕以師禮相待，然不以博士相遇也。』古
> 之帝王，受經必敬，自魏晉以來，多使微人教授，號爲博士，
> 不復尊以爲師，故帝有云。邈雖在東宮，猶朝夕入見，參綜
> 朝政，修飾文詔，拾遺補闕，劬勞左右。帝嘉其謹密，方之
> 於金霍，有託重之意，將進顯位，未及行而帝暴崩。〔註4〕

此時儒家思想雖已久不居學壇之要津，儒學的衰弱現象正代表道德規
範的衰弱，而在某種程度內，仍能維持社會秩序的禮法，倫理等觀念，
它並未完全消匿，仍在知識份子心中保有一定之地位，儒學內容之被
玄學家、佛學家捨棄者，大抵只是兩漢以章句家法訓詁六經之風，以
及太過與陰陽、象數、讖緯掛鉤結合之部分。經學史書過去是讀書人
必備的典籍，孔、孟之原典如《論語》、《孟子》以及《六經》，大致
上仍受尊重，但只有少數人肯下勤勉工夫而加以深研的，而陶淵明即
是這少數人的其中之一。但他並非全然繼承或想以此名家；他只是隨
方取用而落實到生活應對之中，或在生命實踐方面加以發揮而已。

（二）魏晉玄學

儒學崩解，士人由皓首窮經、規行矩步的桎梏底下解放出來，轉
而重視自身的眞情實性、追求人格的獨立，重新思考人與社會、人與
自然的關係，逐漸開展出調和名教與自然的玄學命題，魏晉玄學自魏
代何晏提倡「貴『無』」之論，王弼改提「崇本舉末」、「應物無累」、
「得意忘言」思想；到西晉向秀、郭象提出「物自生自化」、「道之體
爲全有」之說，可謂波瀾起伏，〔註5〕蔚然成風；發展到東晉，卻已
無新說鮮論，而發生照單全收之狀況，這可由東晉中期張湛注解《列
子》之態度得知箇中趨勢或消息；張湛注《列子》的撰寫態度或文筆

〔註4〕 引自楊家駱主編《新校本晉書》（台北：鼎文書局，1979 年 2 月 2 版），
　　　　頁 2358。
〔註5〕 見中華書局編輯部：《魏晉思想論》（臺北：中華書局，1983 年 2 月
　　　　八版），頁 21～28。

特色是大量引用他所佩服的專家之言,而盡量不顯自己傾向何種學派宗旨。故他的注文時而引用何晏之言、時而引述王弼之學、時而引介向秀之論,更時而單引郭象之說,甚至少數幾處引敘了漢魏人對佛教初步嘗涉下的生澀佛義;他本人卻不表示派別傾向;〔註6〕可見東晉的玄學思想,已走向全盤接納魏、西晉以來所有的玄學派別,而這也算是一種玄學研究的趨勢或態度。

陶淵明處於這樣的玄學風氣之下,卻不依樣畫葫蘆而對兩百年來的玄學諸派做出照單全收、照本宣科的動作。他反而採取直探老子、莊子思想本源之態度,直接從老子、莊子原典汲取能供生活上、思想上獲益、受用之源泉或養份。不過,若硬要說在魏晉玄學派別上,他還是必須有所選擇的話,則毋寧是傾向於贊同王弼之理論的;這可以從他的〈飲酒〉第五首:「此中有真意,欲辨已忘言」,直接取用王弼的「應物無累」、「得意忘言」之說而看出來。

(三)佛學思想

佛教思想自東漢中葉傳入中土,歷經漢末、魏代至西晉初之譯經、講經時段,再歷西晉末、東晉初年「格義」佛學風氣,而到東晉中期佛學界推出了「六家七宗」之解空流別;可謂波瀾壯闊,其中尤以大乘空宗之思想日漸興顯;再經東晉末鳩摩羅什入長安,大量翻譯大小乘經、論數十部,其中有數部是針對漢末支讖、吳支謙、西晉竺法護等人所譯經典有所謬失而重新翻譯者,譯講之時並順勢宣揚其「畢竟空」之宗義,大乘空宗儼然躍居中土佛學之主流;可是就在這時,江西廬山有一位法師慧遠卻提倡回歸印度佛教之運動,除主張印度原始及部派佛教教義皆應研究之外,還宣揚彌勒淨土之信仰與修行實踐,在廬山結「蓮社」,倡導一種生時崇拜淨土諸佛、死後轉生率天之思想,網羅不少當時僧俗兩界之高士參加,並頻頻向隱居於廬山

〔註6〕 見湯一介:《郭象與魏晉玄學》(北京:北京大學出版,2000年7月初版),頁67～74。

山腳下的陶淵明招邀、示意。

　　陶淵明面對大環境之時代顯學——佛學（尤其是大乘空宗），又面對小環境之廬山顯學——蓮社（淨土崇拜），卻堅貞卓絕地守住本土學術思想「儒、道、玄」三家之本旨，而求取安身立命之方，不亢不卑，雖與慧遠有所過往而不入其蓮社；雖對佛學有一定程度之認知，卻不入教也不賴之增益涵養。可謂本土學術之中流砥柱、力抗狂瀾而不倒，儼然是位堅守份際之本土思想家。

三、文學上

　　文學上受到玄學直接影響的是崇尚自然的言意之辨，《三國志·荀粲傳》荀粲曾答其兄荀俁之問難曰：

> 蓋理之微者，非物象之所舉也。今稱立象以盡意，此非通
> 於意外者也；繫辭焉以盡言，此非言乎繫表也。斯則象外
> 之意，繫表之言，固蘊而不出矣。〔註7〕

荀粲所要說明的是，「理之微者」實難以用言、象表達。這既提出義理有不可能完全認知的部分，也指出語言表達的侷限性。荀粲這番「言不盡意」的理論提出後，後來的王弼更進一步發展出「得意忘言」論：

> 夫象者，出意者也；言者，明象者也。盡意莫若象，盡象
> 莫若言。言生於象，故可尋言以觀象。象生於意，故可尋
> 象以觀意。意以象盡，象以言著。故言者所以明象，得象
> 而忘言。象者所以存意，得意而忘象。……然則忘象者，
> 乃得意者也，忘言者，乃得象者也。」（《周易略例·明象》）

王弼首先承認言可明象，象可盡意，進而論述在藉由具體的象與意的掌握而上升體悟到更為普遍、抽象的象與意之後，具體的象與意便都可以捨棄了。這對語言功用的肯定與超越，對文學創作大有啟發：大千世界的美麗多姿、人類感情的豐富深微，如何透過文學創作而傳情達意，最好的方法是既訴諸言內，又寄諸言外，充分運用語言的啟發

〔註7〕引自（晉）陳壽撰《三國志》（台北：台灣商務，1984年），頁523。

性和暗示性，以喚起讀者的聯想，讓他們自己去體味那言外之意，以達到言有盡而意無窮的藝術效果。這種擷取「得意忘言」的精華，將之融入生活、形諸創作的詩人，如嵇康，如陶淵明。

此外，魏晉文學作品中充滿無爲遁世的神仙之說，如阮籍、郭璞之詩全是道家哲理和神仙隱士思想，陸機、石崇等人詩篇，時時流露道家語詞，陶淵明也以讀山海經爲題材作詩，所以整個魏晉文學可以說完全反映玄學和宗教思想，在文學作品中直接反映出文人的性情、理想，也間接描述出當時社會的紊亂，民心的痛苦。這種神秘空想的玄言思想之詩文是當時文壇上的主流，其次就是表達避世隱逸思想的田園山水文學，此類作品表現出合乎人情的境界，如陶淵明的桃花源記，也就是脫離現世的塵俗，描繪出一種理想的社會人生。陶淵明在這時代環境之下，受到老莊思想和浪漫文學的影響，他雖有道家的清靜自然，卻無頹廢荒唐的仙人道士之妄想，可謂獨樹一格，但在偏重辭采之美的時代中，陶詩即使深具意境之美，卻不被時人稱揚，在時人鍾嶸《詩品・宋徵士陶潛詩》：

> 其源出於應璩，又協左思風力。文體省淨，殆無長語。篤意眞古，辭興婉愜。每觀其文，想其人德。世歎其質直。至如『歡言酌春酒』『日暮天無雲』風華清靡，豈直爲田家語邪！古今隱逸詩人之宗也。〔註8〕

鍾嶸是當時少數稱揚陶詩者，但也僅將陶詩列爲中品，據古直所言：「應璩詩以譏切時事，風規治道爲長，陶詩亦多所諷刺，故昭明序云：『語時事則指而可想。』源出於璩殆指此耳」，〔註9〕又《文心雕龍・明詩篇》自詩之定義、起源、評述至劉宋時代的詩，標舉歷代代表作家，曾無一語涉及陶公，魏晉時代文學靡麗之風由此可見一斑。

漢末以後，酒在文人的生活中佔極重要的地位，到魏晉時期，對

〔註8〕 王叔岷撰：《鍾嶸詩品箋證稿》（台北：中央研究院中國文哲研究所，1992年3月初版），頁260。
〔註9〕 王叔岷撰：《鍾嶸詩品箋證稿》（台北：中央研究院中國文哲研究所，1992年3月初版），頁261。

自我意識覺醒的文人而言，[註10] 面對人命危脆的無常，繼承了以酒銷愁解憂的傳統，文人遊宴相從，飲酒更蔚爲風尚。而且「對酒當歌」，飲酒不但刺激了文學創作，也成爲表意抒情的媒介，公讌詩有酒，遊仙詩有酒，寄寓老莊玄理的詩作也有酒。但此類作品，酒只是陪襯點綴之物，詞語多成襲套，缺少詩人的個性與詩歌的審美價值，較難獲取共鳴。因此，酒雖然已經滲入魏晉文人的心靈與作品，但要論普遍、落實表現「飲酒主題」的各種面向，乃至影響六朝以後蔚然大興的詩酒文學，陶淵明的飲酒詩作應是最重要的作品。

四、文化上

（一）酒之濫觴

　　酒最初只是一種自然形成的物質，在人類尚未發現這種發酵過程的奧妙之前，它就存在於自然界之中，民間傳說的「猿酒」、「猴兒酒」便可說明「酒」的出現原是一種自然現象，不可稱之爲文化；酒的釀造已經很久遠了，相傳是由於飯餿變成白酒，而發明造酒方法。夏禹時儀狄造酒是釀酒的開始。儀狄是造酒鼻祖的說法最早見於楚漢之際好事者輯錄之《世本》，[註11]《世本·作篇》云：「帝女令儀狄始作酒醪，變五味。少康作秫酒。」，[註12]〔東漢〕許慎《說文解字》「酒」條中：「古者，儀狄作酒醪，禹嘗之而美，遂疏儀狄。」，[註13] 西漢·劉向《戰國策·魏策二》有較詳細的說明：「昔者，帝女令儀狄作酒而美，進之禹。禹飲而甘之，遂疏儀狄，絕旨酒。曰：『後世必有以酒亡

〔註10〕 參見曾永義：〈中國飲酒禮俗小考〉，《第三屆中國飲食文化學術研討會論文集》（臺北：中國飲食文化基金會，1994 年），頁 338～354。
〔註11〕 〔唐〕劉知幾《史通》卷十二〈古今正史第二〉：「楚漢之際有好事者，錄自古帝王公侯卿大夫之世，終乎秦末，號曰《世本》。」，收入《景印文淵閣四庫全書》（冊 685），頁 88～89。
〔註12〕 見〔東漢〕宋衷注《世本》，收入《叢書集成新編》（冊 100）（臺北：新文豐出版公司，1985 年 3 月 20 日），頁 258。
〔註13〕 見〔東漢〕許慎撰、〔清〕段玉裁注《說文解字注》（臺北：黎明文化事業股份有限公司，1993 年 7 月十版），頁 754。

其國者』。」〔註14〕夏禹的妃子派儀狄去監造釀酒,釀出味道甘美的旨酒後,進獻給禹,不料,禹不僅沒有獎勵,反而疏遠了儀狄,更憂心的表示,後世必定有因酒而敗國的。周朝杜康造的秫酒也非常有名。好酒味醇甘芳香辛辣,飲後醺然酣適,恍然忘愁。酒中含有乙醇,能興奮精神,超脫忘情,少量喝酒對身體有益,甚至有治病效果,但酒絕非有益無害,飲酒過量也會使人神經錯亂,甚至引發心臟病喪命。

自古以來酒和人的生活關係密切,在周代有〈酒誥〉及各種飲酒禮儀。〔註15〕此階段「酒」主要用於酒祭、祈福及賞賜等社會性的禮儀活動,迄春秋之世,酒宴歡飲漸為風行,《詩經》中的酒主要用於祭祀和宴會,如〈周頌・豐年〉「為酒為醴,烝畀祖妣,以洽百禮」,〈豳風・七月〉「為此春酒,以介眉壽」,屬於社會的禮儀活動,重視「飲酒溫克」的節制。《楚辭》的酒亦與祭祀相關,只是因為南方的民情風俗不同,展向較為縱恣的一面,如〈招魂〉中的「娛酒不廢,沉日夜些」。當然在《詩》、《騷》中也可找到影響後代「解憂歡娛」的母題,如〈周南・卷耳〉「我姑酌彼金罍,維以不永懷。」,〈招魂〉中的「酣飲盡歡,樂先故些」,飲酒已經和詩人的情緒相聯繫。但是此類銷愁解憂、及時行樂的酒歌,主要是萌興於漢代的樂府,如〈西門行〉:「飲醇酒,炙肥牛,請呼心所歡,可用解憂愁」,以至漢末〈古詩十九首〉:「不如飲美酒,被服紈與素」。

(二)尚酒時代

魏晉六朝是中國歷史上一個特殊的時代,是中國人的生活史點綴著最多悲劇的時期。因時局動亂,使玄學思想大盛,人們對生命苦短的喟歎、對人生的感悟使酒風興起,而酒醉後可以忘情世事、解除一時的煩惱,也使不得志的魏晉名士們貪戀於此,以致有建安諸傑慷慨

〔註14〕引自高誘注,葉玉麟譯《戰國策》(台南:大孚書局,1988 年 4 月再版),頁 46。

〔註15〕參見曾永義:〈中國飲酒禮俗小考〉,《第三屆中國飲食文化學術研討會論文集》(臺北:中國飲食文化基金會,1994 年),頁 338~354。

任氣之飲，以及竹林名士憂世避禍之飲，於時「風譽扇於海內」〈世說新語任誕篇〉，世人競相模仿，飲酒蔚爲風尚，〔註16〕人們看到了酒對於他們的許多難以言傳的妙用之處，發現了酒能夠承載他們賦予的文化蘊涵，因而服藥、飲酒、散發這些被後人稱爲魏晉風度的行爲在當時已成爲時代風尚。

　　酒，具有物質與精神兩層次，它是溝通物質與精神的橋樑。物質的酒刺激人的生理，予人肉體的快感，而精神的酒或使人形神相親，返璞歸眞，引人入勝地，或給人向上的力量，使人生命力高漲，進入昂揚奮發的精神境界。

　　在魏晉時代，酒的文化功能被發揮到了極致，酒的貢獻不僅在於飲食上，而且融入人們的審美文化中。它不僅成爲重要的審美媒介，同時也成爲重要的審美物件。魏晉多名士，能否成爲名士，飲酒是一個重要標準，〈世說新語任誕篇〉：「名士不必須奇才，但使常得無事，痛飲酒，熟讀《離騷》，便可稱名士。」〔註17〕名士們全然不顧「酒以成禮，過則敗德」〔註18〕的訓誡，競相以酒邀名，使前代的「高陽酒徒」也相形見絀。他們「一手持蟹螯，一手持酒杯，拍浮酒池中，便足了一生」，認爲「使我有身後名，不如即時一杯酒」。〔註19〕如果沒有酒，那些竹林裏整日談玄的賢士恐無法怡然自得，那些酒肆中白眼眄物的名士豈能目中無人，那些居室中體道的居者無以物我兩忘，那些山野中不停長嘯的隱者還會那樣天籟自成。許多名士飲酒裝醉，崇尚玄談，酒儼然成爲魏晉風度不可或缺的一部分。在這樣的時代氛圍

〔註16〕見劉揚忠：《詩與酒》（臺北：文津出版社，1994 年 1 月初版），頁43～61。

〔註17〕見劉義慶撰、梁劉峻注《世說新語》（台北：台灣中華書局，1992 年1 月七版二刷），卷下之上，頁 31。

〔註18〕見劉義慶撰、梁劉峻注《世說新語》（台北：台灣中華書局，1992 年1 月七版二刷），卷下之上，頁 38。

〔註19〕見劉義慶撰、梁劉峻注《世說新語》（台北：台灣中華書局，1992 年1 月七版二刷），卷下之上，頁 31。

下，自稱「性嗜酒」的陶淵明生當其時，不免沾染此風，雖對之曾有非議，然亦復酌酒自陶，從未辜負過酒中深味，且其好飲之程度，較之嵇康、阮籍，更有過之而無不及，對此劉揚忠先生稱其為「終晉之世，能得建安諸傑和竹林名士之真髓」（註20）者，殆不虛此名。他把酒抬高到了和自己生命同等的地位，他「在世無所須，唯酒與長年」，不僅生前以「家貧不能常得酒」而煩惱，還斷言自己死後也會因在世「飲酒不得足」而抱恨。觀此，則時代風尚對其飲酒亦有深遠影響。

（三）酒與詩人

中國傳統酒文化的特色之一就是「詩與酒的不解之緣」，歷代詩人之所以反覆地吟詠飲酒，固然是因為在有意無意之間受到心理結構中集體無意識（註21）的煽動，但更為自覺的一個動因在於詩人鑒於酒是一種激化主觀感情的媒介，欲借這種習用的方式來宣洩自己此時此地產生的心靈觸動和鬱勃胸懷。因此，「酒」在詩人筆下常常並不是作為一個孤立、單調的意象出現，而是與詩人的激情交纏在一塊，融合在一起。決定「酒境」、「酒世界」的不同特點和不同內涵的，乃是詩人的主觀情志。於是我們看到，所謂「酒文化」在詩人的心靈有不同層面的契合，在不同層面產生的詠酒之作具有不同的面貌和審美意涵。比如陶淵明對於飲酒時隨著量的增加而逐漸產生的酣適、輕快乃至忘情之感，便說：「試酌百情遠，重觴忽忘天」（〈連雨獨飲〉）。

酒，因具有比一般飲品強烈的精神刺激功能，當它與詩人心靈深層的情感意志發生某種「化合反應」而凝結成一體時，即成為具有表情達意價值的輔助品或象徵物，且具有抒懷言志、心理補償、心靈審美、催發靈感、心理治療等作用：

〔註20〕見劉揚忠：《詩與酒》（臺北：文津出版社，1994 年 1 月初版），頁57。

〔註21〕見馬文・哈裏斯著：《文化人類學》（台北：東方出版社，1988 年中譯本），第一章〈人類學與文化研究〉。

1. 抒懷言志

　　借酒遣懷，借酒消愁，借酒暢發喜怒哀樂之心音，這是酒文化與詩人主觀情志契合的一種最常見、最普遍和最有實用功能的形式。由於這種契合與詩人日常的感情波動關聯最大，因而它對詩歌的感情色彩和風格面貌影響也最大。其中，借酒消愁解憂的吟詠最爲醒日，儼然是與酒有關的作品中壓倒一切永恆主題。人的一生是一種永遠充滿了缺憾和不如意的心理歷程。生的短暫及死的恐懼，生活遭遇的種種不幸，主體意識被壓抑，以及自然界和客觀社會現實所加的災禍與打擊等等，時時都會給人們帶來焦慮、愁苦和憂傷。在中國漫長的封建社會中，政治的專制、官場的腐敗、社會的黑暗、禮教的桎梏、家國的興亡、世態的炎涼，以及思想言行的不自由等等，更是給人們帶來了無窮的精神壓力知憂傷，給思想敏銳的古代知識份子造成了愁苦之情爲主的心理結構。爲了緩解憂愁，疏導情緒以求心理的平衡，自漢代以來重要的文化疏導行爲之一就是借酒澆愁，作詩遣懷。爲消愁而飲酒，飲酒興奮了就作詩，做詩同時又常常把酒作爲苦悶的象徵來加以描寫，企圖化解胸中塊壘，此三者合而爲一，成了一種約定俗成的民族詩歌創作模式。這種模式在我國最流行，影響最深遠，直到現代。將詩歌稱爲「苦悶的象徵」的話，那麼當詩人將酒這一原型意象灌注了各自蘊積的深厚愁情之後，詩壇就開放了最富抒情色彩的一大批藝術花朵。古代詩人借酒洩憤抒憂發牢騷的許多傑作，就是這樣的藝術花朵。

　　在現代中國歷史上的相當長一段時間，「借酒澆愁」被當作最頹廢、最沒勇氣面對生命逆境的人，而被人來加以否定、抨擊。殊不知，「借酒澆愁」者，往往都不是醉生夢死之類，而是那些眞有本事、有文化教養、對未來滿懷希望卻又偏偏生活得不如意的人！

　　古代詩人中的借酒澆愁和寫酒遣愁者，除了一些「爲賦新詞強說愁」的爲文造情者之外，多是有強烈的成功動機和遠大理想而偏偏現實環境不得志的志士仁人。如曹操首唱「何以解憂，惟有杜康」之千

古名句。自曹操以降，歷代詩人中，諸如曹植、阮籍、陶淵明、李白、杜甫、白居易、蘇軾、陸游、辛棄疾、關漢卿、湯顯祖、曹雪芹等，皆是才華絕世而遭逢坎坷的借酒澆愁者，韓愈〈荊潭唱和詩序〉說：

> 夫和平之音淡薄，而愁思之聲要妙，歡愉之辭難工，而窮
> 苦之言易好也。〔註22〕

我國古代抒情文學中最優美感人的那一半，就是傳達了華夏古詩人心靈主旋律的「愁思之聲」和「窮苦之言」的眾多作品。而在這些作品中，酒參與了抒情意象的創造，或逕直成為其中的苦悶愁苦的象徵，其「功」亦大矣哉。

當然，我們充分肯定歷史上借酒澆愁作品的情感意義及美學價值，並不意味著連借酒澆愁這種多少有點自戕意味的行為方式也要全然贊同。古來千千萬萬的詩人詞客，都競相將酒視為解憂取樂的萬應靈藥，名之為「掃愁帚」、「銷愁藥」等等名目，不一而足，酒簡直晉身為能消滅愁情的神物似的。其實一旦酒精被人體消化吸收完畢，它所帶給人腦的那種興奮、愉悅和暫忘塵世紛擾的快感就會迅速地消失，於是現實的煩惱苦悶又回歸人腦之中。

2. 心理補償

借酒消愁解憂，進而在詩中以酒作為苦悶的象徵來抒寫愁情，這種心靈活動的過程雖然對文藝創作曾起了推動作用，並使詩人的心靈獲得一定的暢快和平衡，但從長遠效果來看，畢竟負面作用很大。事實上如果飲酒只能起到暫時舒緩憂愁的消極詩人作用，詩人們也不會如此狂熱的飲酒和樂此不疲地寫酒了。酒之所以有持久不衰的吸引力，還在於它能與詩人心靈中積極的正面感情因素「化合」，使詩不但獲得樂感與快感，更能因之釋放出潛藏的心理能量引發出雄心、俠氣與浪漫激情這就是酒對詩人心靈的補償功能。從實際效果看，以酒澆愁解憂也是一種補償功能；但只有能夠引發激情豪氣的飲酒，才對詩

〔註22〕引自《全唐詩》（上海：上海古籍出版社，1996 年 11 月第 14 次印刷），頁 828～856。

人的生活的不如意和感情的失落更有積極的替代和補償作用。〔註23〕

　　我國古代社會自孟子倡導「浩然之氣」起二千多年來知識份子皆以胸有豪氣與狂心為榮。「狂」是一種有氣概有雄心的表現。在士大夫的心目中，「狂心」是指一種加入社會國家事業的的熱忱，凡有一點志氣和胸懷的男子，皆以豪情雄心為貴，而以兒女私情為卑。馬援發誓「馬革裹屍」而絕不願「臥床上在兒女子手中」（《後漢書馬援傳》）；王勃與友人分手時高唱「海內存知己，天涯若比鄰」，並以「無為在歧路，兒女共沾襟」（〈送杜少府之任蜀州〉）的豪語勉人和自勉；如此等等，皆可視為古人根深蒂固的「男子漢情結」的表現。在現實社會中由於種種自然與人事因素的限制，「男子漢」們不可能時時、事事都逞其雄心、遂其豪情，但在心靈深處是有其不絕之念的。這種潛藏內心的精神「火藥」，一旦被點燃引線，就會膨脹乃至爆炸。最宜於引爆男子漢豪情狂心的外物，自然非酒莫屬。平心而論，「男子漢」們的豪氣狂心，乃是胸中本有之物，並不如有些古人描寫的那樣好像是酒給釀造而出的。但處於精神壓抑狀態的人喝酒之後確能胸膽開張，顧慮全消，釋放出心靈深處埋藏的豪情雄風，從而膽小的變的膽大，無膽的變的有膽，平時只敢把事情辦到三成的變得此時敢把它辦到七成、十成乃至十二成，這卻是人所共知的事實。古人十分喜愛乃至迷戀這種用酒壯膽、鼓氣和激發豪氣俠情的文化生活方式，所謂「當筵意氣凌九霄」（李白〈憶舊遊寄譙郡元參軍〉）；所謂「功名萬里外，心事一杯中」（高適〈送李侍禦赴安西〉）；所謂「一杯顏色好，十杯膽氣加」（元稹〈酬樂天勸醉〉）；所謂「酒酣胸膽尚開張」（蘇軾〈江城子‧密州出獵〉）；所謂「因酒想俠客」（張潮《幽夢影》）等吟詠，都是在讚頌酒之助人膽氣狂心與俠情的正面積極功用的。這種長期的「心理－情感」體驗，是有關酒的文學中的又一重要的主題也是

〔註23〕補償作用指人生理上或心理上的缺陷或不足，經過自己一定的努力而得到了補償或代償。見於袁之琦、游恒山編譯：《心理學名詞辭典》（台北：五南圖書出版，1993 年三版二刷），頁 174。

一種積澱頗爲深厚的「集體無意識」〔註24〕心理結構。影響之大，延
及現代。比如當我們聆聽現代京劇〈紅燈記〉中主人公豪唱：「臨行
喝媽一碗酒，渾身是膽雄糾糾」的時候，當我們欣賞電影〈紅高粱〉
中釀酒工們「喝了咱的酒，見了皇帝不磕頭」的雄聲的時侯，我們會
情不自禁地爲民族心態的發展定勢發出會心一笑！人們在爲激發膽
氣豪情而飲酒的過程中逕直帶著一身的勇氣去實踐自己的理想遠
志，或者囿於客觀情勢不能振翅奮飛，但至少是在酒力的揮發中宣洩
了自己的主觀慾望覺得痛快淋漓獲得良性的心理補償。這兩種情況都
屬於飲酒對於人的精神世界的正面助力。

　　古代文學作品中描寫和讚頌酒的這種功效的歷史十分悠久。早在
漢末建安時期，書信、辭賦之中便有了讚頌酒的激發豪俠之情和陽剛
之氣的文字，至於詩歌描寫酒中豪氣俠情，則時代要晚一些。建安諸
子雖然慷慨任氣，風骨凜然，但尚無在詩中直接抒寫酒境酒情的習
氣。竹林名士與東晉文人們憂世避禍、幽居談玄之不暇，更無從暢發
豪氣雄心。陶淵明喜詠酒，但其胸中較多的是田園隱逸沖淡平和之
氣。南北朝庾信一生遭遇坎坷，心情壓抑愁苦，雖然如杜甫所言「暮
年詩賦動江關」，但其中多離亂之懷，滄桑之感，而少有雄豪之情。
他並且認爲：「楚歌非取樂之方，魯酒無忘憂之用」（〈哀江南賦序〉）。

〔註24〕集體無意識：瑞士榮格用語。指由遺傳保留的無數同類型經驗在心
理最深層積澱的人類普遍性精神。在《論分析心理學與詩的關係》
一文中提出。榮格認爲人的無意識有個體的和非個體（或超個體）
的兩個層面。後者包括祖先生命的殘留，它的內容帶有普遍性，故
稱「集體無意識」。「集體無意識」是原始人類的共同遺產，它通過
一些記憶形式逐代傳下，積澱在大腦組織的結構之中。它不直接提
供固有的思想，只提供產生思想的可能性，提供各種類型的幻想活
動，包含所積澱的人類祖先無數有代表性經驗的公式化組合的原始
意象。榮格認爲「集體無意識」所沉澱著的原始意象是藝術創作的
源泉，它使人們聽到、看到人類原始意識的遙遠回聲或原始意象。「集
體無意識」概念能較好說明各民族文藝創作中的「母題」等複雜現
象，推動了精神分析美學的發展。見於馮契主編：《哲學大辭典》（上
海：辭書出版社，1991年8月），頁1574。

愁多到連用酒也不能減輕之地步，哪裏還談得上激發豪氣俠情？只是到了唐代在詩中抒寫酒中豪氣俠情才蔚為風氣。這是因為唐王朝如日方昇，威加四裔，時代風氣開放，人們普遍具有外向樂觀心態，他們自豪地飲酒是為了自豪地歌唱。酒入心腸，激發出來的自然是充滿男子漢遒壯宏闊之氣的雄聲！尚武任俠的盛唐諸公，在嚮往邊塞沙場、崇拜武力武功的心理驅動下，往往借助於對使酒任氣的豪俠少年的讚頌，來宣洩自身的豪情。詩人們在用酒激勵其豪氣雄心與俠情時，幾乎毫無例外地呈露一種超越常人的精神共相──「狂」。在眾多與酒有關的詩詞曲賦中，我們都能窺見作者的狂心及狂態。這種融合酒神氣度與詩人氣質為一的豪放浪漫精神，真可謂一本萬殊，在不同的詩人身上得到形態各異的精彩表現。李白則公然自稱「楚狂人」，要「鳳歌笑孔丘」〈盧山謠寄盧侍御虛舟〉，大醉之中安「令暈縣擁篲橫八極，直上青天掃浮雲」〈魯郡堯祠送竇明府薄華還西京〉；在杜甫，其狂至於醉中大叫：「儒術於我有何哉，孔丘盜蹠俱塵埃」〈醉時歌〉，甚有「飲酣視八極，俗物多茫茫」〈壯遊〉。李賀醉中想像自己能：「酒酣喝月便倒行」〈秦王飲酒〉，劉禹錫經常是「痛飲連宵醉，狂吟滿座聽」〈贈樂天〉；獨孤及醉後「視身儿如泥，瞪目傲今昔」〈客舍月下對酒醉後寄畢四燿〉，韋應物自謂「飲酒任真性，揮筆肆狂言」〈答儞奴重陽二甥〉。這些顛狂自恣之態，在局外人看來是超乎常理，悖禮違教，詩人們卻是自憐自愛，自我欣賞加上自我讚頌。如蘇軾不但少壯之時「喧呶歌詩叫文字，蕩突不管鄰人驚（文同〈往年寄子平〉），而且到年老還自許「狂夫老更狂」（〈十拍子〉）；陸放翁也曾睥睨天地自誇：「平生得酒狂無敵」（〈對酒嘆〉）；辛稼軒更是英風逼人，不但自我欣賞其「千丈擎天手，萬卷懸河口，黃金腰下印、大如鬥」（〈一枝花‧醉中作〉）的天神似的醉將軍形象，更在東倒西歪之際還要倔強地「以手推松曰去」〈西江月‧遣興〉。

　　由此可見，「狂」是中國古代文人極喜趨向的一種張揚個性和自由灑脫的精神狀態。前人每謂「狂者，一肚皮不合時宜」。文人的狂

心、狂態，正是在不滿於俗世的沉悶壓抑時，自我激發的一種叛逆性情懷。不管其偏重避世或傲世這種精神狀態，都具有超拔平庸的個性色彩和性格力度。因而近兩千年來詩酒狂客代不乏人，唯有酒最能使詩人一現真情。這也難怪蘇東坡要說：「醉裏微言卻近真」了〈贈善相程傑〉。

3. 心靈審美

借酒排憂解愁，以酒激發豪氣與狂心，這兩種最常見、最普遍的詩酒契合，雖然催生了無數優美的寫心詩篇，但畢竟帶有過多的宣洩個人情志，平衡心態意緒的實用性傾向，只能一般地、暫時地洩導和調節感情，而不可能臻於飲酒的最高境界，亦即返璞歸真的哲理境界而達到人生憂患的最終解脫，況且，既然目的在於解憂愁和激豪氣，則必然不屑於區區小量微醺，而轉以豪飲不休為貴。這樣勢必經常濫醉，斫傷身心，成為所謂「飲酒敗德」者。讓人們孜孜追求而難以得到的酒中趣和妙理就是詩與酒在詩人心靈最高層面的一種奇妙的契合，即哲人境界和純審美境界的契合。〔註25〕這種契合，純屬心靈審美的層次，它超越了一般的社會功利和個人情志宣洩的實用目標，而成為自我感受復歸自我的審美觀照，具有自我價值實現和心靈寄託的本體意義。〔註26〕

達到這種境界的作品，在有關酒的詩詞曲中只占少數。能夠真正進入這種境界並寫出這種作品的，只能是一些具有哲人思想境界的明達清通之士，此種人不事濫飲，只求半酣；重在興味，輕視「海量」。他們細心體味酒境之美，專意追尋那種使人與自然發生親切感、交融

〔註25〕見林梧衛：《李白詩歌酒意象研究》，玄奘大學中國語文研究所碩士論文，2004年1月，頁37。

〔註26〕英國心理學家布洛（Bullough）在美學理論中，提出了「心理的距離」（Psychical Distance），這個原則不僅把從前關於美感經驗的學說都包括無餘，而且對於文藝批評也尋出一個很適用的標準。載自朱光潛著：《文藝心理學》（台北：開明書店印行，1994年7月，新排四版），頁15～16。

感「得全於天」之樂，讓自己的靈魂昇華而入於「寸田無荊棘，佳處正在茲」（蘇軾〈和陶飲酒二十首〉其一）的審美精神王國，獲得具有哲學意味的真正大自在。歷代嗜酒的詩人們儘管免不了一啓淺層次的口腹之慾和社交應酬的飲酒活動，免不了中間層次的借酒銷解憂愁和激發意氣之舉，但卻有相當多的人自覺地進行了對於超功利、超實用的「法天貴真」〔註27〕哲理層次的追求和讚美。最先在詩歌中流露這種意識，追求這種境界的是陶淵明，其〈連雨獨飲〉云：「試酌百情遠，重觴忽忘天。天豈去此哉，任真無所先。」其〈飲酒二十首〉之十四云：「不覺知有我，安知物爲貴。悠悠迷所留，酒中有深味！」淵明任其真而悅其性，超越俗世諸情，而使心靈重新擁抱自然，這正是飲酒作詩最高的非功利非實用境界。歷代名家都在步武陶潛之跡，力圖進入這種返璞歸真之酒境。如李白〈月下獨酌〉其二云：「三杯通大道，一斗合自然。但得酒中趣，勿爲醒者傳。」，〈月下獨酌〉其三云：「醉後失天地，兀然就孤枕。不知有吾身，此樂最爲甚。」，其〈擬古十二首〉其三云：「仙人殊恍忽，未若醉中真。」杜甫〈寄李十二白二十韻〉亦云：「劇談憐野逸，嗜酒見天真。」蘇軾終身追求老莊之「真」境，自謂「飲中真味老更濃」（〈定惠院寓居月夜偶出〉），其〈和陶飲酒二十首〉之十二更具體地讚頌道：「惟有醉時真，空洞了無礙。墜車終無傷，莊叟不吾欺。」

　　大半輩子在憂患中度過的元遺山，尤爲迫切地追尋酒中「真」境，以圖最終解脫憂患。其〈飲酒五首〉之二寫道：「去古日已遠，百僞無一真，獨餘醉鄉地，中有羲皇淳」。他的〈江城子·嵩山中作〉更無限嚮往地說：「醉鄉千古一昇平，物忘情，我忘形。相去羲皇，不到一牛鳴。」從以上詩人的心靈自白，可見他們對於酒境中最高遠的

〔註27〕道家老子主張「人法地，地法天，天法道，道法自然。」此處之「天」或文中之「真」，乃不涉及現實世界任何審美標準之度量，而是以一種「超乎象外」樸拙自然之純美爲追求目標。見王世德主編：《美學辭典》（台北：木鐸出版社印行，1987 年 12 月初版），頁 79。

復歸自然,還人以本眞之哲理境界多麼神往,多麼渴慕!但是,世事的牽累,禮教的重壓,勞生的憂患,時光的煎迫,以及普通人自身性格的教養的局限,思想、觀念與主體意識之不清通不豁達不圓融等等,都導致了大多數詩人對此種高境僅僅是心嚮往之,而不能眞正馳騁遊弋於其中。獲得心靈的大超脫及大自在。幾千年來只有少數詩人曾經到達過這種境界,而且即使這些詩人也並非都能經常地到達這種境界。但無論他們在寫作時,是否眞正達到了「寸田無荊棘」的法天貴眞之境,這種綿延千載的執著追求畢竟在古詩人心靈史上留下了一道審美意味最濃的軌跡。與此密切關聯的是,古詩人常常習慣於攜酒遊賞自然山水,把在飲酒中引發的飄逸清眞的情懷與未受塵世污染的青山綠水融而爲一,從而在物我兩冥中達到純審美的復歸自然之境。山水本爲自在的客觀事物,若無詩酒的仲介作用它不可能轉化爲詩人主觀心靈審美的對象。所以清人張潮《幽夢影》卷下言:

> 若無詩酒,則山水爲具文,若無佳麗,則花月皆虛設,才子而美姿容,佳人而工著作,斷不能永年者,匪獨爲造物之所忌,蓋此種原不獨爲一時之寶,乃古今萬世之寶,故不欲久留人世以娶褻耳。〔註28〕

飲酒能使人迅速驅除胸中的心慮雜念,產生輕邈遠慕之思,從而加強與自然界的親和感與認同感,更眞切地發現和欣賞山水之美並以之作爲主觀寓情之物而已。蘇東坡的〈前赤壁賦〉後半段之所以發出「惟江上之清風,與山間之明月,耳得之而爲聲,目遇之而成色,取之無盡,用之不竭」的歡愉親和之音,難道不是因爲前半關「舉酒屬客」、「飲酒樂甚」而產生「浩浩乎」、「飄飄乎」的「遺世獨立」之感所導致的嗎?

在詩酒與山水親和交融的過程中,人們能夠滌蕩心靈之污垢忘卻世情之煩憂,與大自然認同,獲得高層次的審美愉悅和心靈解放感,這種心靈美感已與上述「法天貴眞」之境接近,或甚而有些詩人就因

〔註28〕 〔清〕張潮《幽夢影》(台北:西南書局,1976年1月四版),頁76。

此而入於其境，獲得了心靈的解脫與昇華。對於這種感受和情趣就連一本正經的大儒和道學家也樂於親身體驗，以求取他們在俗世功業和綱常名教中無法得到的心靈超越。如韓愈就直陳胸懷道：「擾擾馳名者，誰能一日閑？我來無伴侶，把酒對南山」（〈遊城南十六首·把酒〉）。詩中的抒情主人公形象顯然已給人以卸下儒學面具使個體復歸自然的天眞感。又如理學家朱熹就常常以暇日攜酒登覽佳山水爲一大樂事。據羅大經《鶴林玉露》丙編卷三載：

> 朱文公每經行處，聞有佳山水，雖迂途數十里，必往遊焉。攜樽酒，一古銀杯，大幾容半升，時引一杯。登覽竟日，未嘗厭倦。又嘗欲以木作華夷圖，刻山水凹凸之勢，合木八片爲之，以雌雄筍相入，可以折，度一人之力足以負之，每出則以自隨，後竟未能成。余因言夫子亦嗜山水，如智者樂水，仁者樂山，故自可見，如子在川上，與夫「登東山而小魯，登泰山而小天下」尤可見。大抵登山臨水，足以觸發道機，開豁心志，爲益不少。〔註29〕

作爲寶相莊嚴的大儒，朱熹居然也寫過一些堪稱佳作的山水詩，這足以說明其得益於攜酒登覽者不少。可見人同此心，心同此理，詩酒與山水之有機結合，確爲醸造心靈審美佳境的重要途徑。

北宋蘇舜欽〈獨步遊滄浪亭〉詩曰：

> 花枝低敧草色齊，不可騎入步是宜。時時攜酒只獨往，醉倒唯有春風知。

南宋胡仔讚揚此詩「眞能道幽獨閑放之趣也」，〔註30〕其實何止是得「幽獨閑放之趣」！蘇舜欽其人，性頗豁達豪放，極喜以酒助興，借酒的魔力來豐富自己的生活情趣。他的「《漢書》下酒」的風雅趣事，〔註31〕久已傳播士林。在上引這首詩中我們顯然可見，舜欽以自然風

〔註29〕羅大經《鶴林玉露》（台北：藝文印書館，1983 年），頁 5。

〔註30〕見〔宋〕胡仔：《苕溪漁隱叢話》（台北：長安出版社，1978 年 12 年）前集卷三十二，頁 218。

〔註31〕見龔明之著：《中吳紀聞》（台北：台灣商務印書館，1966 年 3 月）卷二，頁 24。

景做下酒菜，獨飲獨樂，早已忘卻被貶逐的苦惱和不得志的牢騷，使自己復歸自然，整個身心都融進「花枝草色」，融進「春風」之中了！

4. 催發靈感

文學藝術的各個門類在需要靈感，需要激情和想像力這一點上是完全相通的。在我國古代被認爲與詩同源的書法、繪畫等同樣與酒有不解之緣，例子不勝枚舉。書法方面：張旭、懷素等大師倚仗酒力而作狂草的勝事人人皆知。蘇軾更眞切的描述自己酒後作字的經歷道：「吾酒後乘興作數十字，覺酒氣拂拂從十指上出去也」（《酒顚》卷下）。繪畫方面，如石濤之例。《清朝野史大觀》卷九謂其每作畫時「預設墨汁數升紙如千幅於座右，醉後見之，則欣然潑墨廣幅間……。然後捉筆渲染，或成山林，或成丘壑，花鳥竹石，無不入神。如愛書則攘臂搦管，狂叫大呼，洋洋灑灑，數十幅立就。醒時欲覓其片紙隻字不可得」。〔註32〕由此觀之，酒爲藝術創造之「靈藥」，酒精能使大腦皮層興奮，從而讓詩人的情緒和形象思維進入高度活潑的亢奮狀態，進而刺激出、調動出經驗中的記憶及平日積澱在腦海中而不大能意識到的多種資訊，誘發創作靈感。

在我國古代文人們早就通過飲酒追求一種形神相交、物我兩冥的精神「勝境」。《世說新誘・任誕》載：「王佛大嘆言：『三日不飲酒，覺形神不復相親』」。〔註33〕又載：「王衡軍（薈）云：『酒正自引人著勝地』」。〔註34〕何謂「形神相親」的「勝地」呢？《莊子・達生》有段名言曰：

> 夫醉者之墜車，雖疾不死，骨節與人同；而犯害與人異，
> 其神全也。乘亦不知也，墜亦不知也，死生驚懼，不入乎

〔註32〕見《清朝野史大觀下》（揚州：江蘇廣陵古籍刻印社，1994 年），頁 52。

〔註33〕見劉義慶撰、梁劉峻注《世說新語》（台北：台灣中華書局，1992 年 1 月七版二刷），卷下之上，頁 37。

〔註34〕見劉義慶撰、梁劉峻注《世說新語》（台北：台灣中華書局，1992 年 1 月七版二刷），卷下之上，頁 37。

　　其胸中，是故逆物而不慴。彼得全於酒，而猶若是，而況
　　得全於天乎？〔註35〕

照道家這一說法，形神合一則神全，因而可以求得一種物我兩冥的自
然境界，而飲酒正是追求這種境界的重要手段。深深浸潤於老莊之學
的詩人陶淵明是經常臻於此境的。

　　晉人王光祿言曰：「酒正使人人自遠」（《世說新語・任誕》）。〔註
36〕酒後主觀心靈離現實世界似乎「遠」，但離藝術思維的佳境卻更
近。古人早就在實踐中體認出這個重要心理現象，其實是暗合於美
感產生和藝術創造之規律的。藝術心靈的誕生在人生忘我的一刹
那，即美學上的所謂「靜照」。靜照的起點在於空諸一切，心無罣
礙，和世務暫時絕緣。藝術創造需要距離化、間隔化的條件。現代
美學家宗白華在《論文藝的空靈與充實》中指出：文藝創造需要「依
靠外界物質條件造成『隔』」但「更重要的還是心靈內部方面的
『空』」，他具體地分析這心靈之「空」的必要性說：

　　這心襟，這氣象能令人「事外有遠志」，藝術上的神韻油然
　　而生。陶淵明所愛的「素心人」，指的是這境界。他的一首
　　〈飲酒〉詩能表出詩人這方面的精神狀態……陶淵明愛
　　酒，晉人王蘊說：「酒正使人人自遠」。「自遠」是心靈內部
　　的距離化。然而「心遠地自偏」的陶淵明才能悠然見南山
　　並且體會到「此中有真意，欲辯已忘言」。可見藝術境界中
　　的空並不是真正的空乃是由此獲得「充實」由「心遠」接
　　近到「真意」。晉人王薈說的好：「酒正引人著勝地」，這使
　　人人自遠的酒正能引人著勝地。這勝地是什麼？不正是人
　　生的廣大、深遠和充實？〔註37〕

故此可知，飲酒所造成的超越境界，能夠為詩歌境界和詩歌作品的誕

〔註35〕見王先謙著《莊子集解》（台北：三民書局，1974 年），頁 105。
〔註36〕見劉義慶撰、梁劉峻注《世說新語》（台北：台灣中華書局，1992 年
　　　　1 月七版二刷），卷下之上，頁 34。
〔註37〕宗白華：《美學散步》（上海：上海人民出版社，1981 年 6 月），頁
　　　　23～30。

生，爲萬千意象與美感湧入作家心靈提供一片廣闊的空間！

5. 心理治療

文學創作是心靈空間感受的述說，是人類精神生存的特殊家園，對於調節情感，意志和理性之間的衝突和張力，消除內心生活的障礙，維持身與心、個人與社會之間的健康均衡關係，培養和滋養健全完滿的人性，均具有不可替代之作用。因此，文學創作就成了一種特殊的心理治療機制，即文學治療。

敘事心理學學者認爲，佛洛伊德讓人相信連貫敘事有一種治療的力量，也就是在敘事中可以將兩個無關的事件之間的縫隙連接起來，使之顯出意義。因此就心理治療學的觀點來看，可以將文學家視爲一個心理的治療師。被他治療的對象不一，可以是和他有關的人，也可以是無關的人，但一定是閱讀者，最起碼他可以治療他自己。換句話說，作家可以爲自己編排故事，幫自己敘事，從中建構意義，治癒他自己的病症。〔註38〕葉舒憲先生在〈文學治療的原理及實踐〉一文中歸納出文學創作能滿足人的幻想補償、排解釋放壓抑和緊張自我陶醉等高級的需要。〔註39〕且提出：

> 宣泄與調節是基本被認可的功能。文學則主要是通過表演（儀式化過程）、虛擬（致幻過程）來達到宣泄和調節的目的。……創作主體的自我治療大都肇始於揮之不去的挫折感，並且這種挫折感在他看來已經具有現實的不可逾越性結果，害怕承認失敗的心理與已經失敗的現實之間產生了無法彌補的裂縫，這種只能返回內心的精神折磨，迫使他尋找發洩通道，我們在不少詩人、小說家、劇作家身上可以追蹤到類似的心路歷程。〔註40〕

對於傳統詩人而言，酒具有釋放、宣洩、催化的功用，透過飲酒活動

〔註38〕 有關敘事心理學的理論可參見朱儀羚等譯：《敘述心理學》（嘉義：濤石文化事業有限公司出版，2004 年）頁 93～107。
〔註39〕 見葉舒憲：《文學與治療》（北京：社會科學文獻，1999 年），頁 12。
〔註40〕 見葉舒憲：《文學與治療》（北京：社會科學文獻，1999 年），頁 111。

正能帶領文人進入心靈空間，進而用語言符號創造心靈世界，而結合飲酒的文學創作，所謂醉境出華章，其實有其積極的心理治療作用，文人藉由酒精所達到的迷幻境界，進入語言敘事結構中，進而達到治療自己，撫平內心創傷的積極治療作用。對處於東晉動盪亂世而「寡歡」的陶淵明而言，飲酒詩無疑是他撫平內心創傷的良藥，因而有〈飲酒二十首〉之佳作，在〈飲酒二十首〉之七：

> 秋菊有佳色，裛露掇其英。泛此忘憂物，遠我遺世情。一
> 觴雖獨進，杯盡壺自傾。日入群動息，歸鳥趨林鳴。嘯傲
> 東軒下，聊復得此生。

更直言酒為「忘憂物」，可以使人忘記憂愁。詩人藉由酒詩創作過程其實就是在進一步治療心中的憂傷。

　　陶淵明生值東晉末葉，正是介於秦漢與隋唐之間的分裂割據時代，在政治上，屬於一個老舊政權氣運耗微，即將要有所鼎革之時段。此時魏晉玄學發展漸至末期，也是六朝佛學方興未艾之際；此時之儒學雖弱闇，並未消匿。陶淵明的時代就是這種政治失軌，玄風暢行，釋道昌盛，文人命蹇等諸種因素組合而成。

　　詩人與酒，在這樣的情景下拉近了，時代動亂，人生無常，傳統的價值規範漸失去活力，詩人由群體的束縛中脫離出來，往內發現了自我，因而產生強烈的生命之留戀，發展成飲酒遊宴的生活型態，酒於是成為詩人生命之寄託。

　　飲酒本來是件俗事，只因歷代名人，尤其是詩人，飲酒賦詩，才使酒漸具雅趣。使酒不僅是一種日常生活的飲料，飲酒也不僅是一般的生活現象，成了與詩齊名的文化活動，也成了文人的風流韻事之一。詩使酒化俗為雅，提升其地位名聲，提高了它的文化品位。無怪乎有人說，中國文化的精緻處、蘊藉處、深沈處、高遠處，大半在酒杯裡藏著。〔註41〕

〔註41〕李柳芳：〈唐代詩歌與中國的酒文化〉，《廣西廣播電視大學學報》第
　　　　9 卷，第 4 期，（1998 年 12 月），頁 62。

第二節　陶淵明家世生平

　　詩的風格神采，取決於詩人之性格與思想。而個人思想與性格之形成，關乎其身處之時代，也涉及其祖訓家行及個人經歷。故下文先略溯其家世，以窺探家族遺風給予陶淵明之影響，繼之略述陶淵明一生經歷，以明其生命歷程及其思想之轉變。

　　陶淵明，一名潛，字元亮，〔註42〕生於東晉簡文帝咸安二年，卒於宋元嘉四年丁卯。潯陽柴桑人，潯陽南面廬山，北臨長江，自然景觀極為優美。

一、先世淵源

（一）自負祖輩顯貴門第

　　陶淵明的祖先系出陶唐氏帝堯之後，虞舜時禮待如賓。相傳到夏朝孔甲時，因為能夠馴龍，賜姓禦龍氏，商朝武丁時封於豕韋（故城在今河南滑縣東南）；周成王時陶叔為司徒；戰國紛亂，陶氏子孫多隱居山林；秦末大亂，陶舍佐助漢高祖擊燕定代，以功封潯侯；漢孝景帝二年，繼起的有陶青為丞相。功臣陶舍、丞相陶青都是他的遠祖，真是源流綿遠，分支親眾盛。詩人生活在晉、宋易代之際，而大部份時間是在東晉王朝中度過的，那是個政治極為黑暗、腐朽的年代。他的曾祖父是陶侃，這在史書上有其明確的記載，〔註43〕是東晉的開國

〔註42〕關於陶淵明的名、字，有幾種不同的說法：蕭統〈陶淵明傳〉：「陶淵明，字元亮。或云潛，字淵明。」見李公煥《箋注陶淵明集》卷十，收於《四部叢刊》初編縮本，（台北：台灣商務印書，1965 年 8 月台 1 版），頁 91；房玄齡等《晉書・隱逸・陶潛傳》說「陶潛，字元亮。」，（台北：鼎文書局，1990 年 6 月 7 版），卷九十四，列傳第六十四，頁 2460；沈約《宋書・隱逸・陶潛傳》：「陶潛，字淵明，或云淵明，字元亮。」，（台北：鼎文書局，1990 年 6 月 7 版）卷九十三，列傳第五十三，頁 2286；李延壽《南史・隱逸・陶潛傳》則說：「陶潛，字淵明，或云字深明，名元亮。」，（台北：鼎文書局，1990 年 6 月 7 版）卷七十五，列傳第六十五，頁 1856。

〔註43〕如《晉書・隱逸・陶潛傳》：「陶潛字元亮，大司馬侃之曾孫也。祖茂，武昌太守。」《宋書・隱逸・陶潛傳》：陶淵明「曾祖侃，晉大

元勳，官至大司馬，陶侃志行修謹，曾被舉爲孝廉，且曉暢軍事。明帝時，曾先後討平張昌、陳敏及蘇峻之亂，官至侍中太尉，封長沙郡公，〔註44〕陶淵明對這位遠祖頗爲敬愛，在〈命子〉詩中也詳述自己的世系：

> 悠悠我祖，爰自陶唐。邈爲虞賓，歷世重光。御龍勤夏，
> 豕韋翼商。穆穆司徒，厥族以昌。紛紛戰國，漠漠衰周。
> 鳳隱於林，幽人在丘。逸虯遶雲，奔鯨駭流。天集有漢，
> 眷予愍侯。於赫愍侯。運當攀龍。撫劍風邁，顯茲武功。
> 書誓山河，啓土開封。亹亹丞相，允迪前縱。渾渾長源，
> 鬱鬱洪柯。群川載導，眾條載羅。時有語默，運因隆寙。
> 在我中眷，業融長沙。桓桓長沙，伊勳伊德。天子疇我，
> 專征南國。功遂辭歸，臨寵不忒。孰謂斯心，而近可得。
> 肅矣我祖，愼終如始。直方二臺，惠和千里。於穆仁考，
> 淡焉虛止。寄迹風雲，冥茲慍喜。

詩中流露出陶淵明對自身家世的自豪，尤其對曾祖父陶侃更是推崇敬慕，讚其「桓桓長沙，伊勳伊德。」陶侃出身孤貧，在戎馬倥傯中以軍功而達顯貴，他勤於政事、戮力爲國、關心民瘼，贏得了後人的稱許，〔註45〕而其「功遂身退，臨寵不忒」的生命風操更引起陶淵明的

司馬。」《南史‧隱逸‧陶潛傳》：「陶潛字淵明，或云字元亮，潯陽柴桑人，晉大司馬侃之曾孫也。」蕭統所作的〈陶淵明傳〉也云：「陶淵明字元亮，或云潛，字淵明，潯陽柴桑人也。曾祖侃，晉大司馬。」其出處同註8。

〔註44〕見施淑枝著《陶淵明及其作品研究》（台中：國彰出版社，1986年二月），頁7。

〔註45〕房玄齡：《晉書‧陶侃傳》載：「侃性聰敏，勤於吏職，恭而近禮，愛好人倫。終日斂膝危坐，閫外多事，千緒萬端，罔有遺漏。遠近書疏，莫不手答，筆翰如流，未嘗壅滯。引接疏遠，門無停客。常語人曰：『大禹聖者，乃惜寸陰，至於眾人，當惜分陰，豈可逸遊荒醉，生無益於時，死無聞於後，是自棄也。』諸參佐或以談戲廢事者，乃命取其酒器、蒲博之具，悉投之於江，吏將則加鞭撲，曰：『樗蒲者，牧豬奴戲耳！『老』『莊』浮華，非先王之法言，不可行也。君子當正其衣冠，攝其威儀，何有亂頭養望自謂宏達邪！』有奉饋者，皆問其所由。若力作所致，雖微必喜，慰賜參倍；若非理得之，

生命共感，成為陶淵明理想的人生之路。

此外，陶淵明之祖父陶茂曾任武昌太守，以正直聞名，惠愛和悅千里；其父陶逸曾任姿城太守，亦是襟懷虛靜、恬淡沖和之人，陶淵明在〈命子詩〉中提到父親個性簡淡，喜愛自然：「於穆仁考，淡焉虛止。寄迹風雲，冥茲慍喜。」，為官不喜，去職不怒，對仕途的得失也看得很輕，雖然陶淵明父親在他童齔之年便辭世，但父親的個性及簡淡的家風，仍給他留下一些影響；〔註46〕而其叔父陶夔官至太常卿，〔註47〕在〈歸去來兮辭〉述及：「家叔以余貧苦，遂見用為小邑」。此為陶淵明之父系先世淵源，由此可見陶淵明的先世係出顯貴門第，只是傳到他這一代卻成為一個衰落的官僚家庭，雖然如此，陶淵明仍深以先世顯貴自豪，並且以祖述先祖風範自居，他生活在黑暗腐朽的年代，當仕途中必須違背己志為五斗米折腰之時，這種家族傳統風範就自然在他身上展現無遺了。

（二）尚酒任懷紹承孟嘉

陶潛之「尚酒任真」、「高曠遠懷」之自然性情與「嗜酒如命」係深受外祖父孟嘉的影響，蕭望卿先生：

> 陶淵明常說「自然」，「自然」是莊子底思想，嵇康再三讚
> 美自然，這影響是很明白的。奇怪的是這個思想從他外祖
> 父孟嘉可以找到根源。孟老先生是個蕭散放達的人物，淵
> 明大部分的性情就像是從他摹寫下來的。〔註48〕

則切屬訶辱，還其所饋。嘗出遊，見人持一把未熟稻，侃問：『用此何為？』人云：『行道所見，聊取之耳。』侃大怒曰：『汝既不田，而戲賊人稻！』執而鞭之。是以百姓勤於農殖，家給人足。」（台北：鼎文書局，1990 年 6 月 7 版）卷六十六，列傳第三十六，頁 1773—1774。

〔註46〕見陳美利《陶淵明探索》（台北：文津出版社，1996 年 6 月初版），頁 26。

〔註47〕〈晉故西征大將軍長史孟府君傳〉：淵明從父太常夔常問軏：「君若在，當已作公否？」

〔註48〕見蕭望卿〈陶淵明歷史的影像〉，載於《陶淵明批評》（台北：台灣開明書局，1978 年十月台六版），頁 18～19。

陶潛的外祖父孟嘉，字萬年，歷任部從事、功曹、別駕、縣令以及征西大將軍桓溫的參軍、長史、從事中郎、長史等官職。孟嘉之爲人與人品，深爲陶淵明敬佩，據陶淵明在〈晉故征西大將軍長史孟府君傳〉中所言：

> 君諱嘉，字萬年，江夏鄂人也。曾祖父宗，以孝行稱，仕吳司空，祖父揖，元康中爲廬陵太守。宗葬武昌新陽縣，子孫家焉，遂爲縣人也。君少失父，奉母二弟居。娶大司馬長沙桓公陶侃第十女，閨門孝友，人無能間，鄉閭稱之。沖默有遠量，弱冠，儔類咸敬之。

又言：

> 始自總髮，至於知命，行不苟合，言無誇衿，未嘗有喜慍之容。好酣飲，逾多不亂。至於任懷得意，融然遠寄，傍若無人。

可見孟嘉其人品格、風度、器識及修養之不凡，而陶淵明對其外祖父之風度涵養更是極爲傾慕，觀陶淵明在〈晉故征西大將軍長史孟府君傳〉一文中：

> 行不苟合，言無夸衿。未嘗有喜慍之容，好酣飲，逾多不亂，至於任懷得意，融然遠寄，傍若無人。〔註49〕溫嘗問君：「酒有何好，而卿嗜之？」君笑而答曰：「明公但不得酒中趣爾。」又問聽妓，絲不如竹，竹不如肉，答曰：『漸進自然』中散大夫桂陽羅含，賦之曰：「孟生善酣，不愆其意」。

對外祖父極爲讚美，眞實的呈現出外祖父孟嘉澹泊超俗、溫和淡雅、平易曠達的名士風度。孟嘉從小便有自我的個性堅持，說話平實不虛誇，感情淡然不輕易外露，常常放任心志，喜歡喝酒，超量不亂，自得其趣，旁若無人，胸懷不俗並且愛好自然。陶淵明在外祖父孟嘉的化育薰染下，鎔鑄了陶淵明撫劍獨行、慷慨任氣，又悠看南山、淡泊飄逸的生命風情與高潔的品格。試看詩人在〈歸去來兮辭序〉中：

〔註49〕梁啓超：〈陶淵明〉（台北：台灣商務印書館，2001 年 6 月二版二刷），頁4。

家叔以余貧苦,遂見用小邑。于時風波未靜,心憚遠役,
彭澤去家百里,公田之利,足以爲酒,故便求之。及少日,
眷然有歸歟之情。何則?質性自然,非矯勵所得。飢凍雖
切,違己交病,嘗從人事,皆口腹自役。於是悵然慷慨,
深愧平生之志。猶望一稔,當斂裳宵逝。尋程氏妹喪於武
昌,情在駿奔,自免去職。

自述因家貧不得已而仕,又「公田之利,足以爲酒」,一向好酒的淵
明,擔任彭澤縣令,在仕途中,但因質性自然受不了官場上的爾虞我
詐,故「及少日,眷然有歸歟之情」,不久便自動請辭歸隱來「因事
順心」,以求保住自我,他的歸隱不是逃離黑暗,而是快樂奔向他所
喜愛的生活。而他所喜愛的生活,誠如詩人在〈五柳先生傳〉中自云:

性嗜酒,家貧不能常得,……造飲輒盡,期在必醉,既醉
則退,曾不吝情去留。

而於贊曰:

酣觴賦詩,以樂其志。

表明「酣觴賦詩」爲詩人終生嚮往的生活,由此可見淵明身上嗜酒與自
然任眞的個性,有外祖父孟嘉的影子,乃深受孟嘉影響的原因。〔註50〕

二、生平經歷

陶淵明的一生,從一位壯懷思飛的熱血少年,到種豆南山的隱
者,其心路歷程可以下分三個時期:少年時期、用世宦海浮沉時期及
躬耕歸隱時期探求之。

(一)少年時期

陶淵明青少年時期家境貧窮,據顏延之〈陶徵士誄〉:「母老子幼,
就養勤匱」〔註51〕衣食常常匱乏,冬天僅穿葛布製的單衣,在〈歸去

〔註50〕見景蜀慧:《魏晉詩人與政治》(臺北:文津出版社,1991年11月),
頁179。
〔註51〕九思叢書編輯部:〈陶淵明研究〉(台北:九思出版社,1977年7月
1日初版)第一卷,頁1。

來兮辭‧序〉：

> 余家貧，耕植不足以自給。幼稚盈室，瓶無儲粟，生生所
> 資，未見其術。

雖貧困至此，淵明還是以樂觀態度面對生活，甚至沉醉在山水琴書之
中，在〈自祭文〉：「含歡谷汲，行歌負薪。翳翳柴門，事我霄晨。」
在〈與子儼等疏〉中描寫青少年時嚮往之田園生活：

> 少學琴書，偶愛閑靜，開卷有得，便欣然忘食。見樹木交
> 蔭，時鳥變聲，亦復歡然有喜。常言五六月中，北窗下臥，
> 遇涼風暫至，自謂是義皇上人。

陶淵明少時涉獵儒家經典，浸濡儒家思想，雖然當時佛、道思想盛行，
但兼濟天下積極入世的儒家思想對他影響仍深遠。在〈飲酒詩〉其十
六：

> 少年罕人事，遊好在六經。

在〈五柳先生傳〉：

> 好讀書，不求甚解。每有會意，便欣然忘食。

可見詩人很少與人交往，一心沉浸於儒家經典之中，甚至到達了廢
寢忘食的境界。這一份癡迷，使陶淵明無形之中積累了淵博的學識，
〔註52〕為日後之文學創作奠定了良好的基礎，也培育了陶淵明大濟
天下的壯志。

少壯時期的陶淵明深受儒家思想薰陶，曾有遠大淑世抱負，在〈雜
詩〉其五中他追述少年壯志情懷：

> 憶我少壯時，無樂自欣豫。猛志逸四海，騫翮思遠翥。荏
> 苒歲月頹，此心稍已去。值歡無復娛，每每多憂慮。氣力
> 漸衰損，轉覺日不如。壑舟無須臾，引我不得住。前塗當
> 幾許，未知止泊處。古人惜寸陰，念此使人懼。

在〈擬古〉其八中也寫出慷慨激昂、仗劍遠遊的雄心壯志：

〔註52〕蕭統在〈陶淵明傳〉中讚述陶淵明：「少有高趣，博學，善屬文，穎
　　　　脫不群。」見李公煥《箋注陶淵明集》卷十，收於《四部叢刊》初
　　　　編縮本，（台北：台灣商務印書館，1965年8月台1版），頁91。

少時壯且厲，撫劍獨行遊，誰言行遊近，張掖至幽州，飢食首陽薇，渴飲易水流。不見相知人，惟見古時丘。路邊兩高墳，伯牙與莊周。此士難再得，吾行欲何求？

在〈讀山海經〉其十中也表現他少壯時遠大的志向、飛揚的意氣：

精衛銜微木，將以填滄海。形天無干戚，猛志故常在。同物既無慮，化去不復悔，徒設在昔心，良晨詎可待？

這「思遠翥」的雄心、長在的「猛志」，是陶淵明年少的生命豪情，它來自於先祖傳流的澎湃熱血、儒家思想的薰染，也是時代精神的反映。

（二）宦海浮沉

陶淵明一生，自二十九歲至四十一歲，共出仕五次，第一次為江州祭酒，第二次入桓玄軍幕，第三次為鎮軍參軍，第四次為建威參軍，第五次任彭澤縣令八十餘日，其中多次退隱。

二十九歲時，因為親老家貧，生活困難，他「投耒學仕」，做了江州祭酒。但一入仕途，因忍受不了官場上的拘束和折磨，不久，就自動辭職返鄉。州府再召他去做主簿，他也不去。於是在家閒居了幾年，約在三十六歲時，又再次出仕，在荊州刺使桓玄帳下任職，奉命出使京都建康，五月中旬從建康返回，途中遭遇大風，受阻於規林。次年淵明告假返回潯陽家中，七月從潯陽回江陵任所銷假。時年冬天，淵明母親去世。不久，淵明又辭官歸家，過著躬耕生活。四十歲時，淵明第三次出仕，任鎮軍將軍劉裕的參軍，去過曲阿，〔註53〕接著又改任建威將軍劉敬宣的參軍，第二年三月，奉命出使京都建康，途經錢溪。〔註54〕不久淵明又離職回家，回家以後，因為生活貧困，在當年八月又第四次出仕，擔任彭澤縣令。他在〈歸去來辭序〉中自

〔註53〕 見陶淵明：〈始作鎮軍參軍經曲阿〉，據《晉書·安帝紀》劉裕是安帝元興三年（西元四○四年）三月始任鎮軍將軍，淵明任其參軍當在此年，淵明時年四十歲。

〔註54〕 見〈乙巳歲三月為建威參軍使都經錢溪〉。據《宋書·劉敬宣傳》劉敬宣是在晉安帝元興三年（西元四○四年）任建威將軍，時淵明四十歲，乙巳相當於西元四○五年，淵明時年四十一歲。

述這次出仕動機是:「家叔以余貧苦,遂見用爲小邑。于時風波未靜,心憚遠役,彭澤去家百里,公田之利,足以爲酒,故便求之。」但一赴任,便又覺得作官混飯吃比在家挨餓還痛苦,於是又想回家,在〈歸去來辭序〉:

> 及少日,眷然有歸歟之情。何則?質性自然,非矯勵所得,飢凍雖切,違己交病;嘗從人事,皆口腹自役。於是悵然慷慨,深愧平生之志。

在矛盾痛苦中度過八十天後,嫁給程家的妹妹在武昌病死,他去奔喪,便自動辭去彭澤縣令之職,撰〈歸去來辭〉表明自此告別官場,過歸隱躬耕生活。從二十九歲到四十歲,淵明時宦時隱,爲家庭生計不得不出仕,一出仕又覺得身心受束縛,猶如身陷牢籠,「一形似有制,素襟不可易」。於是「望雲慚高鳥,臨水愧遊魚」,「靜念園林好,人間良可辭」,「誤入塵網中,一去十三年」,這時宦時隱十三年,作官在他心中是誤入塵網,於是決心歸隱。

(三)辭官歸隱

辭彭澤令,可視爲陶淵明一生前後兩個時期的主要分界線。辭官之前,他內心不斷在涉足官僚與歸隱山林這兩種截然不同的自我定位中矛盾掙扎不休。最後,他決定辭官,且堅定了隱居的決心,從此過著躬耕畎畝,隱居出世的生活,然而他的心情卻不平靜,〈雜詩〉其二:「日月擲人去,有志不獲騁。念此懷悲悽,終曉不能靜。」詩中再三描述隱居的樂趣,並且表達隱居的決心,這固然是陶公對生活的真實的感受,然而,吾人亦可將其視爲陶公堅定自己決心的一種方法。

〈飲酒〉其九:且共歡此飲,吾駕不可回。

〈飲酒〉其四:托身已得所,千載不相違。

辭彭澤令之後,陶公拒絕了再度出仕的機會。晉朝末年,朝廷曾徵召他任著作佐郎,辭不就任。直到劉裕篡晉建立宋朝,陶淵明在此一複雜的政治背景下,更厭倦了仕途。及至晚年,他貧病交迫,仍不改其風骨。

　　歸隱初期，他如願以償沉浸在返回自然的喜悅中，「既耕亦已種，時還讀我書」，或與家人相聚，樂敘天倫；或同農人話桑麻，或登高舒嘯，處處流露歡樂。然好景不長，四十四歲那年六月，不幸家中遭遇大火，居室焚燒殆盡，淵明四十六歲時從柴桑遷居南村，與嚴延年、殷隱、龐通之為鄰，賦詩飲酒，稱心如意。此時生活日漸艱難，火災之外，又遭蟲災、風災、雨災，農作物嚴重歉收，生活每況愈下，以致「夏日長抱飢，寒夜無被眠。造夕思雞鳴，及晨願鳥遷」，甚至「傾壺絕餘瀝，闚竈不見煙」。

　　江州刺史檀道濟往候之，偃臥瘠餒有日矣。道濟謂曰：「賢者處世，天下無道則隱，有道則至。今子生文明之世，奈何自苦如此？」對曰：「潛也何敢望賢，志不及也。」道濟饋以粱肉，麾而去之。晚年更是貧病交加，不得不向親友「乞食」。後來身患瘧疾，面對死亡，既不吃藥亦不求神，安然離開人世。於去世前寫了一篇〈自祭文〉，感嘆「人生實難，死如之何？嗚呼哀哉！」死後，友人私諡為「靖節先生」。好友顏延之為其作誄文。

　　陶淵明的人生，以功利價值而言，是枯槁平淡的一生。然而回歸人生的真義，則陶淵明走過的是真實而有意義的一生。面對虛詐腐朽的官場，他冷眼以對，毫不留戀；面對環堵蕭然、三旬九食的貧困生活，他坦然以對，毫不退縮，寄情於大自然之中，並引酒入詩中，創作出一首首動人的詩篇，揭開了飲酒詩的帷幕。

第三節　陶淵明飲酒動機

　　自古以來，詩人與酒有著深厚難解之緣，詩人的形象總是帶著幾番醉意，行吟於山水之間，曹丕〈與吳質書〉中便對詩人飲酒賦詩的盛況做了以下的描述：「每至觴酌流行，絲竹並奏，酒酣耳熱，仰而賦詩，當此之時，忽然不自知樂也」，〔註55〕而如竹林之飲，金谷宴

〔註55〕〔唐〕李善注，〔梁〕蕭統編《文選》（台北：華正書局，1982 年 11

集及蘭亭修禊等詩酒盛宴景況，更可證詩酒之緣，實深難相離。

　　據劉揚忠先生在《詩與酒》中論述，早於《詩經》、《楚辭》時代便開啓了以詩寫酒的先河，而漢朝人已意識到酒對詩歌創作具有強烈的催化作用，且飲酒作詩，以酒催詩已蔚爲風氣；而逮及魏晉風度，終使得詩與酒打成一片，並相續蔓延擴張。此風影響了後代詩人形成了詩人傳統模式，誠如劉揚忠先生在書中所言：「一種傳統總是由具體文化典範長期積澱而成的，其中免不了後人對前人行爲模式的學習跟模仿。」〔註56〕而對傳統文人精神多有傾慕的陶淵明，自是受詩人傳統的影響，每每引酒入詩。

一、質性自然

　　陶淵明於〈五柳先生傳〉曾自道：「性嗜酒，家貧不能常得。親舊知其如此，或置酒而招之，造飲輒盡。期在必醉，既醉而退。曾不吝情去留」又其於〈歸去來兮辭〉中亦云：「質性自然，非矯厲可得」，由此可知「質性自然」實爲其人性情特徵，飲酒是順性而發的自然情態。再者，詩人從酒中得到眞味，史便他投入酒中樂趣，在〈晉故征西大將軍長史孟府君傳〉中寫道：「溫嘗問君：『酒有何好，而卿嗜之？』君笑而答曰：『明公但不得酒中趣爾。』」而於〈飲酒二十首〉之十四中亦云：「不覺知有我，安知物爲貴。悠悠迷所留，酒中有深味！」端此可見，淵明對酒似別有番體悟，方才如此迷戀箇中滋味，然其所津津樂道之「酒中趣」，抑或是「酒中有深味」者，究係何物？觀其〈遊斜川〉詩：「中觴縱遙情，忘彼千載憂」，〈飲酒詩二十首〉之一：「忽與一觴酒，日夕歡相持」，〈己酉歲九月九日〉：「何以稱我情，濁酒且自陶」，及〈飲酒二十首〉之七：

　　　　汎此忘憂物，遠我遺世情，一觴雖獨進，杯盡壺自傾。

　　　　日入群動息，歸鳥趨林鳴；嘯傲東軒下，聊復得此生。

　　　　月初版），頁591。

〔註56〕見劉揚忠：《詩與酒》（臺北：文津出版社，1994年1月初版），頁48。

與〈飲酒二十首〉之五:「山夕日氣佳,飛鳥相與還,此中有真意,欲辯已忘言。」之語,不難想見其人所言之「酒中深味」究竟爲何了。

二、時事刺激

淵明自幼便深受儒家思想的薰陶,如〈飲酒詩二十首〉之十六:「少年罕人事,遊好在六經。行行向不惑,淹留遂無成。竟抱固窮節,飢寒飽所更。」;及其少壯時期,原亦有用世之志,觀其〈感士不遇賦〉中所言:「獨祇修以自勤,豈三省之或廢,庶進德以及時,時既至而不惠。」亦可知悉;而其豪氣干雲,趾意昂揚之襟抱與胸懷,亦實溢於言表,觀諸〈擬古九首〉之八:「少時壯且厲,撫劍獨行遊,誰言行遊近?張掖至幽州。飢食首陽薇,渴飲易水流。不見相知人,惟見古時丘。」及〈雜詩十二首〉之五:「憶我少壯時,無樂自欣豫。猛志逸四海,騫翮思遠翥」便可想見。且至晚年,猶復有〈詠荊軻〉、〈讀山海經十三首〉等詩相引爲徵,至此不難窺見其人心志。

雖然,其因飢貧交迫,得遂率意出仕,先後擔任了江州祭酒、鎮軍參軍、建威參軍及彭澤令等職,但卻時仕時隱,居官任職均極短暫,《晉書隱逸傳》便嘗言其:「以親老家貧,起爲州祭酒,不堪吏職,少日自解歸」及「聊欲弦歌,以爲三徑之資」,又其〈飲酒二十首〉之十九亦曾吟道:「疇昔苦長飢,投耒去學仕。將養不得節,凍餒固纏己」而〈始作鎮軍參軍經曲阿〉詩亦云:「時來苟冥會,宛轡憩通衢。」及〈歸去來兮辭序〉之「嘗從人事,皆口腹自役」,綜此引述,均可洞知其人出仕之由。

然而,淵明仕宦生涯,卻每多苦厄,去就之間,內心常充滿矛盾與難堪之情,尤以其「質性自然,非矯厲所得」及「與物多忤」「志意多所恥」,遂於坐任彭澤令後,悵然去職,自此即不復出仕。淵明因對政治之挫折與失望,及嘆行役、倦宦遊、念園田、思歸隱之感懷,遂不免飲酒自慰,聊解憂愁。其〈雜詩十二首〉之八便嘗道:「代耕本非望,所業在田桑。躬親未曾替,寒餒常糟糠,豈期過滿腹,但願飽粳

糧。御冬足大布，粗絺以應陽。正爾不能得，哀哉亦可傷！人皆盡獲宜，拙生失其方。理也可奈何，且爲陶一觴。」即爲藉酒消愁表現。

三、家庭缺憾

據葉慶炳《中國文學史》一書中提及淵明所以嗜酒尚有家庭不美滿因素，〔註57〕在〈命子〉詩中：

> 日居月諸，漸免於孩。福不虛至，禍亦易來。
> 夙興夜寐，願爾斯才；爾之不才，亦已焉哉！

在〈責子〉詩中對諸兒多有不滿，怨懟之語：

> 白髮披兩鬢，肌膚不復實。雖有五男兒，總不好紙筆。
> 阿舒已二八，懶惰故無匹。阿宣行志學，而不愛文術。
> 雍端年十三，不識六與七。通子垂九齡，但覓梨與栗。
> 天運苟如此，且進杯中物。

在〈與子儼等疏〉詩中亦有對家庭失望之語：

> 余嘗感孺仲賢妻之言，敗絮自擁，何慚兒子。此既一事矣。
> 但恨鄰靡二仲，室無萊婦，抱茲苦心，良獨內愧。……然
> 汝等雖不同生，當思四海皆兄弟之義。鮑叔、管仲，分財
> 無猜；歸生、伍舉，班荊道舊。遂能以敗爲成，因喪立功。
> 他人尚爾，況同父之人哉！

蕭統〈陶淵明傳〉雖稱「其妻翟氏，亦能安勤苦，與其同志。」然以其「但恨鄰靡二仲，室無萊婦」之嘆觀之，則蕭統所云，亦殆非實情。而〈詠貧士七首〉之二：「閑居非陳厄，竊有慍見言。」〈詠貧士七首〉之三：「賜也徒能辯，乃不見吾心。」與〈詠貧士七首〉之七：「年飢感仁妻，泣涕向我流」之語；及其於〈閒情賦〉中對一理想美人所生之企慕心理，均足徵知其妻翟氏似難安於勤苦，亦不能全然體恤其心志，更遑論能與其同志哉？故而，其於對世態失望之際，家庭亦復難以慰懷，貧苦交病，憂心煩悶，不藉諸酒物，又將奚焉？王叔岷先生於其《四餘齋詩草》〈湖柳初綠懷五柳先生〉詩中：「五柳先生有五子，

〔註57〕見葉慶炳《中國文學史》（台北：台灣書局，1987年），頁182。

五柳柔弱五子愚，乃知先生思弱女，慰情良可勝於無。」〔註58〕便體會甚深。

　　綜上所述，質性自然的陶淵明，係受到祖父及父親的影響，又生活在酒文化盛行的時代之下，承襲詩人傳統，在有志不得伸之時，率性地飲酒，且每每在詩中暢談飲酒之樂，此爲詩人在苦悶之時自我解脫之道。

第四節　陶淵明飲酒態度

一、超越個體人生

　　從〈飲酒二十首〉之二十：「若復不快飲，空負頭上巾，但恨多謬誤，君當恕醉人。」及〈止酒〉：「平生不止酒，止酒情無喜。暮止不安寢，晨止不能起」又如〈擬挽歌辭三首〉之一：「但恨在世時，飲酒不得足。」可知淵明對酒深愛不已，眞可謂已臻欲罷莫能之境矣。《中國文學家列傳·陶淵明傳〔註59〕》中對其人嗜酒之情便作如此描述：「曰：令吾常醉於酒足矣。」，若言此爲其人心聲之傾吐，亦不足以爲過。然其人鍾情於酒至若是境，蓋亦有所寄託，故而絕非終日沉溺酒樂之徒，所可相提並論。試觀以下其人飲觴酣醉之態，便可聊知一二：

　　　〈酬丁柴桑〉：放歡一遇，既醉還休。實欣心期，方從我遊。

　　　〈五柳先生傳〉：造飲輒盡，期在必醉，既醉而退，曾不吝情去留。

　　　《中國文學家列傳·陶淵明傳》：雖不識主人，亦欣然無忤，酣醉便反。

　　　蕭統〈陶淵明傳〉：忽值弘送酒至，即便就酌，醉而歸。

〔註58〕王叔岷撰：《陶淵明詩箋證稿》（台北：藝文印書館，1999年4月初版二刷），頁549。
〔註59〕見楊蔭深編著《中國文學家列傳·陶淵明傳》（北京：中華出版社，1991年12月6版），頁89。

> 蕭統〈陶淵明傳〉：貴賤造之者，有酒輒設。淵明若先醉，
> 便語客：『我醉欲眠，卿可去』

由此可見，其人飲酒蓋亦有節也，誠非縱酒亂懷，肆無忌憚。《晉書·隱逸傳》載：

> 其親朋好事，或載酒肴而往，潛亦無所辭焉。每一醉，則
> 大適融然。又不營生業，家務悉委之兒僕。未嘗有喜慍之
> 色，惟遇酒則飲，時或無酒，亦雅詠不輟。嘗言夏月虛閑，
> 高臥北窗之下，清風颯至，自謂羲皇上人。性不解音，而
> 畜素琴一張，弦徽不具，每朋酒之會，則撫而和之，曰：「但
> 識琴中趣，何勞弦上聲！」〔註60〕

酒可以密切親友關係，彌合現實與理想之間的裂痕，可以營造歡悅的生活氛圍，可以忽略生活的具體形式，拓展精神遨遊的空間，享受精神上的逍遙自適，最後，在陶然忘機‧物我冥合的人境界中實現其對個體人生的超越。

二、寄託生命有限

　　暢飲使陶淵明悲劇性地找到了沒有根基的個體存在的根基。飲酒是陶淵明人生「無謂」的「有謂」，是對精神自由的追求，是對有限生命的寄託。白居易稱陶詩「篇篇勸我飲，此外無所言」，〔註61〕委婉地道出了陶詩「篇篇有酒」的旨意。

　　酒是陶淵明化解人生的種種感傷、焦慮與痛苦的工具，宗白華先生說過：「漢末魏晉六朝是中國政治上最混亂、社會上最苦痛的時代。」〔註62〕生活在這樣的時代，必然會有無數的煩惱。尤其是詩人，他們是社會最敏感的神經，是社會苦痛最忠誠的承擔者，一己之憂與天下

〔註60〕參見楊家駱主編《新校本晉書》（台北：鼎文書局，1979年二月二版），頁2460。

〔註61〕引自《全唐詩》（上海：上海古籍出版社，1996年11月第14次印刷），頁1052～1053。

〔註62〕宗白華：《美學散步》（上海：上海人民出版社，1981年7月），頁208。

之憂都鬱結心中。魏晉士子嗜酒如命是爲了排泄「時不我待」的悲壯情懷，他們深切關注蒼生社稷，卻不得不在杯中物中消磨人生，這種痛苦與孤獨是對身心的巨大折磨。要消解這種憂悶，只有繼續憑藉酒的力量，因爲酒能使人感到一種情感交流的氛圍，使人與人的心靈得到溝通。即使自斟自飲，酒也能使人與周圍的自然物像貼近。魏晉士人往往借酒澆愁，正如劉伶在《酒德頌》中所說：「止則操厄執觚，動則挈榼提壺，唯酒是務，焉知其餘？」〔註63〕於是酒成了魏晉人澆心中之塊壘的瓊漿，也由此成了他們人生的一個極爲醒目的注腳。

陶淵明在〈五柳先生傳〉中自言：

> 性嗜酒，家貧不能常得。親舊知其如此，或置酒而招之。
>
> 造飲輒盡，期在必醉。既醉而退，曾不吝情去留。

在〈止酒〉中說：「平生不止酒，止酒情無喜。暮止不安寢，晨止不能起。」酒之於陶淵明就是其日常生活的組成部分。在陶淵明看來，酒有著神奇的作用：「酒能祛百慮，菊解制頹齡」，「泛此忘憂物，遠我遺世情」。陶淵明心中有許多難以化解的塊壘，須以酒澆之。他的心中有著處處的矛盾：「遙遙從羈役，一心處兩端。掩淚汎東逝，順流追時遷」；有著壯志未酬的失意：「日月擲人去，有志不獲騁。念此懷悲凄，終曉不能靜」，他還有對生活的窮困和疾病的困擾：「敝廬交悲風，荒草沒前庭」、「夏日長抱飢，寒夜無被眠」。另外，自然的永恆與生命的短暫構成的尖銳衝突，始終是縈繞在陶淵明心頭難以解開的鬱結。在〈己酉歲九月九日〉中說：

> 萬化相尋異，人生豈不勞。從古皆有沒，念之心中焦。
>
> 何以稱我情，濁酒且自陶。千載非所知，聊以永今朝。

人生的傷痛缺損、人生的不能圓滿，都在於生命的一次性和不可重複性。面對人生的短暫，面對世上如苦痛生死等種種可愁之物，他的獨特經歷所形成的獨特心靈敏感體將它們成倍地放大，內則搖其精，外

〔註63〕引自〔清〕姚鼐輯、王文濡評注《評注古文辭類纂》（台北：華正書局，1995年9月初版），頁1773。

則勞其形，非舉杯何以發其憤，非飛觴何以解其憂？正如朱光潛所言：

> 淵明並不是一個很簡單的人。他和我們一般人一樣，有許
> 多矛盾和衝突，……我們讀他的詩，都欣賞他的「沖澹」，
> 不知道這「沖澹」是從幾許辛酸、苦悶得來的。〔註64〕

陶淵明詩篇篇有酒，是盡人皆知的，像許多有酒癖者一樣，他要借酒
壓住心頭極端的苦悶，忘去世間種種不稱心的事。酒對於他仿佛是一
種武器，他拿在手裏和命運挑戰。〔註65〕

　　陶淵明飲酒在酒中獲得無限的樂趣和慰藉，還有一重要原因，即
是性之所嗜。他認為酒很好喝，喝了很快樂。「或有數斗酒，閑飲自
歡然」、「忽與一觴酒，日夕歡相持」。陶淵明還借別人之口說到「酒
中趣」，「溫嘗問君酒有何好？而卿嗜之，君笑而答曰：「明公但不得
酒中趣爾」。他在〈飲酒詩〉十四中又說：「不覺知有我，安知物為貴，
悠悠迷所留，酒中有深味。」，這酒中的深味和酒中之趣，實際上就
是酒好喝構成的味和趣。此刻酒創造出的是一個獨特的精神世界。在
酒中，人生的各種牽累都已遠去，甚至天地萬物都不存在了。酒使陶
淵明獲得一種與宇宙相融相會、合而為一的玄妙體驗，使他進入到郭
象所稱的「忘乎物，忘乎天，其名為忘己」，「任自然而忘是非者，其
體中獨任天真而已」的境界，所謂「每一醉，則大適融然」對陶淵明
而言，飲酒是一種樂趣，飲酒的時候心情舒暢，酒後的天地親切平和，
酒成為日常生活詩化的象徵。袁行霈先生說：

> 他飲酒是飲出了深味的，他對宇宙、人生和歷史的思考所
> 得出的結論，他的哲學追求那種物我兩忘的境界，返歸自
> 然的素心，有時就是靠著酒的興奮與麻醉這雙重刺激而得
> 到的。〔註66〕

〔註64〕朱光潛：《詩論》（上海：上海古籍出版社，2001年），頁204。
〔註65〕朱光潛：《談美書簡二種》（上海：文藝出版社，1999年1月），頁
69。
〔註66〕見袁行霈：《陶淵明研究》（北京：北京大學出版社，1997年7月初
版），頁113。

在漫長的人生旅途中，酒一直伴隨著陶淵明。苦痛時，酒給詩人以安慰；快樂時，酒為詩人助興。前者使詩人忘憂，後者令詩人陶醉。當詩人行將就木時，讓他牽腸掛肚、難以割捨的仍然是酒。人生的樂趣、人生的要義無不與酒關聯。

　　詩酒精神是文人們肯定自我、肯定人生的一種生存方式，文人以詩的妙語掩蓋現實人生的心靈苦悶，使其在暫時的慰藉中獲取心理的平衡和補償。如果我們探究其深層根基，實為現實和人生的兩大悲哀。但從另一角度說，它也反映了沉醉狀態下個體生命之審美快樂的一面，哀而不傷，樂而不淫，痛苦與歡樂交織，怨愁與陶醉統一，在酒中解脫，在酒中抗爭，在酒中奮鬥，從而構成了中國文人獨特的審美意識。陶淵明與酒的關係正是這種矛盾現象最典型的表現。

　　在東晉動盪亂世之中，有著高遠志向卻又純性任真自然的陶淵明，自是不容於時，而他藉飲酒歡樂逃避亂世、撫平內心痛苦，並對時事發出深沉抗議，飲酒之餘，賦詩以樂其志。

第三章　陶淵明飲酒詩之意象探討

　　飲酒、賦詩、採菊和「晨興理荒穢，帶月荷鋤歸」的躬耕稼穡，都是陶淵明生活的一部分。〔註1〕與其說陶淵明把詩與酒成功地聯繫起來，不如說是陶淵明的生活把作詩、飲酒融爲了一體。陶淵明將生活世俗化，在平凡中把握生活的眞。與眾不同的是，一般人在平凡中渴望不平凡，陶淵明則把他不平凡的思想融入平凡的生活之中。他的人生符合自然之道，且是滲透著酒香的隱居生活，達到了酒與詩的最高境界，其人生形態可謂詩酒人生。本章節在探討陶淵明飲酒詩中豐富意象，並歸納出詩人嚮往之生活型態，試先將飲酒詩中主要意象表列如下：（酒意象見頁四，於此不再重複列出）

鳥意象	栖栖失群鳥，日暮猶獨飛。（〈飲酒〉四）
	向夕長風起，寒雲沒西山。厲厲氣遂嚴，紛紛飛鳥還。（〈歲暮和張常侍〉）
	行行失故路，任道或能通。覺悟念當還，鳥盡廢良弓。（〈飲酒〉十七）
	翩翩三青鳥，毛色奇可憐。朝爲王母使，暮歸三危山。（〈讀山海經〉五）
	弱湍馳文魴，閒谷矯鳴鷗。（〈遊斜川〉）

〔註1〕尉天聰：〈從陶淵明的飲酒詩談起〉提到「陶淵明飲酒詩中的酒，實際指的是生活」，文藝月刊 43 期 62 年 1 月（1973 年），頁 21～24。

	雲鶴有奇翼，八表須臾還。（〈連雨獨飲〉）
	晨鳥暮來還，懸車斂餘暉。（〈於王撫軍座送客〉）
	鳥哢歡新節，泠風送餘善。（〈癸卯歲始春懷古田舍〉一）
	山氣日夕佳，飛鳥相與還。（〈飲酒〉五）
	日入群動息，歸鳥趨林鳴。嘯傲東窗下，聊復得此生。（〈飲酒〉七）
	眾鳥欣有託，吾亦愛吾廬。（〈讀山海經〉一）
	翩翩飛鳥，息我庭柯。斂翮閒止，好聲相和。（〈停雲〉）
	貧居乏人工，灌木荒余宅。班班有翔鳥，寂寂無行跡。（〈飲酒〉十五）
	昔我云別，倉庚載鳴。（答龐參軍）
	往燕無遺影，來雁有餘聲。（九日閒居）
魚意象	弱湍馳文魴，閒谷矯鳴鷗（遊斜川）
菊意象	芳菊開林耀，青松冠巖列。懷此貞秀姿，卓為霜下傑。（〈和郭主簿〉二）
	採菊東籬下，悠然見南山。（〈飲酒〉五）
	秋菊有佳色，裛露掇其英。汎此忘憂物，遠我遺世情。（〈飲酒〉七）
	梅柳夾門植，一條有佳花。（〈蠟日〉）
	酒能祛百慮，菊解制頹齡。（九日閒居）
松意象	芳菊開林耀，青松冠巖列。懷此貞秀姿，卓為霜下傑。（〈和郭主簿〉二）
	青松在東園，眾草沒其姿。（〈飲酒〉八）提壺掛寒柯，遠望時復為。（〈飲酒〉八）
	栖栖失群鳥，日暮猶獨飛。……因值孤生松，斂翮遙來歸。（〈飲酒〉四）
	感彼柏下人，安得不為歡！（〈諸人共遊周家墓柏下〉）
	世間有松喬，於今定何間？故老贈余酒，乃言飲得仙。（連雨獨飲）
	故人賞我趣，提壺相與至。班荊坐松下，數斟已復醉。（〈飲酒〉十四）

其他樹木	東園之樹，枝條載榮。競用新好，以招余情。（〈停雲〉）
	勁風無榮木，此蔭獨不衰。（〈飲酒〉四）
	采采榮木，結根于茲。晨耀其華，夕已喪之。（榮木）
	相見無雜言，但道桑麻長。桑麻日已長，我土日已廣。（歸園田居二）：悠然閒情
	悵恨獨策還，崎嶇歷榛曲。（歸園田居五）
	感彼柏下人，安得不爲歡。（諸人共遊周家墓柏下）
	有客賞我趣，每每顧林園。（答龐參軍並序）
	藹藹堂前林，中夏貯清陰。（和郭主簿一）
	草木得常理，霜露榮悴之。（〈形贈影〉）
	皎皎雲間月，灼灼葉中華。（〈擬古〉七）
	榮榮窗下蘭，密密堂前柳。蘭枯柳亦衰，遂令此言負。（〈擬古〉一）
	花藥分列，林竹翳如。（〈時運〉）
	寒竹被荒蹊，地爲罕人遠。（〈癸卯歲始春懷古田舍〉一）
	相見無雜言，但道桑麻長。（〈歸園田居〉二）
	桑麻日已長，我土日已廣。（〈歸園出居〉二）
	東園之樹，枝條載榮。競用新好，以招余情。（〈停雲〉）
	情孟夏草木長，繞屋樹扶疏。（〈讀山海經〉一）
	襟梅柳夾門植，一條有佳花。（〈蠟日〉）
	貧居乏人工，灌木荒余宅。班班有翔鳥，寂寂無行跡。（〈飲酒〉十五）
	歌淒厲歲云暮，擁褐曝前軒。南圃無餘秀，枯條盈北園。（〈詠貧士〉二）
	代耕非所望，所業在田桑。（〈雜詩〉八）
風意象	向夕長風起，寒雲沒西山。厲厲氣遂嚴，紛紛飛鳥還。（〈歲暮和張常侍〉）
	勁風無榮木，此蔭獨不衰。（〈飲酒〉四）
	敝廬交悲風，荒草沒前庭。（〈飲酒〉十六）
	風來入房戶，中夜枕席冷。（〈雜詩〉二）
	慘慘寒日，蕭蕭其風。（〈答龐參軍〉）洲渚四緬邈，風水互乖違。（〈於王撫軍座送客〉）
	歲暮得荊卿。君子死知己……蕭蕭哀風逝，淡淡寒波生。（〈詠荊軻〉）

	靡靡秋已夕，淒淒風露交。(〈己酉歲九月九日〉) 山中饒霜露，風氣亦先寒。(〈庚戌歲九月中於西田獲早稻〉) 風雪送餘運，無妨時已和。(〈蠟日〉)
	有風自南，翼彼新苗。(〈時運〉) 凱風因時來，迴飆開我襟。(〈和郭主簿〉一) 鳥哢歡新節，泠風送餘善。(〈癸卯歲始春懷古田舍〉一) 平疇交遠風，良苗亦懷新。(〈癸卯歲始春懷古田舍〉二) 日暮天無雲，春風扇微和。(〈擬古〉七) 微雨從東來，好風與之俱。(〈讀山海經〉一)
	幽蘭生前庭，含薰待清風。(〈飲酒〉十七) 清風脫然至，見別蕭艾中。(〈飲酒〉十七)
	秋草雖未黃，融風久已分。(〈述酒〉)
雲意象	山滌餘靄，宇曖微霄。(〈時運〉) 遙遙望白雲，懷古一何深。(〈和郭主簿〉一) 日暮天無雲，春風扇微和。(〈擬古〉七)
	依依舊楚，邈邈西雲。之子之遠，良話曷聞。(〈答龐參軍〉) 靄靄停雲，濛濛時雨。八表同昏，平路伊阻。 停雲靄靄，時雨濛濛。八表同昏，平路成江。(〈停雲〉)
	寒氣冒山澤，游雲倏無依。(〈於王撫軍座送客〉)
	向夕長風起，寒雲沒西山。(〈歲暮和張常侍〉) 素礫皛修渚，南嶽無餘 。(〈述酒〉)
	哀蟬無留響，叢雁鳴雲霄。(〈己酉歲九月九日〉) 皎皎雲間月，灼灼葉中華。豈無一時好，不久當如何！(〈擬古〉七) 玉臺凌霞秀，王母怡妙顏。(〈讀山海經〉二)
雨意象	重雲蔽白日，閒雨紛微微。(〈和胡西曹示顧賊曹〉) 微雨從東來，好風與之俱。(〈讀山海經〉一) 靄靄停雲，濛濛時雨。八表同昏，平路伊阻。停雲靄靄，時雨濛濛。八表同昏，平路成江。〈停雲〉

第一節　意　象

一、意象探源

　　「意象」一詞，常被誤認為是外來語，即西方意象派詩歌所提倡的「image」，西方意象派「image」係指心理學上的表象、心象、映象，或語言上的喻象、象徵，主要是想像的產物。〔註2〕其實「意象」一詞，在中國其來有自，而西方意象派詩人則是從中國古典詩歌裡的創作技巧得到啟發，汪裕雄在《意象探源》說：

> 法國象徵主義詩人瓦萊裏（Paul Valery，1871～1945）主張詩歌語言應和「image」結合得天衣無縫而表現出一個類乎夢境的「世界的幻象」。美國意象派詩人龐德（EzraPound，1885～1972）則因從事唐詩英譯工作，嘆服唐詩意象之精妙，起而反對一覽無遺的直抒胸臆，反對將詩歌當作情感的噴射器，主張以「準確的意象」充當情感的「對等物」，尤其重視隱喻性意象。朱光潛和宗白華二位，引進西方意象理論與傳統美學的意象、意境論相銜接，梁宗岱、艾青，都曾在留法期間親受瓦萊裏薰陶，兩人詩論亦不無融貫中西之意。〔註3〕

由此可知，西方意象派的創作理論曾受中國古典詩歌影響，而在西方掀起詩歌意象主義運動，又通過當時留學西方的學生傳入中國，對當時正在中國興起的新詩運動產生影響。意象一詞在中國其來有自，首見於《周易·繫辭》：

〔註2〕　Rene&Wellek 撰，梁伯傑譯：《文學理論》中說：「意象是兼屬心理與文學研究上的課題。在心理學方面，「意象」一詞是指過去的感受或知覺上的經驗在腦海中的一種重演或記憶，所以並不一定指視覺上的經驗而言。……意象並不只是視覺的。……不但有「味覺上的」、「嗅覺上的」意象，而且尚有「熱的」和「壓力的」意象（即筋肉感覺的、觸覺的、移情作用性的意象等）」（臺北：水牛出版社，1999年2月三版三刷），頁 278～279。

〔註3〕　見汪裕雄著：《意象探源》（安徽：安徽教育出版社，1996年4月一版一刷），頁 328。

> 子曰：「書不盡言，言不盡意，然則聖人之意，其不可見乎？」
>
> 子曰：「聖人立象以盡意，設卦以盡情偽，繫辭焉以盡言，變而通之以盡利，鼓之舞之以盡神。」〔註4〕

「意」是聖人主觀的思想，而「象」是外界客觀的形象，〔註5〕因為「意」是抽象幽微的，語言文字並無法將其全部表達，而「象」卻是具體的、顯露的，所以聖人設立卦象，又加以文辭說明，以充份表達其意；在「立象以盡意」中，我們可以瞭解，卦象是聖人「主觀情意」與「客觀外象」的結合。王弼以玄言的方式注《周易》，其〈明象〉篇裡，對於「言」、「象」、「意」之間的關係有進一步的闡發：

> 夫象者，出意者也。言者，明象者也。盡意莫若象，盡象莫若言。言出於象，故可尋言以觀象；象生於意，故可尋象以觀意。意以象盡，象以言著。故言者所以明象，得象而忘言；象者所以存意，得意而忘象。〔註6〕

對於如何深得聖人內心之意，王弼提出了「得象忘言」、「得意忘象」的兩「忘」過程。「意」是聖人主觀思想，「象」是外界客觀形象來盡聖人內心主觀情意，而以語言文字來描述外界客觀形象。「意」屬於形而上的思維，「象」是形而上與形而下的仲介，而「言」乃是人類的語言文字，這已是落入形而下的表達，由聖人「主觀情意」到「客觀形象」到「語言文字」的表達是一個順序，但我們推究聖人之意，必須是由「語言文字」到「客觀形象」到「主觀情意」的逆推過程，由形而下到形而上層層逆推，層層忘卻，在不執著於形而下表達的同時，最終契入聖人內心真正旨意。

〔註4〕《十三經注疏・周易》（臺北：藝文出版社，1955 年 4 月初版），頁157〜158。

〔註5〕古代聖人取象原則，《周易・繫辭下》云：「古者庖羲氏之王天下也，仰則觀象於天，俯則觀法於地，觀鳥獸之文與地之宜，近取諸身，遠取諸物，於是始作八卦，以通神明之德，以類萬物之情。」，見《十三經注疏・周易》，（臺北：藝文出版社，1955 年 4 月初版），頁166。

〔註6〕〔晉〕王弼：《周易略例》，收錄於嚴靈峰《無求備齋──易經集成》第 149 集（臺北：成文出版社，1976 年），頁 21〜22。

在中國文學理論史上第一次標舉出「意象」一詞的是南朝梁劉勰《文心雕龍・神思》：

> 是以陶鈞文思，貴在虛靜，疏瀹五藏，澡雪精神；積學以儲寶，酌理以富才，研閱以窮照，馴致以懌辭。然後使玄解之宰，尋聲律而定墨；獨照之匠，窺意象而運斤：此蓋馭文之首術，謀篇之大端。〔註7〕

「神與物遊」依然是文人內心「主觀情意」與「外在客觀」形象的交融契合，如此方能創造出「意象」，然後文人就運用語言之字將「意象」表達於外。由此可知，文人的「主觀情意」不再是理性的哲理思考，而是屬於文藝的審美情感，這裡所講的意象已經是藝術形象；試看《文心雕龍・神思》篇：

> 夫神思方運，萬塗竟萌，……意翻空而易奇，言徵實而難巧。〔註8〕

也就是說作家文思泉湧時，感到文辭難以涵括內心情意，所以借助外在物象以傳達內心難以用文辭表達的情意，只有巧妙運用意象，才能創造佳作。意象與聲律同是構成詩歌之重要條件。在詩篇裡，意象既然佔這麼重要的地位，劉勰亦明示詩人要達到「神與物遊」境界，必須在運轉文思的心理過程中，排除所有雜念，而使心靈達到老莊所謂的「虛靜」狀態；在進入神化之境的心理狀態時，就能使得內心主觀情意與外界客觀形象高度融合，而創作出美好的意象，也就像身懷巧技的工匠，根據自己的想像，輕易運用斧斤就能完成一件精美的器具一般。

在中國，不管是哲學領域或是文學領域，皆是因為欲表達者無法用實質的語言文字來表達內心情意，而立「象」以盡「意」，「意象」皆是表達者主觀之「內心情意」與外在「客觀物象」的融合；但其中之「意」：一屬於哲理的冷靜思考，一屬於文學的熾熱情感，所不同

〔註7〕　〔梁〕劉勰撰，周振甫注：《文心雕龍注釋》（台北：里仁書局，2001年初版四刷），頁515。

〔註8〕　〔梁〕劉勰撰，周振甫注：《文心雕龍注釋》（台北：里仁書局，2001年初版四刷），頁515。

在此至。王弼提出了「得象忘言」、「得意忘象」的兩忘過程，以求真正瞭解聖人內心意旨；我們在鑒賞詩歌創作時依然必須遵循著王弼的兩層逆推、兩層忘卻之途徑，才能真正領會、感受詩人內心情意。自從《文心雕龍·神思》提出「意象」做爲詩歌創作的重要技巧與文藝審美標準後，這標示著「意象」已正式由哲學領域進入文藝理論。此後歷代文學理論家亦多所說明「意象」爲詩歌中重要的構成要素，並以創作主體是否能夠創造「意象」來評論詩歌的高下，如唐代司空圖《二十四詩品·縝密》云：「是有真跡，如不可知。意象欲生，造化已奇」；〔註9〕明代李東陽《麓堂詩話》以「意韻鏗鏘，意象具足，始爲難得」來評晚唐詩人溫庭筠〈商山早行〉之「雞聲茅店月，人跡板橋霜」；〔註10〕明代胡應麟《詩藪·內編》云：「古詩之妙，專求意象」；〔註11〕〔清〕沈德潛《唐詩別裁·凡例》評陶淵明詩云：「過江以後，淵明詩胸次浩然，天真絕俗，當於語言意象外求之」〔註12〕可見「意象」一詞在中國古代詩論界早已被廣泛使用。

二、意象釋義

意象是中國文學理論固有的詞彙和概念，章學誠談意象時云：「有天地自然之象，有人心營構之象」〔註13〕，又云：「人心營構之象，亦出天地自然之象。」認爲兩者是會通的，詩的意象可以是「天地自然之象」與「人心營構之象」的整合，劉勰在《文心雕龍·物色》中有相同之論：

〔註9〕 〔清〕何文煥：《歷代詩話》（臺北：藝文出版社，1974 年 4 月三版），頁 25。

〔註10〕 丁福保輯：《歷代詩話續編下》（臺北：木鐸出版社，1988 年 7 月），頁 1372。

〔註11〕 〔明〕胡應麟：《詩藪》（臺北：廣文出版社，1973 年 9 月初版），頁 26。

〔註12〕 〔清〕沈德潛：《唐詩別裁（一）》（台北：臺灣商務出版社，1979 年一版一刷），頁 2。

〔註13〕 章學誠：《文史通義》（台北：中華書局，1965 年）卷一，頁 6。

是以詩人感物，聯類不窮。流連萬象之際，沈吟視聽之區；
寫氣圖貌，既隨物以宛轉；屬采附聲，亦與心而徘徊。〔註14〕

文人對景物的感觸，所引起的聯想是無窮的，或是物爲主、心爲從，隨物宛轉的內模倣，或是心爲主、物爲從的移情作用，都極盡流連的情趣。意象包括物象，但不等於物象，《禮記・樂記》云：

凡音之起，由人心生也。人心之動，物使之然也。
感於物而動，故形於聲。〔註15〕

凡是聲音的發起，皆先由於人心的活動；而人心的活動，又由於受到外物的刺激，人心受到外物刺激而起反應，即表現於聲音。此即藉由聲音表現的意象，並不是單純客觀的物象，而是包含了人心的感知和感情在內。劉勰《文心雕龍・明詩》：

人稟七情，應物斯感，感物吟志，莫非自然。〔註16〕

和鍾嶸《詩品序》：

氣之動物，物之感人，故搖蕩性情，形諸舞詠。〔註17〕

也有相同的說明。劉勰認爲人與生具有喜、怒、哀、懼、愛、惡、欲，七者弗學而能的人情，受到外物的刺激，自然發生感應，其義與《詩品序》言萬物的盛衰，能感發人情雷同。皆說明詩歌中的意象，是客觀物象與文人主觀的情意結合而成的藝術形象。近人陳植鍔在《詩歌意象論》云：

在詩歌藝術中，這種通過一定的組合關係，表達某種特定意念而讓讀者得之言外的語言形象，如「黃葉樹」、「白頭人」等等，就叫意象。……所謂意象，是詩歌藝術最重要的組成部分之一（另一個是聲律），或者說在一首詩歌中起

〔註14〕劉勰著，周振甫注：《文心雕龍注釋・物色》（台北：里仁書局，2001年初版四刷），頁845。

〔註15〕《禮記・樂記第十九》（臺北：藝文印書館，1997年），頁662。

〔註16〕劉勰著，周振甫注：《文心雕龍注釋・明詩》（台北：里仁書局，2001年初版四刷），頁83。

〔註17〕鍾嶸：〈詩品〉，收入何文煥輯《歷代詩話（一）》（台北：木鐸出版社，1982年8月初版），頁2。

組織作用的主要因素有兩個：聲律和意象。……就詩人的
藝術思維來說，象，即客觀物象，包括自然界以及人身以
外的其他社會關聯的客體，是思維的材料；意，即作者主
觀方面的思想、觀念、意識，是思維的內容。……正如語
言的最小獨立單位是語詞，所謂意象，也就是詩歌藝術最
小的能夠獨立運用的基本單位。〔註18〕

依序說明「意象」、「象」、「意」是三個不同的概念，結合詩人的思維
材料「象」和思維內容「意」，消融為詩歌中最小能獨立運用的單位，
即「意象」。王夢鷗於《文學概論》從人的心理和生理兩方面分析「意
象」及「意象傳達的層次」，讓意象此一抽象概念，能落實於科學，
更厚實意象的理論基礎，其文云：

我們在此先解釋「意象」這個名詞。一般心理學者常用這
個名詞來指稱人們過去的感覺或已被知解的經驗在心裏再
現或記起的「心靈現象」。這現象不定是「歷歷如繪」的圖
形，也不定是「如聞其聲」的聲音……簡括來說，它卻有
點像佛書所講，由六「根」造成的六「境」。其中有嗅覺的
味覺的觸覺的以及潛意識的，動或靜的種種意象。我國古
代文論家們曾把它的原形看作行雲流水飄忽而不可捉摸的
狀態，及至人們從記憶裏找到習成的記號來標誌著它時，
它差不多就化為內在的記號，也就是變做心裏的構詞活動
了。〔註19〕

意象的原形是抽象的如行雲流水飄忽而不可捉摸，及至人們從記憶裏
找到習成的記號來標誌它，個人感官的敏銳度不盡相同，再者個人選
擇儲存的際遇記憶、表露的開放程度也因人而異，在此，王夢鷗先生
指出個人才性對意象生成的影響，並指出感官對意象生成的重要性：

它大抵是與感覺相連接的一種心理反應過程。「感覺」雖屬
於感官的職責，但所謂感官，必須包括六根：眼耳鼻舌身

〔註18〕陳植鍔：《詩歌意象論》（北京：中國社會科學出版社，1992年），頁
13～17。
〔註19〕王夢鷗：《文學概論》（臺北：藝文印書館，1991年），頁119。

意；亦即除了向外開張的生理上感覺器官之外，還有包藏
在內心的「經驗再生的作用」與「潛意識的作用」。〔註20〕

以為意象是與個人感覺相連接的心理反應過程，而感官則是意象生成
的門戶，經由六根接受外物的刺激，引發多重包藏在內心的「經驗再
生的作用」與「潛意識的作用」。因為人過去的經驗各不同，和潛意
識聯想的多樣性，導致千變萬化的遣詞造句，由內而外豐富文學蘊含
的內容和呈現的樣貌。朱光潛在《詩論》中提昇視覺為審美的「見」：

審美的「見」必備兩個條件：一是凝神觀照的「直覺」，使
事物成為獨立自足的意象；二是所見意象必能表現一種情
趣。〔註21〕

意象離不開具體事物，但事物必通過人的「見」才有「象」。劉若愚
統合前人及西方理論，談意象的意義，提供一個理解的新視野：

在英文中「image」意象這個詞用以表現種種不同的意
思，……首先，這個詞有肖像的意義：也就是做為物體的
肖像。其次有隱喻的意義，……可是這個詞還有其他兩個
意義，時常用於文學批評中而且可能引起混亂。在一方面
「image」用以指喚起心象（mental picture）或者感官知覺
（不一定是視覺的）的語言表現。在另一方面，這個詞用
以指像隱喻、明喻等包含兩個要素的表現方式。〔註22〕

可見，意象是由文人構思而成的，可以使讀者除了獲得文字的意義
外，還得到文字以外的、能喚起心象或者感官知覺的共鳴，以意象開
啟個人隱密的思維，讓詩歌在不同讀者的解讀之下展開更深廣的抒情
空間。與中國評論家相較，西方學者闡釋較為具體直接，卡羅琳‧斯
伯吉恩（Caroline Spurgeon）即藉圖畫比喻意象，與中國評論家相同
的則是同樣重視意象的視覺效果：

「image」是指詩人、散文家以文字描繪成的小幅圖畫，用

〔註20〕王夢鷗：《文學概論》（臺北：藝文印書館，1991年），頁111。
〔註21〕朱光潛：《詩論》（臺北：萬卷樓出版，1990年），頁50。
〔註22〕劉若愚著、杜國清譯：《中國詩學》（臺北：幼獅文化事業公司，1990
年），頁151。

以解說闡明他自己的想法，潤飾他的想法。作者的看法、設想、言有未盡之處，自有其整體的內涵，自有其深度與豐富的意義，意象就是一種描寫或一種意想，用以把上述的涵意傳達給讀者。而傳達的方式是利用某種事物，以說明方式、含蓄的比喻方式、或類推的方式傳達給讀者；並通過由意象而引起的種種情緒和聯想，來傳達給讀者。〔註23〕

斯伯吉恩對意象的界說是以視覺為主，而華倫（Austin Warren）、韋勒克（Rene Wellek ）的論點則有心理學為基礎，且更著重感官意象的闡釋，其文云：

意象是兼屬於心理學與文學的研究課題。在心理學方面，「意象」一詞是指過去的感覺或已被知解的經驗在心靈上再生或記憶，雖不一定是屬於視覺的。……其中不但有味覺的、嗅覺的，而且還有熱的、壓力的（筋肉感覺的、平面輪廓的、感情移入的）等等。最重要的區別，則為靜的和動的（亦即力學的）意象。〔註24〕

在此探討的意象範疇橫跨視覺、味覺、觸覺、和潛意識等等，包含靜態動態的種種心理、心理活動皆是意象，對於意象的定義也完整囊括了感官知覺，以及時間作用。

　　綜上所述，以拆字法歸納出意象二字的意義，「意」即心中的主意，意圖，包括思想、觀念、看法，情緒，等內在隱形活動。「象」則是外在的現象，包括世間一切看得到的事事物物。「意象」意謂將隱形的「意」藉外在相應可感可觸的「象」表達出來，使人容易了解。

〔註23〕Caroline Spurgeon 著，鍾玲譯：〈先秦文學中楊柳的象徵意象〉《古典文學》第七集（上）（臺北：學生書局，1979 年 12 初版），頁 81～82。

〔註24〕Rene&Wellek 撰，梁伯傑譯：《文學理論》中說：「意象是兼屬心理與文學研究上的課題。在心理學方面，「意象」一詞是指過去的感受或知覺上的經驗在腦海中的一種重演或記憶，所以並不一定指視覺上的經驗而言。……意象並不只是視覺的。……不但有「味覺上的」、「嗅覺上的」意象，而且尚有「熱的」和「壓力的」意象（即筋肉感覺的、觸覺的、移情作用性的意象等)」（臺北：水牛出版社，1999 年 2 月三版三刷），頁 278～279。

〔註25〕

　　本文以陶淵明飲酒詩意象為研究對象，歸納飲酒詩的時空，檢視較為鮮明的意象，觀察詩人對酒的描寫，種種由酒感發的物與心、人與天、抒情而宿命的喟嘆。

第二節　陶淵明飲酒詩之酒意象

　　飲酒是陶淵明生活的一大部分，酒對於陶淵明詩歌創作有著極其重要的作用，酒成就了一代詩人陶淵明，也成為詩人筆下的重要意象。酒意象在陶詩中呈現的主題意蘊分述如下：

一、人事感慨

　　陶淵明在〈飲酒詩二十首〉序中寫道：

> 余閑居寡歡，兼比夜已長，偶有名酒，無夕不飲。顧影獨盡，忽焉復醉。既醉之後，輒題數句自娛，紙墨遂多，辭無詮次。聊命故人書之，以為歡笑爾。〔註26〕

詩人自稱所作詩篇皆為醉後所作，但每篇作品寫的都是一種真言，他以酒為意象，道出真實、矛盾的自我，及真實、複雜的人生。在〈時運〉末章也類似的情思：「清琴橫床，濁酒半壺，黃唐莫逮，慨獨在余。」詩人回想自己以前的經歷，不禁感慨萬千，已是不惑之年，而自己的理想、壯志依然未能得到實現。百般惆悵中，半壺濁酒，自斟自飲，以消磨心中難言的痛楚，表現出一種濃郁的憂傷。〈雜詩〉其二：「欲言無予和，揮杯勸孤影。」流露出的是同樣的心境和感受。〈讀山海經〉五：「在世無所須，唯酒與長年。」詩人把自己的希望和盤托出，不求名利，只願把自己的生命與酒連在一起，在酒中尋找人生的解脫，追尋生命的真實意義。〔註27〕

〔註25〕見向明〈論詩中的意象〉《臺灣詩學學刊》第 2 期（2003 年 11 月），頁 61～71。

〔註26〕逯欽立校注：《陶淵明集》（北京：中華書局出版，1995 年 7 月），頁 86。

〔註27〕林小玲：〈從陶淵明詩歌中的意象看其個性與心態〉，《黑龍江教育學

陶淵明飲酒詩中常流露出因家貧而缺酒的悲嘆。〔註28〕如在〈九日閑居〉詩序中:「余閑居,愛重九之名,秋菊盈園,而持醪靡由,空服九華,寄懷於言。」重九之口,滿園菊花盛開,正是飲酒賞菊的良辰。可是詩人一家連米飯都吃不飽,哪有餘糧釀酒。《宋書·陶潛傳》:「嘗九月九日無酒,出宅邊菊叢中坐久,值弘送酒至,即便就酌,醉而後歸。潛不解音聲,而畜素琴一張,無絃,每有酒適,輒撫弄以寄其意。」,〔註29〕心中的不快只能訴諸筆端,〈九日閑居〉:

> 酒能祛百慮,菊為制頹齡,如何蓬廬士,空視時運傾!
> 塵爵恥虛罍,寒華徒自榮;斂襟獨閑謠,緬焉起深情。
> 棲遲固多娛,淹留豈無成。

飲酒賞菊有益於身心健康。而盛酒的罈子卻空空如也,酒器上也布滿了灰塵,顯現斷酒已久。在〈歲暮和張常侍〉詩中也有類似的情景:

> 市朝悽舊人,驟驥感悲泉。明旦非今日,歲暮余何言。
> 素顏斂光潤,白髮一已繁。闊哉秦穆談,旅力豈未愆?
> 向夕長風起,寒雲沒西山。厲厲氣遂嚴,紛紛飛鳥還。
> 民生鮮常在,矧伊愁苦纏。屢闕清酤至,無以樂當年。
> 窮通靡攸慮,顦顇由化遷。撫己有深懷,履運增慨然。

北風勁吹,寒氣凜冽,飲酒可以禦寒,然而「屢闕清酤至」經常乏酒可飲,詩人不由感慨係之。可見他雖然喜歡飲酒,但並不是經常有酒喝;他的飲酒詩雖然談到飲酒,卻經常是抒發因家貧而缺酒的悲嘆。

二、孤懷磊落

酒有國士的才情可以臨危受命,有高士的品節,可以在利祿之外歸隱田園。酒在酷寒中醇厚溢香,無論出處進退,皆展現不凡風姿。陶淵明早年熱切的情感與晚年恬淡對照,正可用酒去象徵他。酒在陶

院學報》第 26 卷第 11 期,(2007 年 11 月),頁 79～80。
〔註28〕見童超著:《豪華落盡見真淳——陶淵明》(臺北:萬卷樓出版,民國 90 年 2 月初版),頁 75。
〔註29〕楊家駱主編《新校本宋書》(台北:鼎文書局,1979 年 2 月 2 版)卷三,頁 2286。

詩中的意象，是「孤懷磊落、幽獨不群」的，〔註30〕為「遺忘世情」及「逍遙自由」的。試看〈飲酒詩二十首〉之七：

> 秋菊有佳色，裛露掇其英；汎此忘憂物，遠我遺世情。
> 一觴雖獨進，杯盡壺自傾。日入群動息，歸鳥趨林鳴。
> 嘯傲東軒下，聊復得此生。

陶淵明熱愛大自然生活，其筆下的花、草、飛禽充滿情感，此詩寫對菊飲酒至暮，其遺世獨立之情，恬淡自適之趣。三四句寫暢飲菊花酒，抒發超逸的遺俗之情。細加品評，言「忘憂」正說明詩人心中有憂，若無憂何以忘呢？既然有憂，何必要說「遺世情」呢？可見詩人所憂並非世俗之情，乃憂國憂民之情難以消解，不得已藉酒解之。

　　而詩人遺世之情，本已自遠，而今對酒對菊，又加遠之。五六句寫飲酒，獨飲那能盡歡，不料一杯一杯，直至酒盡壺傾。詩人不說愁，其憂之多自見於言外。內心多憂，卻能曠達自釋。「杯盡壺自傾」暗寓詩人已悟出了順命委運的人生哲學。後四句寫飲酒直至日落，詩人從萬物動息中悟得生命的真諦，於是嘯傲東軒下，決心在田園之中恬然自得地度過一生。

　　從懷憂避靜，從出仕到復返自然，飲酒的意象，亦如作者內心複雜的深意，意蘊何其轉折豐富。

　　〈飲酒詩二十首〉其十三：

> 有客常同止，趣捨邈異境。一士長獨醉，一夫終年醒。
> 醒醉還相笑，發言各不領。規規一何愚，兀傲差若穎。
> 寄言酣中客，日沒燭當炳。

醒者淺陋拘泥，實在愚蠢，醉者不隨流俗，較為聰穎。醒者實指那些趨炎附勢、熱衷名利的人，醉者為詩人自指。「兀傲」之態，形象地顯示了他孤高不平的品性，他之熱衷飲酒，飲酒以致沉醉，就是為了追求這種孤高不平的品性。在〈飲酒〉其三：「道喪向千載，人人惜其情。有酒不肯飲，但顧世間名。」確實，陶淵明飲酒時的種種表現，

〔註30〕黃真美：〈陶淵明與酒〉，《萬芳學報》創刊號（2004年），頁12。

絕無矯揉造作之弊，無不充分展示了他任眞自然的本性。他曾在〈飲
酒詩〉之十四作了眞切的描述：

> 故人賞我趣，挈壺相與至。班荊坐松下，數斟已復醉。
> 父老雜亂言，觴酌失行次。不覺知有我，安知物爲貴。
> 悠悠迷所留，酒中有深味。

詩人招飲，其情自然不俗；故人賞此趣，其情亦雅。非但有雅趣，還
有清趣，松下圍坐，鋪荊於地，沒有几案可憑，沒有絲竹相伴，唯有
風吹松葉的天籟之音。非但有清趣，還有眞趣，圍坐的是故人，面對
的是清景，此情此景怎不令人陶醉！所以「數斟已復醉」。既醉之後，
更是隨意言笑，舉觴相酬，歡然自得，任眞率性，忘卻世俗的禮儀。
飲酒已樂趣無窮，何況他還從酒中領悟到了深奧的哲理。詩的後四句
描述了酒醉後的感受，在醉意朦朧中，他的自我意識消失了，外物更
不縈於胸間，他進入物我兩忘的境界，飲酒是爲了追求一個自然的境
界，是爲了追求一種眞的意趣。酒的深味，正在於此。唐代白居易爲
其曠世知音，在〈效陶潛體詩〉第十二首說陶淵明「歸來五柳下，還
以酒養眞，人間榮與利，擺落如泥塵」，〔註31〕不管陶淵明是眞醉，
或假醉，他酒後於詩文中吐眞言，他的痛苦、快樂、理想、壯志，他
的光明磊落、高風亮節都在他的詩文中得到體現。〔註32〕

三、銷憂遣懷

陶淵明處在晉宋變易的時代，政治上，「滑肆威暴，飲鳥違帝旨」
社會上是「閭閻懈廉退之節，市朝趨易進之心」，一般士人終日馳車走，
不見所問津。陶淵明與其他文人一樣面臨窮達的困擾、貧富的交戰，
爲「眞風告逝，大僞斯興」而痛心疾首，爲「坦至公而無猜，卒蒙恥
以受謗」而憤憤不平，詩人曾先後五次出仕，儘管所任皆小官，但也

〔註31〕引自《全唐詩》（上海：上海古籍出版社，1996 年 11 月第 14 次印刷），
　　　　頁 1052～1053。
〔註32〕林小玲：〈從陶淵明詩歌中的意象看其個性與心態〉，《黑龍江教育學
　　　　院學報》第 26 卷第 11 期，（2007 年 11 月），頁 79～80。

看盡了政治的黑暗，和官場的蠅營狗苟，也許正是有絕對的黑暗，才反彈出詩人這樣的堅持獨善其身。堅持精神上的自我獨立與完善的人。最終，他遠離功名浮囂，厭惡市朝奔境，超然於世俗窮通，因此酒在這層面上，因其純淨透明，象徵著詩人擺脫了物欲和流俗的困擾，在亂世中，寧可抱窮守拙與世乖，也不願與眾人一樣整日渾渾噩噩，體現一種精神上的清醒與驕傲，他象徵著個體的怡樂擺脫了外在的貧富枯榮，把晦暗苦澀的人生引向了澄明，如〈雜詩十二首〉之四：

> 親戚共一處，子孫還相保。觴絃肆朝日，罇中酒不燥。
> 緩帶盡歡娛，起晚眠常早。孰若當世士，冰炭滿懷抱。
> 百年歸丘壟，用此空名道。

擺脫了慾望的糾纏後，詩人的生活變的簡單又適意，每日有美酒管絃相伴，子孫繞膝，親戚共處，對此，他內心一片澄明與怡樂，正滲透了酒的暢爽與怡意。再如〈飲酒詩二十首〉之十四：

> 父老雜亂言，觴酌失行次。不覺知有我，安知物為貴。
> 悠悠迷所留，酒中有深味。

酒逢知己，暢酣淋漓，欣欣然醉矣。物我兩忘中，悟出酒中深味即人生之真諦。〔註33〕

四、超然解脫

陶詩中有很濃厚的老莊思想，詩人對時光飛逝和人生短促非常敏感，苦悶惶恐的情緒時常流露於筆端。如〈擬古九首〉之四：「暮作歸雲宅，朝為飛鳥堂。山河滿目中，平原獨茫茫。」，〈雜詩十二首〉之三：「榮華難久居，盛衰不可量。昔為三春葉，今作秋蓮房。」〈雜詩〉之七：「日月不肯遲，四時相催迫。」因此陶淵明欲追求長生，此於〈榮木〉：

> 采采榮木，結根於茲。晨耀其華，夕已喪之。人生若寄，
> 顦顇有時。靜言孔念，中心悵而。采采榮木，于茲託根。

〔註33〕李曉黎：〈試談陶詩中酒的意象〉，《滁州職業技術學院學報》第四卷第一期，（2005 年 3 月），頁 1～2。

> 繁華朝起，慨暮不存。貞脆由人，禍福無門。匪道曷依，
> 匪善奚敦。嗟予小子，稟茲固陋。徂年既流，業不增舊。
> 志彼不舍，安此日富。我之懷矣，怛焉內疚。先師遺訓，
> 余豈之墜。四十無聞，斯不足畏。脂我名車，策我名驥。
> 千里雖遙，孰敢不至。

他採菊服食即爲求長生。服菊與當時盛行的求仙服藥一樣，是追求生命的長度。一方面理智上，他清醒知道，人生如白駒過隙，只是一倏忽而矣。另一方面，又想加以挽留。理性與感性之間充滿了矛盾，但在更高的層次上，這種矛盾又被酒所消解。〈還舊居詩〉：

> 疇昔家上京，六載去還歸。今日始復來，惻愴多所悲。
> 阡陌不移舊，邑屋或時非。履歷周故居，鄰老罕復遺。
> 步步尋往迹，有處特依依。流幻百年中，寒暑日相推。
> 常恐大化盡，氣力不及衰。撥置且莫念，一觴聊可揮。

詩人常恐隨日月推移，氣力漸衰，但一想到酒，一拿起酒杯，恐懼就被撫平了，內心又如流水一般平靜。且看〈己酉歲九月九日〉：

> 靡靡秋已夕，淒淒風露交。蔓草不復榮，園木空自凋。
> 清氣澄餘滓，杳然天界高。哀蟬無留響，叢雁鳴雲霄。
> 萬化相尋繹，人生豈不勞。從古皆有沒，念之中心焦。
> 何以稱我情，濁酒且自陶。千載非所知，聊以永今朝。

正如〈神釋〉詩中所云：

> 大鈞無私力，萬物自森著。人爲三才中，豈不以我故。
> 與君雖異物，生而相依附。結託善惡同，安得不相語。
> 三皇大聖人，今復在何處。彭祖愛永年，欲留不得住。
> 老少同一死，賢愚無復數。日醉或能忘，將非促齡具。
> 立善常所欣，誰當爲汝譽。甚念傷吾生，正宜委運去。
> 縱浪大化中，不喜亦不懼。應盡便須盡，無復獨多慮。

西方人擅長精密的邏輯思維，中國人卻擅長模糊的控制與把握，酒的氤氳世界，非常適合中國人思考的方式，在飲酒的似醉非醉之間，很容易達到天人合一的境界，頓覺人之渺小，生之可憐，使詩人將個體生命融入宇宙生命的節律中，融入更廣闊的生命洪流，委運大化而怡

然自得，從而在更高的層次上，解脫了個人對死亡的恐懼。所以此時的酒，在其深層意蘊上，象徵著詩人把握生命的態度，是委化大運的抽象，是詩人的第二個自我，是自我的對照物。再如〈連雨獨飲〉：

> 運生會歸盡，終古謂之然。世間有松喬，於今定何間。
> 故老贈余酒，乃言飲得仙。試酌百情遠，重觴忽忘天。
> 天豈去此哉，任真無所先。雲鶴有奇翼，八表須臾還。
> 自我抱茲獨，僶俛四十年。形骸久已化，心在復何言。

詩人能與天地同流，能了悟參透，自古皆有沒，何人得靈長？不死復不老，萬歲如平常，因而在這個基礎上，詩人做到了與道冥一。〔註34〕

在不爲五斗米折腰，解印歸田之後，詩人過著嚮往已久的「採菊東籬下，悠然見南山」之隱居生活，生活步調變明快，輕鬆起來。雖然生活窘困，「飢來趨我去，叩門拙言詞」，耕作也十分辛苦，「晨興理荒穢，帶月荷鋤歸」，但詩人胸中卻一片灑落，如得新生般暢快，正如酒之暢爽，酒在這裡更是反覆出現，〈和郭主簿二首〉之一：

> 藹藹堂前林，中夏貯清陰。凱風因時來，回飆開我襟。
> 息交遊閒業，臥起弄書琴。園蔬有餘滋，舊穀猶儲今。
> 營己良有極，過足非所欽。春秫作美酒，酒熟吾自斟。
> 弱子戲我側，學語未成音。此事真復樂，聊用忘華簪。
> 遙遙望白雲，懷古一何深。

〈雜詩〉之一：

> 人生無根蒂，飄如陌上塵。分散逐風轉，此已非常身。
> 落地爲兄弟，何必骨肉親。得歡當作樂，斗酒聚比鄰。
> 盛年不重來，一日難再晨。及時當勉勵，歲月不待人。

〈讀山海經〉之一：

> 孟夏草木長，遶屋樹扶疏。眾鳥欣有託，吾亦愛吾廬。
> 既耕亦已種，時還讀我書。窮巷隔深轍，頗迴故人車。
> 歡然酌春酒，摘我園中蔬。微雨從東來，好風與之俱。

〔註34〕李曉黎：〈試談陶詩中酒的意象〉，《滁州職業技術學院學報》第四卷第一期，（2005 年 3 月），頁 1～2。

汎覽周王傳，流觀山海圖。俯仰終宇宙，不樂復何如。

〈歸園田居〉之五：

恨恨獨策還，崎嶇歷榛曲。山澗清且淺，遇以濯吾足。

漉我新熟酒，隻雞招近局。日入室中闇，荊薪代明燭。

歡來苦夕短，已復至天旭。

詩人擺脫一切俗欲，安於新生活，勞作之餘，暢飲自釀之美酒，身心都爲之放鬆。這是生命自身的嬉戲與自娛，是精神無憂無慮的自由與灑脫，是心靈純潔無染的怡樂與恬適。〔註35〕故此時的酒，象徵詩人灑落的心胸，因爲他回到自己存在的本眞狀態，也就是朱熹所說的「人欲盡處，天理流行，隨處充滿，無所欠缺」的百得之境。煉象取意，鮮明生動，節奏明快。

　　陶淵明飲酒詩中酒的意象就構成了一個循序漸進，由淺而深的意義體系，入口的暢快暗喻詩人淳厚認眞的性情，是人性與酒性相通之處，入腹後的火辣，醇香，象徵著詩人遺世獨立，不與世乖的人格，細品之下的綿長悠遠，心曠神怡，則暗合了詩人與天合一，委化大運的生命冥想。在陣陣酒香之中，陶詩的眞便鮮活漂浮在我們眼前，人的目的和價值不在前譽也不在後歌，而在於個體生命的本眞，眞實地表達自己的個性，努力地作到性命之眞。正如宗白華先生在《美學散步》中所言：「他的一生的確是以任眞、自期、自許、自高、自傲走過來的」。〔註36〕

第三節　陶淵明飲酒詩之鳥意象

　　鳥在中國傳統詩歌中作爲常見意象由來已久，早在《詩經》、《離騷》中就頻頻出現，迄至漢魏，詩人寫鳥或以自比或以喻他，或以映現內心世界，其喻比、象徵的表現手法更加多樣，而其表現的內容更

〔註35〕李曉黎：〈試談陶詩中酒的意象〉，《滁州職業技術學院學報》第四卷第一期，（2005 年 3 月），頁 1～2。

〔註36〕宗白華《美學散步》（上海：上海人民出版社，1981 年 6 月），頁 22～30。

是豐富多采，尤其是在阮籍的〈詠懷詩〉八十二首中，更俯拾即是，
說明鳥意象被詩人日益普遍接受，並自覺地用它作為一種意象在詩文
中加以表現，詩人陶淵明，當然也受此影響，在詩中以鳥為意象表現
心志，在逯欽立校注《陶淵明集》中除六首專題詠鳥之外，尚有四十
二處之多，大都有比喻或象徵意義，詩中或以鳥兒自比，作為詩人的
藝術化身；或以「高鳥」明志，成為「理想中的形象」；或托興「歸
鳥」以抒發詩人的情懷，表達其對人生的意義的獨特理解。於此，豆
紅橋先生也指出：

> 不同季節、不同環境下的鳥兒實象徵了陶淵明出處宦途的
> 身影以及主要人生階段的生命體驗：積極入世、歸隱田園、
> 委韻大化的自由化身。〔註37〕

陶淵明借鳥意象寄託了自己人生階段的生命體驗，而在飲酒詩中鳥的
意象象徵著他的生命歷程，分別敘述如下：

一、遠志的高鳥

在眾多鳥意象中，高鳥最能代表淵明少年時代的人生階段，他少
年時代就對鳥產生了好感「少學琴書，見樹木交蔭，時鳥變聲，亦復
歡然有喜。」〈與子儼等疏〉同時也有托鳥言志，大濟蒼生的願望，
仰慕那高飛的鳥。如他所言：「猛志逸四海，騫翮思遠翥」〈雜詩十二
首其五〉。可見陶淵明這時既熱愛大自然，又「猛志」存心，意欲仕
進。他早期主要接受儒家的教育，使他很早就有步入仕途的願望。如
他對少年時代回憶道：「少年罕人事，遊好在六經。」〈飲酒其二十〉，
又將《論語》中原句保留在自己的詩句中：「先師有遺訓，憂道不憂
貧。」〈癸卯歲始春懷古田舍二首〉，與此同時，他又受社會環境，即
魏晉時期談玄思想的影響，因而崇尚自然，如他自稱「少無適俗韻，
性本愛丘山」〈歸園田居其一〉，當然他也愛「丘山」林中自由飛翔的

〔註37〕豆紅橋〈鳥　酒　山——論陶淵明詩歌意象建構及其象喻意義〉《河
西學院學報》第 6 期（2006 年）。

鳥類。少年時期在思想上起著主導作用的仍然是儒家的入世思想，家庭環境使他有邁向仕途的願望，自己也希望成爲胸懷「遠翥」的高鳥。其他高鳥意象尚見於〈連雨獨飲〉:「雲鶴有奇翼，八表須臾還。」,〈己酉歲九月九日〉:「哀蟬無留響，叢雁鳴雲霄。」其中「叢雁」高鳴雲霄而去的景象，對此詩人而言感慨良多，也正是自己企仰的一種高鳥意象，正可謂「雁過留聲，人過留名」，是對自己人生的一種反思。此一時期所要寄託的高鳥意象主要有兩層涵意:一是積極仕進的、胸懷猛志的自我形象;二是仕進後對自由飛翔的高鳥的嚮往之情。

二、受困的羈鳥

　　陶淵明二十九歲時便因爲「親老家貧」而「投耒去學仕」，做了一個很小的州祭酒，甚不得意，終因「不堪吏職」而在很短時間內解歸。從此以後，他時斷時續地在桓玄、劉裕的幕中爲官，但不久又離開，做了江州刺史劉敬宣的參軍，直到西元四○五年劉敬宣上表辭職，他也就理所當然地解綬去職。同一年秋天，做彭澤令時便是他最後一任官職，其結果是不「爲五斗米折腰」而歸田。但實質上，從淵明〈感士不遇賦〉、〈歸去來兮辭〉等作品可以發現他辭官的眞正原因乃是意識到世途的欺詐險惡，匡時救世的遠志不僅不可能實現，反而會遭受沒頂之災，此外，質性自然的他也與虛僞的世俗多忤。這一段官場生活，使他感到形跡拘役，宛如受困樊籠的羈鳥。同時他也存有對前輩文人被害的戒懼心理。在他以前的名士們一批一批被送上刑場:何晏、嵇康、二陸、張華、潘岳、郭璞、劉琨，這些當時第一流的著名詩人、作家、哲學家，都是被害死的。回想這些一幕幕仕途慘像眞讓詩人觸目驚心，他也正是由於這樣的社會現實，便自覺歸園田居。「久在樊籠裏」〈歸園田居〉，便是這一段出仕生活的概括，而「誤落塵網中」則是他這一段出仕生活內心感受。在他幾經周折，仍困頓於無奈的官場，卻沒有一展「猛志」的機會，詩人忍受著巨大的痛苦和壓抑，而後吟唱出自己的心聲:「羈鳥戀舊林，池魚思故淵」。此詩

道出了他對俯仰由人的十年仕宦生活的切身體驗，抒發的是往日居官時的痛苦情懷。鳥即歸田居家的詩人，鳥對「舊林」的依戀和嚮往，實際上是鳥對自由飛翔的渴望，更是詩人對田園生活的願望，鳥是他的化身，舊林則是詩人的田園。這兩句詩無異對現實反抗，看似平淡，而實際上是發自內心較為強烈的一種吶喊。詩中「羈鳥」和「池魚」顯然是詩人做官為宦生活形象的自我寫照。詩人感到自己正猶如籠中的鳥或池中魚，不僅在形體上受到限制和拘束，而且還有著生命危險，正如「密網裁而魚駭，宏羅置而鳥驚」〈感士不遇賦並序〉，時刻在擔驚受怕，不得安寧。陶淵明在仕途中不得意而產生的羈絆感是較為強烈的，在其他的詩篇中也有所流露，如「荏苒經十載，暫為人所羈」(〈雜詩四首〉其二)。「遙遙從羈役，一心處兩端」)(〈雜詩四首〉其一)等等。由此可見，詩人在「羈鳥」形象中的寄慨是較為深沉的。

三、失群的孤鳥

　　少時陶淵明有著「猛志逸四海」、「大濟蒼生」的強烈政治抱負。然而，官場黑暗齷齪，仕途失意，生活貧困，遭遇災難一連串的打擊使詩人理想之鳥的翅膀被折斷，像一隻失群的孤鳥充滿了徬徨苦悶之情，對黑暗的現實充滿了憤懣。〈己酉歲九月九日〉：

> 靡靡秋已夕，淒淒風露交。蔓草不復榮，園木空自凋。
> 清氣澄餘滓，杳然天界高。哀蟬無留響，叢雁鳴雲霄。
> 萬化相尋繹，人生豈不勞！從古皆有沒，念之中心焦。
> 何以稱我情，濁酒且自陶。

描寫了「哀蟬無留響，叢雁鳴雲霄。」的悽涼景象，也暗示了詩人內心痛苦、感時之悲。又在〈飲酒詩二十首〉之四寫道：

> 栖栖失群鳥，日暮猶獨飛，徘徊無定止，夜夜聲轉悲。
> 厲響思清晨，遠去何所依，因值孤生松，斂翮遙來歸。
> 勁風無榮木，此蔭獨不衰。託身已得所，千載不相違。〔註38〕

〔註38〕逯欽立校注：《陶淵明集》(北京：中華書局出版，1995 年 7 月)，頁88。

詩人運用比興手法，以失群鳥自比，失群鳥則是詩人高潔自守、不與黑暗勢力同流合污的象徵，失群鳥的獨飛、悲鳴、徘徊、嚮往、遇松、收翅、託身就是詩人自己的經歷和理想的寫照。清人邱嘉穗在其《東山草堂陶詩箋》卷三裏說：「陶公自彭澤解綬，真如失禽之鳥，飛鳴無依，故獨退田園，如望孤松而斂翮，托身不相違。」〔註39〕失群鳥遇孤松前後的情形與陶淵明歸田前後的情形甚為相似。詩人同情失群鳥的遭遇和處境，實際上就是表達自己的種種不幸；詩人寫失群鳥「思清遠」，實際上是反映自己在亂世中思樂土的心理。詩人借物言情，言在此而意在彼。詩人的孤獨之感，悲憤之情，清遠之志深刻地體現了出來。

四、自由的飛鳥

鳥在陶淵明飲酒詩中主要是逍遙自在的象徵，詩人天性淡泊自然，不喜拘役，自然欣羨嚮往天空中無拘無束、自在翱翔的飛鳥，天空如此廣闊浩瀚，鳥兒只要輕輕展翅，就能輕鬆抵達任何渴望的地方，沒有任何「欲濟無舟楫、欲過無翼的煩惱」，此為詩人嚮往不已的生活。試看〈停雲〉詩中：

> 翩翩飛鳥，息我庭柯。斂翮閒止，好聲相和。
>
> 豈無他人，念子實多。願言不獲，抱恨如何！

勾畫出鳥翩然飛翔的動態。「斂翮閒止，好聲相和」兩句細緻地描畫了鳥兒停下來以後，收斂翅膀，閒靜地停留在樹枝上，用熱切優美的聲音相互唱和。畫活了鳥兒的神態和聲音，傳出了它們的心情。鳥兒好聲相和的動人情景，自然興起陶淵明懷念朋友的摯切心情。詩人從視覺方面取象，寫鳥的飛息自由；從聽覺方面取象，寫鳥的歡叫和鳴；轉而從心理感覺上立意，抒發懷念之情，字裡行間充溢著對飛鳥自由自在的嚮往和深情。又在〈飲酒詩〉其十五：

> 貧居乏人工，灌木荒余宅，班班有翔鳥，寂寂無行跡。

〔註39〕見邱嘉穗《東山草堂陶詩箋》卷三，載於四庫全書存目叢書委員會編《四庫全書存目叢書》（台南：莊嚴文化出版社，1996年），集三，頁246。

　　　　宇宙一何悠，人生少至百。歲月相催逼。鬢邊早已白。
　　　　若不委窮達，素抱深可惜。

詩中寫貧居寂寞的情懷，因而感嘆人生短促，歲月逼人，應當拋開富貴貧賤的想法，一任自然。此時此際，貧宅附近無人往來，只有飛翔的鳥偶而停駐，作者藉由鳥喻己嚮往與飛鳥一同飛翔的心志，期望突破現世的坎坷和羈絆，走向無限和超越。此接近《莊子‧逍遙遊》中的大鵬，超然遠逝，扶搖萬里，陶詩的氣象雖然沒有如此恢弘壯闊，但對自由翱翔的渴求卻無有不同。

五、還巢的歸鳥

　　陶淵明對於歸林的鳥兒充滿了欣慰和思慕之情。他屢以歸鳥自況，對自己的宦海浮沉作了形象性的總結，強調歸隱的心志，抒寫自己孤尚超俗，不同流合汙的情懷。最能表達詩人對歸鳥的思慕和自況之情的是〈歲暮和張常侍〉詩：

　　　　市朝悽舊人，驟驥感悲泉，明旦非今日，歲暮余何言。
　　　　素顏斂光潤，白髮一已繁。闊哉秦穆談，旅力豈未愆。
　　　　向夕長風起，寒雲沒西山。属属氣遂嚴，紛紛飛鳥還。
　　　　民生鮮常在，矧伊愁苦纏。屢闕清酤至，無以樂當年。
　　　　窮通靡攸慮，顦頷由化遷。撫己有深懷，履運增慨然。

此詩借寫鳥來表現詩人的懷抱和經歷。雖然寫鳥，而詩人的性情、風神都躍然紙上。使人但覺真氣流貫，超然物外，逸興遄飛。倦飛歸來的鳥正是詩人人格的象徵；詩中的每句話幾乎都是詩人生活經歷的再現，則正是象徵詩人在黑暗的現實中抗爭、奮鬥等；歸鳥的一舉一動正體現著詩人的思想和性格；詩中的每一項景物都著上詩人的感情色彩。因此，這首詩通過寄興歸鳥以抒發詩人孤高傲世、不願同流合污的情懷，表達其對人生意義的獨特理解；寄託著對歸鳥的思慕之情，摻雜著壯志未酬的惆悵和悲憤。意境深邃，動人心弦。

　　〈飲酒二十首〉其五：
　　　　結廬在人境，而無車馬喧。問君何能爾？心遠地自偏。

> 採菊東籬下，悠然見南山。山氣日夕佳，飛鳥相與還。
> 此還有眞意，欲辨已忘言。

在此，陶淵明爲自己放棄仕途，重返田園而感到心情舒暢，所以他把在晚霞中飛回的鳥，暗示爲自己對自然生活的嚮往。而眺望此景，其心情是十分複雜的。

〈飲酒詩二十首〉其七：

> 秋菊有佳色，裛露掇其英，汎此忘憂物，遠我遺世情，
> 一觴雖獨進，杯盡壺自傾，日入群動息，歸鳥趨林鳴，
> 嘯傲東軒下，聊復得此生。

詩中「日入群動息，歸鳥趨林鳴」是一個倦鳥知返的意象，是鳥兒歸林時發出的歡叫，是喜悦與歸宿感的流露，「嘯傲東軒下，聊復得此生」兩句道出忘世情而渴望歸隱之心跡，田園樹林是他生命與精神最終依託之所。

〈於王撫軍座送客〉：

> 秋日淒且厲，百卉具已腓。爰以履霜節，登高餞將歸。
> 寒氣冒山澤，游雲倏無依。洲渚四緬邈，風水互乖違。
> 瞻夕欣良讌，離言聿云悲。晨鳥暮來還，懸車斂餘暉。
> 逝止判殊路，旋駕悵遲遲。目送回舟遠，情隨萬化遺。

也是一個日暮知返的歸鳥意象，「懸車斂餘暉，逝止判殊路」暗示當時詩人的處境，質性自然的淵明與那些汲汲名利的小人，自是只能慨歎道不同，不相爲謀，此際，詩人念念不忘的仍是回歸。

〈讀山海經十三首〉其一：

> 孟夏草木長，遶屋樹扶疏。眾鳥欣有託，吾亦愛吾廬。
> 既耕亦已種，時還讀我書。窮巷隔深轍，頗迴故人車，
> 歡然酌春酒，摘我園中蔬。微雨從東來，好風與之俱，
> 泛覽周王傳，流觀山海圖。俯仰終宇宙，不樂復何如？

在詩中對倦鳥知還的反覆吟詠，從「眾鳥欣有託，吾亦愛吾廬」二句不難體會陶淵明對吾廬，也即精神田園的眷戀和熱愛，煎熬漂泊的心靈就此有依止之處。

又〈讀山海經〉五：

　　翩翩三青鳥，毛色奇可憐。朝爲王母使，暮歸三危山。

詩人歸隱躬耕之餘，閒讀山海經，於山海經中構築一想像世界，在詩中藉由青鳥暮歸三危山，再度重申欲歸隱田園的心志。

　　總之，陶淵明本身就是「鳥」的化身，他永遠自在飛翔，從嚮往飛鳥、失群的落寞、歸返田園的懷抱，到最後悟得解脫之道，並神話幻想中找到生命出口，樹立暮歸青鳥形象，展示了他對人生執著的追求。

第四節　陶淵明飲酒詩之植物意象

一、菊意象

　　在陶淵明飲酒詩中菊花意象共出現四次，〈九日閑居〉其二、〈和郭主簿詩〉其二、〈飲酒詩二十首〉其五、〈其七〉中皆吟詠了菊花。飲酒詩中的菊花意象或昭示頤養天年的妙用，或展露凌霜傲雪的風骨，或抒寫一任自然的性情。

（一）凌霜傲雪

　　陶淵明飲酒詩中菊花意象自有其特色，是一種物境與情境交融，平淡與完美統一的境界，凌霜傲雪，是陶詩中菊花意象的重要旨趣，如〈和郭主簿〉之二：

　　和澤同三春，華華涼秋節。露凝無游氣，天高風景澈。
　　陵岑聳逸峰，遙瞻皆奇絕。芳菊開林耀，青松冠巖列。
　　懷此貞秀姿，卓爲霜下傑。銜觴念幽人，千載撫爾訣。
　　檢素不獲展，厭厭竟良月。

寫出秋寒襲人，天高景衰的肅殺之景。群峰高聳係遠景，而眾菊怒放爲近觀之景，而嚴霜寒秋中，菊花的秀姿貞骨，正是詩人人格的眞實寫照，表現詩人在黑暗環境中的傲骨凌霜精神，又如在〈飲酒詩〉之七：

　　秋菊有佳色，裛露掇其英。汎此忘憂物，遠我遺世情。

一觴雖獨進，杯盡壺自傾。日入群動息，歸鳥趨林鳴。

嘯傲東軒下，聊復得此生。

詩人在農村閑居之時採著含露之菊，然後泡酒食用，菊象徵高潔之物，詩人食菊以修身自潔，他筆下的菊花是農村田園之菊，同時寄寓於菊，以菊的特質表現詩人不同流俗的冰清玉潔人格。〔註40〕詩人選菊，是因菊的貞骨傲霜、高風亮節、貴而不俗的自然秉性與詩人自己的品性相似。菊敢於與自然抗爭的鬥志，它的群芳皆敗我獨放的凜然之氣，都是詩人所讚賞的。詩人面對這些，忘卻了世俗的煩惱，心靈得到了淨化，仿佛自己的人格在此與菊融而為一了。在這裡菊之高潔、菊之鬥志正是詩人那種敢於與世抗爭而不消極頹廢，不與世俗之歪風邪氣同流合污的高尚品格的體現。

（二）質性自然

純任自然，是陶詩中菊花意象的核心意蘊，〈飲酒詩〉其五：

結廬在人境，而無車馬喧。問君何能爾，心遠地自偏。

采菊東籬下，悠然見南山。山氣是夕佳，飛鳥相與還。

此還有真意，欲辨已忘言。

從創設的情景和表現的意趣看，此詩大有莊子忘我遊心之風。但莊子的境界是一種內心的境界，精神的境界，純哲理的境界，並不具備實踐的品格。魏末正始時期的嵇康，將莊子的哲學境界轉化為現實境界，他在〈兄秀才公穆入軍贈詩〉：「目送歸鴻，手揮五弦。俯仰自得，游心太玄。嘉彼釣叟，得魚忘筌，郢人逝矣，誰可盡言。」〔註41〕表現這種優遊怡然、了無掛礙的追求，充滿莊子精神。陶淵明則進一步把莊子的精神境界變成人生境界進而詩意境界，實現了人的精神、生活與自然、與詩的真正合一。面對自然，他就是自然的一員，生活於

〔註40〕劉來春：〈平淡中見豪放　豪放中蘊平淡──從陶詩中的菊花意象再議陶詩風格〉，《安徽工業大學學報》第 18 卷第 4 期，（2001 年 12 月），頁 66～67。

〔註41〕武秀成譯注《嵇康詩文》（台北：錦繡書局，1992 年 11 月初版），頁 36。

自然之中；從作詩的角度而言，詩中之景均為自然之景，更是心中之景，是「澄懷味象」，也是自然與心靈的遇合渾然無跡。在〈飲酒詩〉其五中，人與菊、與山、與鳥共存，心物交融，創造了一種自然的詩化和詩化的自然的和諧境界。在此菊花已不再是單純的菊花，而是士大夫心目中不慕名利、逸氣如雲的人格理想，是恬淡悠閒的田園生活的象徵。〈飲酒詩〉其七：

> 秋菊有佳色，裛露掇其英，汎此忘憂物，遠我遺世情，
> 一觴雖獨進，杯盡壺自傾，日入群動息，歸鳥趨林鳴，
> 嘯傲東軒下，聊復得此生。

頌秋菊而餐其英，歸田園而隨性情。菊能忘憂，菊能遺世，菊能讓詩人產生一種嘯傲人生，快然自足的生命感受。宋李公煥評此詩：「秋菊有佳色，　語沈盡古今塵俗氣」及「寓意高遠，皆由菊而發。」，[註42] 實為破的之論。

（三）延年益壽

延年益壽是陶詩中菊花意象凸顯的主題之一，〈九日閒居並序〉：

> 余閒居，愛重九之名。秋菊盈園，而持醪靡由，空服九華，寄懷於言。

> 世短意恆多，斯人樂久生。日月依辰至，舉俗愛其名。
> 露淒暄風息，氣澈天象明。往燕無遺影，來雁有餘聲。
> 酒能祛百慮，菊為制頹齡。如何蓬廬士，空視時運傾。
> 塵爵恥虛罍，寒華徒自榮。斂襟獨閒謠，緬焉起深情。
> 棲遲固多娛，淹留豈無成。

人生朝露的憂生之歎往往促成了魏晉士人超塵出世的人生態度，他們或從體認時光流逝、人生短促走向求仙，或從體認時光流逝、人生短促走向悲憤。「世短意恆多，斯人樂久生。」陶淵明同樣感歎人生之無常，但在慨歎之餘，他還以平和的心境、積極的姿態借菊花聊以自

〔註42〕見李公煥《箋註陶淵明集》卷三，（台北：國立中央圖書館善本叢刊第七種，1991 年 2 月出版），頁 121～123。

慰。他在小序中寫道:「秋菊盈園,而持醪靡由。空服九華,寄懷於言。」可見,陶淵明是食用菊花的。正文部分又強調:「酒能祛百慮,菊為制頹齡。」進一步證明陶淵明對菊花藥用價值的看重。酒去憂,菊延壽,唯有菊與酒,方能擺脫人生的煩惱,超越生命的局限。詩的最後,「棲遲固多娛,淹留豈無成」,呈現了一種快然自足的超世情懷。

綜上所述,陶詩中的菊花意象有三類:食菊,突出菊花的藥用價值,防病保健,延年益壽;賞菊強調菊花的觀賞價值及其風骨是傲睨風霜,卓爾不群;贊菊,彰顯菊花的精神價值,隨性適意,心與自然泯一。這是超然塵世的一種高遠的境界,也是玄學所追求的最高境界。

二、松意象

松的原型意象最早見於《詩經・小雅・斯干》,因其樹齡長久,經冬不凋,松被用來祝壽考、喻長生:「秩秩斯干,幽幽南山。如竹苞矣,如松茂矣。」〔註43〕松是道教神話中長生不死的重要原型,所以服食松葉、松根便能飛升成仙、長生不死,道教徒都特愛松樹。〔註44〕《南史・隱逸傳》〔註45〕提到道教宗師陶弘景便在道觀四周種滿松樹,常以聽松為樂。陶淵明也習染道教徒的風氣,飲酒詩充溢著對松傲霜鬬雪、卓然不群的讚嘆,細讀淵明飲酒詩,詠松或以松為背景的詩文共有五處,陶淵明筆下的松意象表層是一種孤高傲岸人格的象徵,深層內涵是長生不死、永恆精神家園的象徵。

(一)孤高傲岸

青松因其四季長青、經冬耐寒的特質很早就被賦予一種人格象徵意義,孔子「歲寒,然後知松柏之後凋也。」,深深影響後人對松的

〔註43〕屈萬里著《詩經釋義》(台北:中國文化大學出版部,1983年11月新二版),頁237。

〔註44〕參見劉雪梅〈論陶詩中松、菊、桃源意象的道教神話原型〉(《藝苑縱橫》1999年3月),頁38。

〔註45〕見楊家駱主編《新校本南史》(台北:鼎文書局,1979年2月2版)卷七十六,列傳第六十六,隱逸下,頁1897~1900。

認識，松在中國文學中成了堅毅的象徵，屈原在〈山鬼〉中：「山中人兮芳杜若，飲泉石兮蔭松柏」用「杜若」、「清泉」、「松柏」來比擬山鬼的高潔。陶淵明仿楚騷在詩中以松的高潔孤獨、卓爾不群、不畏酷寒來象徵自己的人格。

在〈飲酒詩〉之八塑造了孤松的形象：

> 青松在東園，眾草沒其姿，凝霜殄異類，卓然見高枝。
> 連林人不覺，獨樹眾乃奇，提壺撫寒柯，遠望時復爲，
> 吾生夢幻間，何事絏塵羈。

霜威下不凋的青松，正是詩人傲岸不屈性格的象徵。秀美傲立的青松，獨立生長於東園之中，爲眾草所掩沒，在莽莽眾草中，青松之孤獨無奈自是不言而喻。詩中的青松喻指一個不同流俗之士，誤入俗世塵網中，其貞秀節操無以顯現，待其獨自歸返田園，於艱難環境中岸然自立，其高潔堅貞、堅毅不拔的品格方得以展現。〔註46〕因此，凌霜卓立的青松是陶淵明自我生命的投射，象徵自己堅貞不渝的人格，也正是詩人的這種孤高，使得他與官場格格不入，只有歸隱田園他才能釋放自由的個性。松是陶淵明人格的象徵，也是詩人的千年託身之所，此亦可見於〈飲酒〉之四：

> 栖栖失群鳥，日暮猶獨飛。徘徊無定止，夜夜聲轉悲。
> 厲響思清晨，遠去何所依，因值孤生松，斂翮遙來歸。
> 勁風無榮木，此陰獨不衰。託身已得所，千載不相違。

此詩讚美松「歲寒而不凋、獨立而不懼」，更進一步把「孤生松」作爲「失群鳥」惶惶獨飛後斂羽來歸的託身之所，是詩人棲心立足之處，是「方宅十餘畝，草屋八九間。榆柳蔭後簷，桃李羅堂前」的田園故居；也是詩人精神的寄託，孤松象徵詩人傲岸不諧的個性，以及內心因守道獨行，世無知音而感到的孤凄之情。在〈和郭主簿二〉：

> 芳菊開林耀，青松冠巖列。懷此貞秀姿，卓爲霜下傑。

〔註46〕參考王國瓔〈結廬在人境，而無車馬喧——陶詩中的隱居之樂〉，收於《古今詩人隱逸之宗——陶淵明論析》，台北：允晨文化，1999年9月初版，頁105。

　　衡飆念幽人，千載撫爾訣。檢素不獲展，厭厭竟良月。

在陵岑逸峰上、在深山幽谷中，當百草早已不敵霜雪凌侮而殘敗衰凋之
時，唯有青松不爲霜寒，在環境的考驗中卓然獨出，屹立不搖，顯現「貞
秀」、「性剛」的生命本質。松象徵高潔堅貞品德，是君子的化身，陶淵
明以松明志，表示自己願效松柏之「質性自然」，維持本性，在困厄的
環境中，依然堅持自我，貧賤不移。孤生松，它在勁風下屹立不搖，獨
保不衰之陰，展現無比的堅強，這一個高大傲岸的孤獨者形象，亦是詩
人潛意識中自我生命的象徵，象徵卓然不群、兀傲特立的風範；對孤生
松的千載不違，投射出詩人對自我信仰的堅定不移。對此鄭琇文說：

> 孤松象徵的是淵明堅守的某種理想，或許是固窮；或許是
> 任真，淵明始終堅持這份理想，這份如「歲寒而後松柏之
> 後凋」般的理想。〔註47〕

雖然這份堅持伴隨著孤獨，然而這一份孤獨，是自己在歷經宦海沉浮
後的選擇，是夢寐以求的境界，雖然孤單，但卻無拘無束、適性自在，
因此詩人欣然接受。祝菊賢也指出：

> 彷徨的鳥兒，「因值孤生松，斂翮遙來歸」，現實自我在苦
> 悶與焦慮中由於生命自我的召喚而找到了精神的依託與家
> 園。鳥兒與松樹的相知相遇是詩人潛意識中的兩個自我在
> 對立矛盾中獲得新的平衡的象徵性表現。〔註48〕

棲息於此，沒有宦海的爭鬥，不再歧路徬徨，詩人的身心得到了安頓。
即使這託身之所只是「寒條」，孤獨而貧困，但他仍欣然而堅定的高
唱「託身已得所，千載不相違」，唱出了貞潔的品德，也唱出了千古
獨步的人格典範。在〈飲酒〉十四：

> 故人賞我趣，挈壺相與至。班荊坐松下，數斟已復醉。
> 父老雜亂言，觴酌失行次。不覺知有我，安知物爲貴。

〔註47〕見鄭琇文〈蘇陶〈飲酒〉詩之特色比較〉，《雲漢學刊》第11期，2004
　　　　年5月，頁176。
〔註48〕見祝菊賢〈生命自我與現實自我的糾葛與幻化——陶淵明〈飲酒詩〉
　　　　七首意象結構探析〉，《西北大學學報·哲學社會科學版》，第27卷
　　　　第95期，1997年第2期，頁46。

悠悠迷所留，酒中有深味。

三五好友在松下閒飲歡聚，呈現出一幅仙境般的隱者居境。偉岸蒼勁的松，烘托詩人貞秀不屈的節操，傳達陶淵明清雅脫俗的隱逸情懷、歲寒心事。

（二）永恆不朽

在中國民間信仰中，人死之後，靈魂就去往另一個世界。所以，民間土葬時，墳上總是要植上一棵樹，或插上一樹枝，稱為「引魂幡」，因為樹是有生命的，人們以為這樣可以引魂上天。在周代松樹被當作最高等級的墓地植樹，直至春秋戰國後期，周禮中嚴格的墓葬制度被突破，隨著歷史的變遷，松柏才從國君陵上的專利，成為凡人墳上的標記。墳上的松柏不僅可增添墓地莊嚴、肅穆的氣氛，還具有蔭庇後人的作用，長青的松柏還暗寓死者生前的品格氣節，象徵死者精神長存。也許是由於松有長生永恆的寓意，中國人習慣在陵墓周圍種松樹，認為死者的精神寄居在樹中，可以對陵墓起保護作用，由於松柏濃烈的芳香氣味，據說墳上植松柏能夠保護屍體不被怪獸侵害，人們相信，墳地上樹木的枯榮，反映著地下亡靈的安否。松柏具有引導和保護死者亡靈的作用，於是松柏一詞邃漸成為墳樹的別稱，〔註49〕總令人聯想到生命的衰亡。〔註50〕在〈諸人共遊周家墓柏下〉其中：

今日天氣佳，清吹與鳴彈。感彼柏下人，安得不為歡。

清歌散新聲，綠酒開芳顏。未知明日事，余襟良已殫。

松柏傳達了凋喪、遷易的悲感，而在〈連雨獨飲〉：

運生會歸盡，終古謂之然。世間有松喬，於今定何間？

故老贈余酒，乃言飲得仙。試酌百情遠，重觴忽忘天。

天豈去此哉，任真無所先。雲鶴有奇翼，八表須臾還。

〔註49〕參考李莉〈中國民俗中的松柏意象〉，《山西師大學報·社會科學版》第 31 卷第 2 期，2004 年 4 月，頁 121。

〔註50〕參見李清筠先生在《時空情境中的自我影像──以阮籍、陸機、陶淵明詩為例》第四章〈從意象經營看心志呈現〉，台北：文津出版社，2000 年 10 月初版，頁 182。

自我抱茲獨，僶俛四十年。形骸久已化，心在復何言。

「世間有松喬，於今定何間？」松是赤松子，道教列仙之一，即以松為名，據《列仙傳》說赤松子能入火自燒，隨風雨而上下，他出神入化的仙術就是松的不死原型，道教神話中松是不死的象徵，所以服食松葉、松根便能飛升成仙，長生不死。〔註51〕陶淵明飲酒詩的松意象，深層的意涵即為追求永恆、長生不朽。他也曾自述尋訪高道經歷，而那位「辛勤無此比，常有好容顏」的高道的住所便是「青松夾路生，白雲宿簷端」，也在〈雜詩〉之四：「裊裊松標雀，婉孌柔童子，年始三五間，喬柯何可倚？養色含津氣，粲然有心理。」將青松與托寓長生的童子並列，可見松意象隱含詩人長生不老的渴望。

第五節　陶淵明飲酒詩之天象意象

一、風意象

（一）歸隱田園

陶淵明多以風入詩與他對大自然的熱愛，對隱逸生活的追求有著極為密切的關係。陶淵明長期生活在潯陽柴桑的鄉下，朝朝暮暮與大自然山水田園相處，所以「性本愛丘山」的詩人對土地、對家鄉的山水，一草一木都非常親切與依戀，大自然的林林總總都是詩人欣賞審美的對象。而風又是一年四季時時出現的自然物理現象，所以他對大自然的描摹、歌詠必然離不開風，尤其是在表達對田園生活的熱愛與嚮往時，更是一再寫到風，這時的「風」多指自然之風。如〈癸卯歲始春懷古田舍二首〉中的「鳥哢歡新節，泠風送餘善。」寫出了新春到來鳥兒歡唱，春風給人帶來的和煦之感。清王夫之讚為「自然佳句」（《古詩評選》卷四）「平疇交遠風，良苗亦懷新」，東坡稱讚說：「非古之耦耕者，不能

〔註51〕見王叔岷撰《列仙傳校箋》（台北：中央研究院中國文哲研究所籌備處，1995年4月初版），頁1。

識此語之妙也。」沈德潛更是把這兩句推爲陶詩的最佳之句。〔註52〕
作於晉元興三年的〈時運〉是一首暮春紀遊之作，詩人歌詠了春天美好
的大自然：「邁邁時運，穆穆良朝。襲我春服，薄言東郊。山滌餘靄，
宇暖微霄。有風自南，翼彼新苗。」「有風自南，翼彼新苗。」一個「翼」
字寫活了春風，也寫出了詩人無限欣悅之情。沐浴著春風詩人高唱「揮
茲一觴，陶然自樂。」令人豔羨不已。如〈和郭主簿二首〉云：「藹藹
堂前林，中夏貯清陰。凱風因時來，回飆開我襟。息交遊閑業，臥起弄
書琴。」寫田園生活得愉快和美滿。

　　同年夏天所作〈和胡西曹示顧賊曹〉描寫了仲夏之南風佳景：

　　蕤賓五月中，清朝起南颸。不駛亦不遲，飄飄吹我衣。

　　重雲蔽白日，閑雨紛微微。流目視西園，燁燁榮紫葵。

詩人在清涼的南風中，觸景生情，從草木的盛衰有時想到人應該及時
有所作爲，「感物願及時，每恨靡所揮。」因而「逸想不可淹，猖狂
獨長悲。」身在仕途「遙遙從羈役，一心處兩端」（〈雜詩十二首〉其
九）的詩人，每每想到田園，想到歸隱，都會寫到風，這時的風常常
是春風、和風、涼風、清風，風是田園生活的一部分，表現的是詩人
對大自然的熱愛，對田園生活的嚮往，因而他對風感到特別親切，便
一再詠唱起風。

（二）安貧樂道

　　陶淵明詠風與他躬耕田園，安貧樂道，「悲欣交慨」的生活體驗
也有密切關係。〈雜詩十二首〉其七：

　　日月不肯遲，四時相催迫。寒風拂枯條，落葉掩長陌。

〈飲酒二十首〉其十六：

　　竟抱固窮節，饑寒飽所更。弊廬交悲風，荒草沒前庭。披
　　褐守長夜，晨雞不肯鳴。

〈詠貧士七首〉之二：

〔註52〕參見沈德潛撰・馮保善注譯《新譯古詩源》（台北：三民出版，2006），
　　　　頁687。

　　　　淒厲歲雲暮，擁褐曝前軒。

但詩人並不畏懼，大自然的的風霜和人世的艱辛都不能改變他的素志
與高節，〈五柳先生傳〉：「環堵蕭然，不蔽風日。短褐穿結，簞瓢屢
空，晏如也。」他像一隻「日暮猶獨飛」的「棲棲失群鳥」終於找到
了可以依存的「孤生松」，〈飲酒二十首〉其四：「勁風無榮木，此蔭
獨不衰；託身已得所，千載不相違。」詩人就像那棵松樹一樣屹立在
寒風之中。所以他在〈詠荊軻〉中寫出：

　　　　蕭蕭哀風逝，淡淡寒波生。商音更流涕，羽奏壯士驚。
　　　　心知去不歸，且有後世名。登車何時顧，飛蓋入秦庭。
　　　　凌厲越萬里，逶迤過千城。圖窮事自至，豪主正怔營。
　　　　惜哉劍術疏，奇功遂不成。其人雖已沒，千載有餘情。

這種「金剛怒目」式的作品，正是歸田之後的生活實踐使詩人對「風」
給人的冷暖悲喜有實際體會和更加敏銳的感覺，所以圍繞風寫出了各
種富有深意的詩篇。陶淵明歸隱後的生活就是一貧如洗。而風一年四
季永遠在原野裏、山谷中吹刮著呼嘯著的持久性也和陶淵明的舉止行
事的一貫性和堅持性是一致的。他堅持躬耕，安貧樂道，不爲現實，
不爲流俗所動都始終貫穿著「樂天委命，始終如一」的中心思想。

（三）象徵自由

　　　風最突出的特徵便是自由。風，隨心所欲，來去自如，毫無掛牽。
它有時呈現出融化一切的溫柔與和順，微風拂面，涼風習習，讓人心
曠神怡。撫育萬物生長，溫暖和藹。有時又表現出要摧毀一切的淒厲
與冷酷，寒風陣陣，狂風怒吼，把自然的本色一覽無遺地展現出來。
而陶淵明就是最求眞、求本色的詩人，他也是最不習慣於受束縛的
人。追求自由，追求本眞純樸的生活是他的人生理想。所以，風自然
成爲他表現自然，表現自我的一個重要意象。他的思想性格也是自由
的，和風自由的特徵一樣，這就通過他的詠風表現出自由的性格。梁
啓超在〈陶淵明之文藝及其品格〉中說：

　　　　愛自然的結果，當然愛自由。淵明一生都是爲精神生活的

> 自由而奮鬥。鬥的什麼？鬥物質生活。〈歸去來兮辭〉說：
> 「嘗從人事，皆口腹自役。」又說：「以人心形役。」他覺
> 得做別人的奴隸，回避還容易；自己甘心做自己的奴隸，
> 便永遠不能解放了。他看清楚耳目口腹等，絕對不是自己，
> 犯不著拿自己去遷就他們。」〔註53〕

剖析得十分深刻，可謂知者之言。正因如此，在歷經艱辛甚至有時不得不去向親朋好友乞食的晚年，他還唱出了：

> 微雨從東來，好風與之俱。泛覽周王傳，流觀山海圖。
> 俯仰終宇宙，不樂復何如？（〈讀山海經十三首〉其一）

在自由的天平上，一切都失去了重量。在世俗看來那樣貧瘠苦寒的生活，詩人仍然能夠找到詩意，依然能夠詩意地生存下去。陶淵明的思想中雖然有儒家濟世安邦、安貧樂道的影響，但他的自然人生哲學主要是深受道家思想的影響。老莊崇尚自然皈依自然的理論，對陶淵明熱愛大自然、歌詠大自然、歸隱田園產生了很大的影響。

（四）人格志趣

　　風既體現了他的自由思想靈魂，也是他人格志趣的象徵。〈擬古九首〉之七：

> 日暮天無雲，春風扇微和。佳人美清夜，達曙酣且歌。

用香草美人的手法，以溫柔和暖，使萬物欣欣向榮的春風渲染出賢人佳士對短暫生命的熱愛，對人生的陶醉。〈飲酒詩二十首〉之十七：

> 幽蘭生前庭，含薰待清風。清風脫然至，見別蕭艾中。

那充滿花香的清風與幽雅的蘭草結合得水乳交融，象徵著陶淵明高尚的品格。此與〈讀史述九章〉：「二子讓國，相將海隅。天人革命，絕景窮居。采薇高歌，慨想黃虞。貞風凌俗，爰感懦夫。」中「貞風凌俗，爰感懦夫。」有異曲同工之妙，他歌頌伯夷叔齊品格高尚，這「貞風」指的就是超越俗世的高潔風格。晚年他還寫到了剛勁之「烈風」、

〔註53〕見梁啟超：《陶淵明》（台北：台灣商務印書館，2001年6月台二版二刷），頁34。

「悲風」、「哀風」。如〈飲酒詩二十首〉之十六：

> 竟抱固窮節，飢寒飽所更。弊廬交悲風，荒草沒前庭。

〈詠荊軻〉：

> 蕭蕭哀風逝，淡淡寒波生。商音更流涕，羽奏壯士驚。
>
> 心知去不歸，且有後世名。

歌頌荊軻刺秦王事蹟。詠風之句是從古民歌〈易水歌〉「風蕭蕭兮易水寒，壯士一去兮不復還！」中化出，用剛勁的「蕭蕭哀風」，渲染了荊軻不畏強暴，義無反顧的慷慨豪壯之舉，也體現了詩人性格剛勁的一面。

綜上所述，陶淵明詩文中的「風」，常常吟詠的是大自然之風，詩人以自然天氣的變幻，或比喻，或烘托，或映襯，或對比要表達的情感和哲理。還有一些「風」，指的是風俗、風氣、風物、氣節等，是「風」的延伸和發展，涉及到社會生活的方面，具有極為豐富的內涵。從自然入手，再推而論及人事，或先敘人事再插入自然，是陶淵明常用的手法。這樣的寫法使得他的詩文顯現出時空感，風神頓高。儘管陶淵明未曾於詩中題名詠風，卻寫盡風的千姿百態，從他的詩文中我們能夠清楚地感受到他的風神。他的人格如同他所言：「貞風凌俗，爰感懦夫」，他的詩如清風拂過我們的心靈，為我們打開了一個清風明月的詩意天地，是我們永久的精神家園。

二、雲意象

通過對雲雨自然景色的描繪來暗喻當時動亂黑暗的社會政治，表達詩人對親友的思念和對世事的看法。陶淵明以雲入詩，和雲的自然特徵與陶淵明人生追求有著極為密切的關係。雲的舒卷悠悠、閒逸孤高，如同自由超脫的隱逸生活，令詩人無限嚮往。悠悠白雲飄然而來，飄然而去，來往天際，常讓詩人遐想深思，會引發出一些令人深省的生命哲理。雲雖然不能作為季節的指標，但在詩中，詩人還是常以春雲、夏雲、秋雲及凍雲等來形容雲彩，且在各個題材中也各具特色。

在一定的意義上象徵和代表著陶淵明的人格追求，反映著陶淵明的生活、思想與情趣。正如葛兆光先生所說：

> 詩歌語詞研究中的因小見大，可以將一個詞語放置在一個較大的時空範圍內，把它當作一個在時空中不斷變異的藝術符號，並通過它來透視詩人的人生情趣與觀照方式的演變。〔註54〕

基於此，筆者試把陶淵明詩文中「雲」的意象進行梳理，並在此基礎上探析這一意象內蘊的豐富性和獨特性。

（一）憂時傷世

〈停雲〉與〈時運〉、〈榮木〉都是四言詩，詩題仿〈詩經〉取首句的前二字命名，詩前又都有小序，序文的句法結構也完全相同，學界一致認為都是陶淵明四十歲時於晉安帝興元二年辭去桓玄幕府的官職憩隱在家時所作。〔註55〕〈停雲〉作於初春，〈時運〉作於暮春，〈榮木〉作於夏季。〈停雲〉意指凝聚不散的雲，詩共四章，詩前小序：

> 停雲，思親友也。樽湛新醪，園列初榮，願言不從，
> 歎息彌襟。靄靄停雲，時雨。八表同昏，平路伊阻。
> 靜寄東軒，春醪獨撫。良朋悠邈，搔首延佇。
>
> 停雲靄靄，時雨濛濛。八表同昏，平陸成江。
> 有酒有酒，閒飲東窗。願言懷人，舟車靡從。
>
> 東園之樹，枝條載榮。競用新好，以怡余情。
> 人亦有言，日月于征，安得促席，說彼平生。
>
> 翩翩飛鳥，息我庭柯。斂翮閒止，好聲相和。
> 豈無他人，念子實多。願言不獲，抱恨如何！

據史書記載，從晉安帝隆安三年（西元399），到元興二年（西元403

〔註54〕葛兆光：〈禪意的雲：唐詩中一個語詞的分析〉，《中國宗教與文學論集》（北京：清華大學，1998年），頁93。

〔註55〕溫洪隆注譯，齊益壽校閱：《新譯陶淵明集》（台北：三民書局，2004年8月初版二刷），頁4。

年），桓玄任荊州刺史，鎮守江陵。陶淵明曾在桓玄幕府任職，〈庚子歲五月中從都還阻風於規林二首〉和〈辛丑歲七月赴假還江陵夜行塗口〉都是寫於此時。他在詩中一再表達了棄官歸田，潔身自好的願望：「靜念園林好，人間良可辭。」、「商歌非吾事，依依在耦耕。投冠旋舊墟，不爲好爵縈。」他在詩中暗喻時局的動盪不安：「山川一何曠，巽坎難與期。崩浪聒天響，長風無息時。」用《易經》中的巽與坎來代指風雲變幻。

　　果然，晉安帝興元元年（402 年）桓玄領兵東進攻入建康，元興二年十二月，強行篡位，改國號爲楚。這時陶淵明已辭職隱居在家。但劉裕討伐桓玄的戰爭尚未結束。詩中並沒有正面描繪戰亂和時局，而且詩人還有意在序中點明是由於園樹初花，家釀新熟，正好招友小飲，但道路被大水所阻，思念親友不得聚晤，故生慨歎。但這不是詩的眞意，從詩中對烏雲密佈，風雨如晦的氣候和環境的渲染已經暗示出詩的言外之意。詩人借思親之名，採用比興手法來抒發對桓玄篡晉的憤慨。「靄靄停雲，濛濛時雨。八表同昏，平路伊阻。」影射晉王室被顚覆，用烏雲密佈，風雨如晦的天氣來暗喻劉裕和桓玄兩軍對壘，戰火蔽天的亂世景象。詩人常歌詠春風，春風化雨，滋潤萬物，而這首詩卻一反常情，寫得天昏地暗，道路阻絕。詩人道出自春至夏，劉裕、桓玄在潯陽一帶的難分勝負的戰事，戰火遍地的現實，並發出「抱恨如何？」的喟歎。龔自珍詩說：「陶潛詩喜說荊軻，想見〈停雲〉發浩歌；吟到恩仇心事湧，江湖俠骨恐無多。」〔註56〕把這首詩和〈詠荊軻〉並舉，說是詩人的慷慨悲歌，可謂知音。〈和胡西曹示顧賊曹〉同以濃雲蔽日煙雨的意象表達了現實的動盪不安：

　　　蕤賓五月中，清朝起南颸。不駛亦不遲，飄飄吹我衣。
　　　重雲蔽白日，閑雨紛微微。流目視西園，曄曄榮紫葵。
　　　於今甚可愛，奈何當復衰。感物願及時，每恨靡所揮。
　　　悠悠待秋稼，寥落將賒遲。逸想不可淹，猖狂獨長悲。

〔註56〕見龔自珍撰《定盦文集》（台北：台灣商務，1965 年），頁 5。

不同的是這首詩更明朗些，詩人似乎從劉裕的平亂中看到了希望，躍躍欲試，所以他從盛開的花朵想到「感物願及時」，應該振作精神，及時有所作為。在同時期〈榮木〉詩中，更明確地表達了「先師遺訓，余豈之墜！四十無聞，斯不足畏。脂我名車，策我名驥。千里雖遙，孰敢不至！」欲及時振作，效名驥馳千里之志，因此，不久他就做了劉裕的鎮軍參軍。

　　據《晉書・安帝紀》載，義熙十四年十二月，宋王劉裕幽晉安帝於東堂，立恭帝，篡政的野心日愈明顯。陶淵明於這一年年末寫〈歲暮和張常侍〉，以比興手法，以風急雲重，眾鳥還巢來渲染政治氣候的嚴酷，表達自己的感傷和憤慨。「向夕長風起，寒雲沒西山。厲厲氣遂嚴，紛紛飛鳥還。民生鮮常在，矧伊愁苦纏」，「停雲」、「重雲」、「寒雲」象徵的是黑暗沉重的社會現實，而在〈述酒〉詩中陶淵明則以祥雲的消失來表明曾經繁華一時的晉王朝的滅亡。

> 重離照南陸，鳴鳥聲相聞。秋草雖未黃，融風久已分。
> 素礫皛修渚，南嶽無餘雲，豫章抗高門，重華固靈墳。
> 流淚抱中歎，傾耳聽司晨。神州獻嘉粟，西靈為我馴。
> 諸梁董師旅，芊勝喪其身。山陽歸下國，成名猶不勤。
> 卜生善斯牧，安樂不為君。平王去舊京，峽中納遺薰。
> 雙陽甫云育，三趾顯奇文。王子愛清吹，日中翔河汾。
> 朱公練九齒，閑居離世紛。峨峨西嶺內，偃息常所親。
> 天容自永固，彭殤非等倫。

小人當道，覬覦王權，所以風不再暖，雲不再飄，司馬氏政權氣數已盡。「豫章抗高門，重華固靈墳。」詩人採用委婉曲折的手法，以一組暗示不太明顯的物象創造出旨趣很難把握的抒情氛圍，曲折地反映了桓玄、劉裕陰謀篡晉的殘暴過程，表達了詩人對桓玄，尤其是對劉裕篡位的暴行表示出極大的憤慨：「流淚抱中歎，傾耳聽司晨。」因此，魯迅先生在〈魏晉風度及文章與藥及酒之關係〉中指出：「《陶集》裡有〈述酒〉一篇，是說當時政治的。這樣看來，可見他於世事也並

沒有遺忘和冷淡。」〔註57〕歸耕田園的陶淵明，隨著對社會動盪的不斷加劇，人生磨難的日愈增多，愈到晚年他的感慨時事之作愈多，表達的情感愈加激憤。

（二）嚮往隱逸

自陶淵明始，白雲與隱逸結緣，確立了白雲安閒疏曠的象徵意義。陶淵明以雲入詩，借雲來表達對隱逸生活的嚮往和追求。如〈和郭主簿二首〉其一：

> 藹藹堂前林，中夏貯清陰；凱風因時來，回飆開我襟。
> 息交遊閑業，臥起弄書琴。園蔬有餘滋，舊穀猶儲今。
> 營己良有極，過足非所欽。春秫作美酒，酒熟吾自斟。
> 弱子戲我側，學語未成音。此事真復樂，聊用忘華簪。
> 遙遙望白雲，懷古一何深。

在桓玄幕府任職的詩人因母喪離職在家。詩中描繪了夏季堂前美麗的風景和自己讀書彈琴的樂趣。前四句生動地描寫了田園夏日的景物，表達了詩人暢適的心境。中間十二句寫平靜的田園生活，讀書、彈琴、飲酒、勞作，與幼子玩耍，這些平常的小事卻給詩人帶來了極大樂趣，它使詩人從仕與隱的困惑和焦慮中解脫了出來，尋找到了心靈的慰藉。陶淵明所追求的解脫不是功名富貴，而是在日常的、看似平凡的農村田園生活中保持自己的理想節操，獲得心靈的自由、平靜和安樂。陶詩中所描寫的田園生活不只是寫實，其中蘊含了詩人所追求的一種人生境界，襟懷氣度，也是陶詩雖然素淡卻韻味悠長的奧秘所在。詩的最後兩句把讀者的思緒引向了風俗淳美的古代社會，使詩的內涵大大增加，整首詩形成了渾然一體的不凡意境，百讀不厭。他望著天邊的一抹白雲，似乎是想要遠離這塵世，一如遠離官場那是非之地，乘風而去。

陶淵明抱著「猛志逸四海，騫翮思遠翥。」（〈雜詩十二首〉其五）

〔註57〕魯迅：〈魏晉風度及文章與藥及酒之關係〉，載於《而已集》（台北：風雲時代，1989 年 10 月），頁 140。

的宏願，於元興三年又一次踏上仕途，出任鎮軍將軍劉裕的參軍。但他很快就認識到官場與自己性情志趣的相抵忤，心中又充滿著矛盾與無奈。路途奔波中，他憶念著田園親情的溫馨，留戀著讀書彈琴的自適，個性和人格忍受著「一心處兩端」心爲形役（〈雜詩十二首〉其一）的煎熬，仰望天際，白雲悠悠，俯瞰奔流，遊魚穿梭，使他呼喚心中的精神家園──「田園」。此與寫於晚年的〈擬古九首〉之五中詩人託言「東方有一士，被服常不完；三旬九遇食，十年著一冠」之古代東方隱士可相對照，均爲藉雲意象以表示自己堅定不移的固窮守節的意志。

（三）高潔孤獨

　　白雲孤獨無依、清寂落寞的特點又與陶淵明歸隱後的孤獨清貧的生活相契合，如〈詠貧士〉七首其一：

　　　　萬族各有托，孤雲獨無依。曖曖空中滅，何時見餘暉。
　　　　朝霞開宿霧，眾鳥相與飛。遲遲出林翮，未夕復來歸。
　　　　量力守故轍，豈不寒與飢？知音苟不存，已矣何所悲。

萬物有托，孤雲無依，詩人以孤雲自比，描寫它與眾不同的孤獨和異趣。這朵晴空漂浮的孤雲象徵了詩人的處境和命運。它孤獨無依，失去了往日的光輝，還將無聲無息的消逝。但它永遠保持自己的高潔和自由。「孤雲」象徵詩人不同流俗的高尚品格，表現了他對污濁現實的不屑和不滿，中間四句以孤鳥和眾鳥相比，眾鳥競進奮飛，倦鳥遲出早歸以示自甘貧寒之志，後四句直接抒懷，表示量力守道，自甘貧寒，知音不得，不足爲悲。這首詩是這組詩的序曲，寫明正意，概括了這組詠懷詩的主題，是詩人堅持安貧守道志向的自白，詩人以古代固窮守志的貧士作爲榜樣，抒發了自己不慕名利的高潔情懷。陶淵明歸隱後，常常過的是「夏日常抱饑，寒夜無被眠」〈怨詩楚調示龐主簿鄧治中〉的生活，自己連同家人都要付出饑寒交迫的代價，而且每況愈下，「傾壺絕餘瀝，闚竈不見煙。詩書塞座外，日昃不遑研。」（〈詠貧士七首〉其二）即使是理解自己的妻子兒女也總是免不了會

有抱怨之詞的,「但恨鄰靡二仲,室無萊婦,抱茲苦心,良獨內愧。」（〈與子儼等疏〉）詩人自己也自然會有愧疚之意牢騷之言,「閑居非陳厄,竊有慍見言。」（〈詠貧士七首〉之二）,「年飢感仁妻,泣涕向我流;丈夫雖有志,固爲兒女憂。」（〈詠貧士七首〉其七）他常常是「欲言無予和,揮杯勸孤影。」（〈雜詩十二首〉之二）孤寂至極。正如朱光潛先生所言:「陶淵明是一個富於熱情的人,甘淡泊則有之,甘寂寞則未必」〔註58〕儘管從田父野老的交情中能得到一些慰籍,但他渴望有知音可以交心,給自己以力量。可陽春白雪,和者盍寡,知音難覓。由陶淵明的交往中可見,他雖有一些朋友,如劉遺民、周續之、顏延之等,但由於各種原因,來往並不是很密切,所以「語默自殊勢,亦知當乖分。」（〈與殷晉安別〉）他只能從古人那裏去找自己的同道和知音,去尋找精神上的理解和安慰。「何以慰吾懷?賴古多此賢」（〈詠貧士七首〉其二）「貧富常交戰,道勝無戚言。」（〈詠貧士七首〉其五）作於宋武帝永初二年（四二一）的〈於王撫軍座送客〉也是借雲的無依無據來表達自己的孤獨的:

> 秋日淒且厲,百卉具已腓。爰以履霜節,登高餞將歸。
> 寒氣冒山澤,游雲倏無依。洲渚四緬邈,風水互乖違。
> 瞻夕欣良讌,離言聿云悲。晨鳥暮來還,懸車斂餘暉。
> 逝止判殊路,旋駕悵遲遲。目送回舟遠,情隨萬化遺。

〈晉書隱逸傳〉載:「刺史王弘以元熙中臨州,甚欽遲之。後自造焉。潛稱疾不見,既而語人云:『我性不狎世,因疾守閒,幸非潔志慕聲,豈敢以王公紆軫爲榮邪!夫謬以不賢,此劉公幹所以招謗君子,其罪不細也。』弘每令人候之,密知當往廬山,乃遣其故人龐通之等,齎酒先於半道要之。潛既遇酒,便引酌野亭,欣然忘進。弘乃出與相見,遂歡宴窮日。潛無履,弘顧左右爲之造履。左右請履度,潛便於坐申腳令度焉。弘要之還州,問其所乘,答云:『素有腳疾,向乘籃輿,亦足自反。』乃令一門生二兒共舁之至州,而言笑賞適,不覺其有羨

〔註58〕朱光潛:《詩論》（台北:德華出版社,1981年）

於華軒也。弘後欲見，輒於林澤間候之。至於酒米乏絕，亦時相贍。」
〔註59〕《宋書》、《南史》也有類似記載。〔註60〕蕭統〈陶淵明傳〉中
記有這樣一件事：陶淵明「嘗九月九日出宅邊菊花叢中坐。久之，滿
手把菊。忽值弘派人送酒至，即便就酌，醉而歸」。〔註61〕王弘爲撫
軍將軍，江州刺史，是稱他在江洲任上「省賦簡役，百姓安之」，且
有文集二十卷傳於世。他對陶淵明十分仰慕極力想結識他，陶淵明對
他只是應酬，談不上什麼情誼。陶淵明與王弘的文字交往就是這首
詩。詩中詩人渲染了送別時候蕭瑟的天氣，寫景如畫。自己如同天上
的遊雲，暮歸的飛鳥，「逝止殊路，厥志分明」雖有傷別之意，但一
切都只能順從萬物的自然化遷了。

陶淵明生前是孤獨的，他的詩歌是一個孤獨者的自白。雖然陶淵
明筆下「孤雲」的象喻，形象地寄託了詩人的懷抱，展示了他心中「前
不見古人，後不見來者，」空谷聽不到足音、無可排遣的孤寂感，是
詩人安貧樂道傲岸不屈的自我寫照。所以「孤雲」從此成爲貧士的象
徵，成爲陶淵明在酒和菊之外的又一象徵。

（四）渲染烘托

陶淵明詩文中一些雲是作爲純粹的自然意象在詩中渲染烘托氣
氛。有時「雲」字作爲一個意象，單獨出現在詩文中。有時把雲與其
他詞結合，修飾形容其他自然現象，表達不同的意境和感情。從自然
入手，再推而論及人事，或先敘人事再插入自然，是陶詩常用的手法。
這樣的寫法使得他的詩文顯現出時空感，風神頓高。如〈答龐參軍並
序〉：

〔註59〕參見〈晉書隱逸傳〉，（北京：中華書局，1994 年）卷 94，頁 2460
～2463。
〔註60〕〈宋書隱逸傳〉見《宋書‧隱逸傳‧陶潛傳》（北京：中華書局點校，
1974 年），卷 93，頁 2286。，〈南史隱逸傳〉參見見《南史‧隱逸傳‧
陶潛傳》（北京：中華書局，1975 年），卷 75，頁 1856～1859。
〔註61〕見蕭統：〈陶淵明傳〉，引自李公煥《箋註陶淵明集》卷十，（台北：
國立中央圖書館善本叢刊　第七種，1991 年 2 月出版），頁 368～371。

> 嘉遊未斁，誓將離分。送爾于路，銜觴無欣。依依舊楚，
> 邈邈西雲。之子之遠，良話曷聞。昔我云別，倉庚載鳴。

以「依依舊楚，邈邈西雲。之子之遠，良話曷聞」烘托與朋友分離的依依別情。

〈己酉歲九月九日〉：

> 靡靡秋已夕。淒淒風露交。蔓草不復榮。園木空自凋。
> 清氣澄餘滓。杳然天界高。哀蟬無留響。叢雁鳴雲霄。
> 萬化相尋繹。人生豈不勞。從古皆有沒，念之中心焦。
> 何以稱我情，濁酒且自陶。千載非所知，聊以永今朝。

以「哀蟬無留響。叢雁鳴雲霄。」及「從古皆有沒，念之中心焦。」表現詩人感時傷逝，抒寫傷悲之情。〔註62〕清邱嘉穗《東山草堂陶詩箋》卷三評為「賦而興也，以草木凋落，蟬去雁來，引起人生皆有沒意，似說得甚可悲。」〔註63〕又〈擬古九首其四〉：「頹基無遺主，遊魂在何方！榮華誠足貴，亦復可憐傷。」詩中感慨榮華難住，人世無定，乾坤反復引發的對滄桑之變的哀傷。桓玄之亂，劉裕篡位，詩人站在歷史的高度冷靜地審視人世的紛爭，哀歎他們的愚妄。同樣的喟歎表現在〈擬古九首〉其七中：

> 日暮天無雲，春風扇微和。佳人美清夜，達曙酣且歌。
> 歌竟長歎息，持此感人多。皎皎雲間月，灼灼葉中華。
> 豈無一時好，不久當如何。

人生易老，良辰難再，達官顯宦，躊躇滿志，如同美人酣歌於清夜，鮮花燦爛於陽春，與其「違己交病」求一時的顯耀，不如把握自我，過適己任性的退隱躬耕生活。

陶淵明筆下的物象豐富靈動，一個物象可以構成意趣各不相同的許多意象，「雲」也是如此，有單獨使用的，也有許多不同的巧妙組

〔註62〕見宋丘龍：《陶淵明詩說》（台北：文史哲出版社，1984 年 8 月初版），頁 159。

〔註63〕引自邱嘉穗《東山草堂陶詩箋》卷三，頁 9，載於四庫全書存目叢書委員會編《四庫全書存目叢書》（台南：莊嚴文化，1996 年）集三，頁 246。

合。詩人以大自然之雲變幻，或比喻，或烘托，或映襯，或對比要表達的情感和哲理。詩人緊扣雲的自然特徵，寫出了「停雲」、「重雲」、「寒雲」、「餘雲」、「孤雲」、「高雲」、「白雲」等富有象徵意義的意象，生動形象地反映陶淵明所處的時代風雲和他的情趣和追求，賦予「雲」這一自然意象許多新的內涵，尤其是「孤雲」、「白雲」意象的創造發展。藉由他筆下寫雲的詩文中能夠清楚地感受到他的風神和意趣。黃昏中的歸鳥，寒風中盛開的秋菊，冰雪中的青松、天空中的孤雲，共同象喻著陶淵明的人格神韻，構成魏晉風流中最燦爛的華章。

三、雨意象

　　紛飛的細雨，為大地披上了迷濛的白紗，也滋潤了萬物，因而自《詩經》中即發出了對雨的歌詠，〈小雅・信南山〉：「上天同雲，雨雪雰雰。益之以霡霂，既優既渥，既霑既足，生我百穀。」〔註64〕道出了對春之雨澤潤坤地，生長作物的欣悅之情；〈小雅・黍苗〉：「芃芃黍苗，陰雨膏之。悠悠南行，召伯勞之。」〔註65〕則更一步將雨轉化為君子的恩澤。而霏霏不止的霪雨、雷電交加的暴雨又往往使人心生驚顫，因而雨在文學作品中也蒙上了一層濃濃的冷瑟色調，如〈鄭風・風雨〉：

　　　　風雨淒淒，雞鳴喈喈。既見君子，云胡不夷？風雨蕭瀟，
　　　　雞鳴膠膠。既見君子，云胡不瘳？風雨如晦，雞鳴不已。
　　　　既見君子，云胡不喜？〔註66〕

通過風雨交迫的描寫，渲染了一派蕭索陰沉的景象，象徵局勢的不安、環境的險惡；〈邶風・北風〉：「北風其涼，雨雪其雱。惠而好我，攜手同行。其虛其邪？既亟只且。北風其喈，雨雪其霏。惠而好我，攜手同歸。其虛其邪？既亟只且。」〔註67〕亦以雨象徵政治暴虐，國

〔註64〕見《詩經評釋》下冊（台北：台灣學生書局，1994年9月），頁629。
〔註65〕見《詩經評釋》下冊（台北：台灣學生書局，1994年9月），頁682。
〔註66〕見《詩經評釋》下冊（台北：台灣學生書局，1994年9月），頁259。
〔註67〕見《詩經評釋》下冊（台北：台灣學生書局，1994年9月），頁139。

家處於風雨飄搖之中，因而興起了與好友同歸田園之念。在《楚辭》中，雨意象所營造的亦是此一蕭瑟之境，〈涉江〉：「山峻高以蔽日兮，下幽晦以多雨。霰雪紛其無垠兮，雲霏霏而承宇。」〔註68〕詩中昏暗幽晦的山谷、低垂的彤雲、紛飛的雨雪，構築了一幅陰暗潮湃的景象，渲染出寒冷慘淡的氣氛。而陶淵明飲酒詩中的雨意象，大體而言與農村相結合，道出陶淵明身居園田的閒情和躬耕生活的憂困。

　　春天的鄉野間，一場及時而至的甘霖，喚醒了沉睡的大地，敲奏著自然的旋律，草木綻放了新綠，天地一片盎然生機，置身其中，在景物的和諧中，詩人內心亦生發出喜悅自得之情，因而，飄落在田園的霖雨也就嘩啦地跳動著輕快的音符、哼唱著詩人的閒適情懷：

　　　　重雲蔽白日，閒雨紛微微。(〈和胡西曹示顧賊曹〉)

　　　　微雨從東來，好風與之俱。(〈讀山海經〉一)

這些濛濛細雨，瀰漫著濃郁的田家風味，洋溢著溫馨的人間情味，宛如一曲和諧優美的田園樂章，沁人心脾，令人感到無比的舒暢；又彷彿是詩人的知交，結伴而來與詩人同歡共樂，暢啓了詩人的愉悅心緒。在絲絲細雨中，突顯出生機勃發、萬象更新的景象，也點染出陶淵明身居鄉野的自足自樂之情，以及嚮往清淨生活的心境，尋求精神超脫的閒適情懷，是陶詩一貫眞率自然、平淡樸實風格的展現。雨對詩人而言，成了生活的迫害者。而霖霖的苦雨也阻隔了朋友的往來，成了詩人願望的阻撓者，〈停雲〉：

　　　　靄靄停雲，濛濛時雨。八表同昏，平路伊阻。

　　　　停雲靄靄，時雨濛濛。八表同昏，平路成江。

當酒中的新酒釀熟，當園中的花樹繁茂，陶淵明期盼著與好友共飲共賞，在細雨迷濛的日子，更引起詩人對遠方朋友的思念，詩人靜佇東軒，等待著朋友的到來，然而綿綿不息的春雨卻使詩人心願成空。「濛濛時雨」阻絕了詩人與友人的相聚之路，深化了詩人思友而不得的悵

〔註68〕引自馬茂元主編，楊金鼎等人注釋《楚辭注釋》(台北：文津出版社，1993 年 9 月)，頁 324。

惘，也傳達出詩人的孤寂之情。紛灑的膏雨，是來自上天的甘露，潤澤了乾涸的大地，賦於萬物蓬勃的生意，是人類所賴以生存者；然而，豪雨的肆虐成災，卻也是人類揮之不去的夢魘。

　　陶淵明飲酒詩中的雨，因其自然的特徵，故也交揉著詩人複雜的情感。偶而，漫天的愁雨侵逼了詩人的生活，阻礙了詩人與友相聚的冀望，然而，多數時刻，這些雨是散發著自然清香、飄送著農家風味的田園雨，是高潔的象徵，也是隱逸情懷的展現，它滌去了塵世的喧囂，滋潤了詩人的心靈，沐浴在大自然的恩澤中，陶淵明流露出內心的快慰，生命的自得。

第四章 陶淵明飲酒詩之意象群主題探討

　　意象為詩歌的本體，若干意象通過不同的方法組合於一起，構成相對獨立的意義符號系統稱之為「意象群」。意象群是詩歌藝術中內含多個意象的二級單位。不同的意象群體反映了不同的藝術場景，體現了詩人不同的生命力量。〔註1〕

　　意象群是詩人選擇或摒棄有關意象的對象，作為詩人創作的材料庫，其內容實質就是詩人審美觀照之後形成的尚未經選擇或摒棄進入詩中的原始意象。詩人這種原始意象的獲得與確立，主要來自詩歌意象發展過程中的歷史積澱，及詩人獨特感受與創新兩個方面。意象群是詩人所有意象的集合，意象通過一定的規律，構成意象群；意與象是構成意象的兩大基元、意象群正是以意象為基礎構建起固定的模式，使雜亂無章的意象在這一模式中組成有序的排列組合。意象的選擇與組合也是詩歌題材多樣化的重要原因。

　　出現在詩歌中的意象有時並非只有一組，而是有兩組或兩組以上形成特定的意象群。這些意象群圍繞詩的主題表現，是一個和諧統一

〔註1〕　見謝群〈試論中國古典詩歌意象群組合的歷史傳承性〉湘潭師範學院學報，第 23 卷，第 4 期，2001 年 7 月。

的整體，但同時每一組意象又具有一定的獨立性。既要體現它的整體感又不能忽略它的獨立性，特別是當作者表達的情感較複雜時，這一組組的意象會將詩人的情感推向一個個高潮。許多時候，詩歌作品也是如此，如果想表達出有層次或較複雜的情感時，往往必須透過意象與意象的組合，才能構築完整的詩境。而若干意象經過組合所形成的「意象群」，乃意象與意象之間具有生命力的連繫，因此，其意象連繫之後所產生的內涵，當然比單一的意象豐富許多。李元洛曾在《詩美學》一書中指出：

> 意象，只是一首詩的元件，單一地來看，即使意象本身新穎而內涵豐富，但如果不是在一個統一的主題和構思之下巧妙地組合起來，而是各自為政地處於孤立的狀態，或者缺乏內在有機聯繫，那充其量也只是一些斷金碎玉而已，並不能保證建成一座耀眼輝光的詩的殿堂。〔註2〕

由此我們可以了解到意象組合在詩歌中的重要性。而嚴雲受也在《詩詞意象的魅力》一書中說：

> 磚、石木質構建只有在按照建築師的設計組合成為建築物後，才能顯示自己的作用，任何一個意象也只有在組合中才能獲得藝術價值。意象，只有在有機的組合中，成為一個審美情景系統的一個構成元素，才能從整體中獲得生命和魅力。所以，詩人不但要善於選擇、營構意象，而且應當巧妙地組合意象。〔註3〕

由此可見若干意象組合後所產生的內涵，遠比孤立的意象來得豐富，且可以包含更幽微複雜的情緒。又說：

> 當若干個意象組合後，表示一個相當完整的畫幅或動作，傳達了一個情意層次、情意單位時，這幾個意象的集群就是一個意象群。意象群在詩歌中，有如交響樂中的樂段，大型園林中的小景區。起伏變化的樂段，組合成錯綜的大

〔註2〕 李元洛：《詩美學》（台北：東大圖書公司，1990年），頁176。
〔註3〕 嚴雲受：《詩詞意象的魅力》（合肥：安徽教育出版社，2003年），頁232。

型樂章，或幽靜或明媚的小景區，構成了園林多采多姿的
景色。意象群的存在，形成了詩歌意象系列的層次性。而
只有有層次的系統，才能真正符合結構的有機性的要求。
沒有層次的結構，是很難具有動人的藝術魅力的。〔註4〕

而克萊夫・貝爾曾說：「把各個部分結合成一個整體的價值要比各部
分相加之和的價值大得多。」〔註5〕正可用來說明詩歌意象組合的價
值與重要性。

　　總之，意象群即為詩歌意象的組合，而陶淵明的意象群構築則獨
闢蹊徑。尤其他於飲酒詩裡借物自況，托物詠志，精心煉取了風、鳥、
菊、酒、雲、青松、南山等看似樸素、平淡實則華麗生輝的意象來構
建起自己獨特的意象群，從而突顯自己高尚的人格。且每一種意象群
中亦蘊涵詩人豐沛的情懷與思考，葉嘉瑩曾論及陶詩的好，就好在「詩
人用自己生活體驗出的哲理與大自然或者人世間的物象組合在一起
而產生的真切感受。」〔註6〕

　　因此，為求更深入的探討與研究，文中以陶淵明飲酒詩裡運用的
意象群所呈現的主題，作為主要的探討對象。本文所指稱的主題係根
據陳鵬翔在〈主題學研究與中國文學〉一文中說明：

　　主題學是比較文學中的一部門，而普通一般主題研究則是
　　任何文學作品許多層面中一個層面的研究；主題學探索的
　　是相同主題在不同時代以及不同作家手中的處理，據以了
　　解時代特徵和作家的「用意」，而一般主題研究探討的是個
　　別主題的呈現。……主題學應側重在母題的研究，而普遍
　　主題研究要探討的是作家的理念或用意的表現。〔註7〕

〔註4〕嚴雲受：《詩詞意象的魅力》（合肥：安徽教育出版社，2003 年），頁
　　232。
〔註5〕趙德鴻：〈格式塔質與意境〉，《佳木斯大學社會科學學報》第 21 卷，
　　第 6 期（2003 年 12 月），頁 75。
〔註6〕見葉嘉瑩著《葉嘉瑩說陶淵明飲酒及擬古詩》（北京：中華書局，2007
　　年 2 月），頁 54。
〔註7〕見陳鵬翔著《主題學理論與實踐》（台北：萬卷樓出版社，2001 年），
　　頁 238。

本文採主題研究，詳論足以透顯詩人意象和理念的持續性意象群主題；從而直探作者創作飲酒詩之本心。

第一節　「酒－鳥－山」意象群──隱逸幽情

陶淵明飲酒詩中「酒、鳥、山」三種意象經常相伴出現，是一組意象群，分別出現於〈於王撫軍座送客〉、〈歲暮和張常侍〉、〈飲酒詩〉之五、〈讀山海經〉之五，在這些詩中陶淵明透過「酒、鳥、山」意象群組合，表達嚮往隱逸生活的心志。

在〈於王撫軍座送客〉中：

秋日淒且厲，百卉具已腓。爰以履霜節，登高餞將歸。
寒氣冒山澤，游雲倏無依。洲渚四緬邈，風水互乖違。
瞻夕欣良讌，離言聿云悲。晨鳥暮來還，懸車斂餘暉。
逝止判殊路，旋駕悵遲遲。目送回舟遠，情隨萬化遺。

詩作於宋武帝永初二年，王撫軍，即江州刺史王弘。當時王弘餞送謝瞻、庾登之於溢口，而陶淵明也被邀在座。首四句敘寫題意，同時點明了時節，寫「秋日」淒厲，「百花」俱已枯黃，詩人履霜而來，登樓送別。接著敘寫樓中所見的景色：「寒氣冒山澤，游雲倏無依。洲渚四緬邈，風水互乖違。」景色的點染加深了送別的情緒。接著敘寫樓中別宴的悲歡，不知不覺已到了日暮時分。最後以不盡的感嘆作為結束，敘寫無論要走要留的，都各自走上不同的道路，自己迴轉車駕準備回去田園，卻不免感到愁緒滿懷，遲遲其行。最後目送他們回京的船走遠了，不知不覺興起「情隨萬化遺」的曠達襟懷。在此「暮來還」的晨鳥即為作者的化身，道出不願違己志出仕的決心，並且陳述欲隱居田園的渴望。

而在如願耕隱園田後，陶淵明仍再三地以飛鳥返山來宣誓自己的決心：此於〈歲暮和張常侍〉中可見：

市朝悽舊人，驟驥感悲泉，明旦非今日，歲暮余何言。
素顏斂光潤，白髮一已繁。闊哉秦穆談，旅力豈未愆。

向夕長風起，寒雲沒西山。屬屬氣遂嚴，紛紛飛鳥還。

民生鮮常在，矧伊愁苦纏。屢闕清酤至，無以樂當年。

窮通靡攸慮，顦顇由化遷。撫己有深懷，履運增慨然。

在冷冽險惡的天氣裡，飛鳥紛紛返回巢穴；燕子們也眷戀著故居，不因門庭荒蕪而背離舊巢，「飛鳥」是陶淵明的自我比喻，而詩人藉由「鳥——山」意象群組合，以黃昏時山中風起、雲沒、鳥還的景象，表明在汙濁的世局裡，正如「飛鳥還山」才能得到自由，自己也惟有返鄉隱居才是明智之舉，即使家鄉在亂火蹂躪下早已荒蕪，甚至屢有缺酒之憾，但仍不改其隱居心志。在〈飲酒詩〉之五：

結廬在人境，而無車馬喧。問君何能爾？心遠地自偏。

採菊東籬下，悠然見南山。山氣日夕佳，飛鳥相與還。

此還有真意，欲辨已忘言。

五至八句，描寫在自然界中偶然見到的自然景觀和人物置身其中，閒居自得的樂趣；自己在庭園中隨意地悠然地採摘菊花，無意中抬起頭來，目光恰與附近的南山相會，「悠然」二字寫人的清淡而閒適的狀態，山的靜肅而自在，似乎在一瞬間，和詩人的清淡閒適的心境，產生一種共同的旋律，使兩者合而為一了；「物我合一」的境界在此表露無遺，這是一種「無言」的境界，也是一種「怡然自得」的默契、契合。「山氣日夕佳，飛鳥相與還」寫偶然而見的佳景，南山的山氣無時不佳，只因看見時，正好是日夕之時；飛鳥為日夕而回，非為山氣日夕之美而回，只是回時，正好是日夕之時，飛鳥的回巢的點綴，增加山色的優美。「人」、「山」、「鳥」三者無心的動作，一經組合，便構成一幅「無心的秋夕佳景」的圖畫，「此中有真意，欲辨已忘言」，「真意」指前面八句所呈現出來的生活心境和樂趣。所謂「真意」只可領悟而不可言傳，一經言傳便落入言詮，失之偏頗，其實「隱居躬耕」的自然生活方式，只有親身經驗才能了解「真意」；這是一種生命的感受，也是一種人與自然和諧的心境。「此中」是指「酒中」，人在飲酒微醺中，最易放鬆心情，忘卻人世間一切的束縛，也最容易呈

現本性、天眞、眞誠，並和自然界泯除物我的界限。〔註8〕

　　陶淵明在詩作中以飛鳥自喻，申述自己歸隱的決心，可見其意志之堅定；但另一方面，亦或顯現其內心之矛盾、仕隱間的逡巡掙扎，故以此自我提醒、自我勉勵。不管如何，這條他自己選擇的人生之路，他最終是堅持到底了。〈讀山海經〉之五：

　　　翩翩三青鳥，毛色奇可憐。朝爲王母使，暮歸三危山。

　　　我欲因此鳥，具向王母言，在世無所須，唯酒與長年。

掛冠歸田之後的陶淵明，在「既耕亦已種」之後，「時還讀我書」，詩中借由「鳥、山、酒」意象群，表明自己正如「朝爲王母使的青鳥，日暮時分歸返山林」的隱逸情懷，當他在〈山海經〉中覓得三青鳥之芳蹤時，他突發奇想，向青鳥寄託了自己的願望，鳥的高飛，讓人產生自由快樂的聯想，因而常懷抱著一分欽羨之情。青鳥的遠翔高舉，橫越山川，翶遊於太虛之中，自由來去人們所無法到達之地，彷彿是天地間的信使。因此，青鳥成爲陶淵明心目中美好理想的化身。陶淵明異想天開地寄情於青鳥，期望牠代爲傳語，傳至那高遠不爲人所及的王母之所（高山），表達一己之心跡——唯酒與長年，此「酒」正爲寄情山中隱逸生活之最大精神支柱。

第二節　「酒－菊－松」、「鳥－松、鳥－雲、　　　　　鳥－風」意象群——高潔人格

一、「酒－菊－松」意象群——傲岸不馴

　　菊花意象進入飲酒詩，是與松相攜並舉的。《禮記·月令》：「季秋之月，菊有黃花」。在寒霜降落、百花凋謝之際，唯菊花與青松比肩，傲霜怒放，競鬥芳菲。松、菊之姿不僅給陶淵明帶來了家庭生活的快樂，其凌霜傲雪的高潔品質也堅定了陶淵明傲世獨立的人格精神。

〔註8〕　見張簡坤明著《詩學理論與詮釋》（板橋：駱駝出版社，1995 年），
　　　　頁 136。

　　菊，盛開於疾風橫掃，寒霜施威的深秋季節；松，傲霜挺立，卓爾不群，抗寒成蔭。當百花紛紛凋謝之際，菊、松卻凜然風霜中，毫不屈服，因而詩人便紛紛賦予它們特定的象徵意義，即與世抗爭、不同流合污，清高貞潔，剛烈不阿，然而，真正賦予菊、松以抗爭、貞烈品性的當獨推陶潛。在黑暗的社會現實之下，決定了陶淵明的理想不可能得到實現，但飲酒之餘有著菊、松耿介不阿性格的詩人卻不願貪圖享受、同流合汙。他於是歸隱田園，賦詩著文，此為文人特有的抗爭、奮鬥的方式。與世抗爭，不同流合污、清高貞潔，既是菊的高貴品質之所在，亦是陶淵明的人格可貴之處。所以，陶淵明理想之鳥的翅膀折斷之後，便以菊、松為意象，在詩中借物自況，寄託自己的理想和奮鬥精神。菊、松的品質正是陶淵明人格的凸現，他的詠菊、松詩正是其抗爭、奮鬥的寫照。且看他的詩歌〈和郭主簿〉其二：

> 和澤同三春，華華涼秋節。露凝無游氛，天高風景澈。
>
> 陵岑聳逸峯，遙瞻皆奇絕。
>
> 芳菊開林耀，青松冠巖列。懷此貞秀姿，卓為霜下傑。
>
> 銜觴念幽人，千載撫爾訣。檢素不獲展，厭厭竟良月。

芳菊耀眼，青松挺立，惹人喜愛，這不僅因為它們各有「秀姿」，而且都有傲霜的品格，卓爾不群。詩人筆在芳菊青松，意卻不在芳菊青松，詩人由銜觴賞芳菊與青松而興起思古代「幽人」之幽情。「芳菊、青松」就是「幽人」的象徵。幽人，即古代的隱者，是陶淵明心中的理想人物。這些幽人沽身自好，出淤泥而不染，像菊、松一樣具有「秀姿」，像菊、松一樣「卓為霜下傑」。陶淵明一方面堅守固窮，安貧樂道，不與世俗同流合污，一方面又獨標清操，以孤高自許，對門閥世族統治所造成的是非顛倒、賢愚不辨的社會現象寄以憤慨，對隨俗浮沉、俯仰失節的世俗之輩投以蔑視。如〈飲酒詩〉第八首：

> 青松在東園，眾草沒其姿，凝霜殄異類，卓然見高枝。
>
> 連林人不覺，獨樹眾乃奇，提壺撫寒柯，遠望時復為，
>
> 吾生夢幻間，何事紲塵羈。

這是借孤松來比喻自己堅貞的人格。眾草雖然暫時可以掩沒青松，可是待到嚴霜既降，眾草枯萎凋零之時，只有青松能卓然挺立，以它的後凋之節傲視眾草。西晉詩人左思有「鬱鬱澗底松，離離山上苗，世冑躡高位，英俊沉下潦」的詩句。左思以「澗底松」與「山上苗」相對比，揭露門閥社會的壓抑人才，陶淵明以「青松」和「眾草」相對比，顯然也是憤慨賢者屈居下位元，不被社會所認識，同樣對當時的黑暗社會具有揭露的作用。所不同者，左思偏重於為人才受壓鳴不平，而陶詩則更多地表現以堅貞節操傲視世俗，兩詩有異曲同工之妙。「采菊東籬下，悠然見南山」（〈飲酒〉其五）是一幅采菊圖，彷彿可以看見那長長的東籬，那籬邊的叢菊，那采菊的淵明，以及他無意間看見遠處南山時悠然自得的神態。蘇軾評「因采菊而見山，境與意會，此句最有妙處」（東坡題跋十七則《津逮秘書》本，卷一）。王國維在《人間詞話》裡把它視為「無我之境」的典範。〔註9〕詩句從視覺上取象，將意立在「悠然」之上，但細細咀嚼卻不難體味出另一種滋味：理想的幻滅，生活的貧困，詩人無疑有一種難言的苦悶和痛楚，但他尋求到一種解脫的方法，於是隱逸，於是「欣然」、「采菊」、「悠然見南山」，然而，從中可感悟出這是暫時忘卻痛苦的「怡然自在」，是一種超脫的虛懷。菊的品格是屬於陶淵明的，「菊之於陶淵明，猶蘭之於屈原，梅之於陸遊」。陶淵明對菊、松確有偏愛，詩人寫它們絕不是單純地詠物，而是在這些自然景物的形象中寄託了自己對不同流俗、堅守節操的美德的仰慕之情，他的一生確如頂風傲霜，清高貞潔的菊、松一樣閃耀著燦爛的光輝。〈飲酒〉之七：

> 秋菊有佳色，裛露掇其英，泛此忘憂物，遠我遺世情。
>
> 一觴雖獨進，杯盡壺自傾。日入群動息，歸鳥趨林鳴。
>
> 嘯傲東軒下，聊復得此情。

秋菊與青松一樣，象徵了生命自我。菊本色佳，又兼帶露，折射著

〔註9〕引自馬自毅、高桂惠注譯《新譯人間詞話》（台北：三民書局，1994年三月初版），頁5。

生命自我的生鮮蓬勃之氣。泛酒的意象暗示適情任性，在酒的海洋
中任生命之舟自由無礙地漂流。醉境把詩人與現實自我暫時隔斷。
酒是忘卻現實自我進入生命自我的最好的橋樑與通道。所以，它是
忘憂之物，可以「遠我遺世情」。進入酒醉的激情狀態，生命自我
便無比高大豐盈，獨立無偶，無所拘礙了。「一觴雖獨進，杯盡壺
自傾。」這種心靈的充分解脫，情感的迷醉狀態，對生命自我體驗
的得意忘形，全融在「杯盡壺自傾」的意象之中。與「遠我遺世情」
呼應的是詩人解脫現實自我，回歸生命自我後心靈的無比澄明、寧
靜、溫暖、歡欣。這就是「日入群動息，歸鳥趨林鳴」意象的內蘊。
落日與歸鳥是魏晉詩中經常出現的象徵回歸自我的意象。陶淵明使
之更富哲理，同時也更直覺無意識化，從而賦予它們更為豐富廣闊
的內涵。「群動息」是心靈騷動的平息，也是世情與外物的隱遁與
止息。它寧靜至極，澄明至極，與老莊及玄學「冥」於「道」、「一」、
「無」的哲理境界相通，都是對生命本真的體驗與領悟。陶淵明詩
中多次呼喚「我亦愛其靜」，他的詩歌意象以靜穆為特色，正是對
這種生命自我寧靜澄明的體驗的象徵性表現。然而，生命自我寧靜
而不死寂，澄明而不空虛。「歸鳥趨林鳴」的意象使上句的寧靜澄
明中充滿了溫暖與歡欣。「歸鳥趨林」透出親切、溫馨的眷戀之情，
「鳴」是對生命回歸與更生的歡呼。青松、菊花與幽蘭有較多顯意
識參與，理性化較濃的對生命自我的象徵意象，「日入」兩句就是
對生命本真體驗與領悟的純粹發自直覺無意識的象徵意象。「杯盡
壺自傾」中生命自我的高大豐盈引出了「嘯傲東軒下」的意象。「壺
自傾」尚以酒壺的傾斜間接暗示詩人適情任性的姿態，「嘯傲」一
句便直接展現詩人得意忘言的「醉」態了。「傲」也是對「一觴雖
獨進」中生命自我獨立無偶的回應。「嘯」與「聊復得此生」是對
這種回歸理想自我，生命獲得新生的歡呼，亦是對鳥鳴的呼應。在
這首詩中，現實自我是「憂」、「世情」、「群動」來象徵的。生命自
我是以掇菊英、泛酒、獨進觴，「壺自傾」、「日入」、「歸鳥」、「嘯

傲東軒」諸意象來象徵的。「忘」、「遠」、「遺」、「息」、「趨」，是生命自我對現實自我的排斥與否定。「忘憂」、「遺世情」、「群動息」，是現實自我向生命自我的回歸，也是生命自我的更生與歡欣。

二、「鳥－松、鳥－雲、鳥－風」意象群──孤高不群

（一）「鳥－松」意象群

「鳥」在陶詩中是一個含有多種比興意義的意象。在詩人筆下，有「戀舊林」的「羈鳥」，有「欣有託」的「眾鳥」；有「相與還」的飛鳥；有「望雲」而令人興「慚」的「高鳥」；有「翩翩飛鳥」、「翼翼歸鳥」；有「倦飛知還」的「鳥」，也有「栖栖失群」的「鳥」。陶淵明之所以愛用鳥作為詩中意象的原因，主要是鳥是逸放、自由的象徵；而追求精神逸放、欣慕解脫自由，正是淵明人品、詩心的結穴。
〈飲酒詩〉之四：

> 栖栖失群鳥，日暮猶獨飛。徘徊無定止，夜夜聲轉悲。
> 厲響思清晨，遠去何所依，因值孤生松，斂翮遙來歸。
> 勁風無榮木，此蔭獨不衰。託身已得所，千載不相違。

詩人以鳥兒經歷日暮獨飛、徘徊無定、去來不知所從的徬徨矛盾，而終於覓得託身之所的痛苦的歷程，說明因己之天性不同，與世相違，才會在仕途中煢獨無依，成為失群之鳥。失群的身影雖然有些孤獨，但這份孤獨卻可保全心性的自由，因此他坦然接受，並進而宣誓永不復出的決心。這首詩以「栖栖失群鳥」開篇，詩的旨歸並不在寫其失群之悲，而在寫其「託得其所」之樂。因此，這首詩可分為兩個層次，前一層六句表現徘徊無依的彷徨，是反襯，後一層寫託身孤松自適之樂，才是正意。

第一個層次，作為意象的這隻鳥，觀其形，是孤獨失群的；味其心，栖栖然心神不安。天下之大，鳥類之多，為什麼它單單失群，而且如此惶惶不安呢？詩一上來便引人沉思，看來鳥亦如人，各以類聚。這隻鳥之所以日暮獨飛，是因為它別有懷抱。他不屑趨附於

燕雀之群，傍人門戶；也不願隨鷹隼之相殘同類，血灑平蕪。在「一
世皆尚同」的時會，他怎能不失群而孤獨呢？它並非自絕於儔類，
而是愛惜自己的羽毛。詩一起，意象的蘊涵便十分飽滿，而且顯得
神形兼具。

　　然而，它的失群獨處，實乃求仁得仁，爲什麼又要「徘徊無定止」，
「夜夜聲轉悲」呢？顯然，詩人內心充滿矛盾痛苦。這隻鳥之所以「徘
徊無定止」，與其說象徵詩人多次出仕歸農的棲遑不定，不如說是表
現他在出仕入仕之間內心的依違煎熬。他本是有「猛志」，有「遠翥」
之心，且曾遊好六經的儒者，何嘗不想用世而大濟蒼生？但多次步入
仕途，發現迎接他的處處是「塵網」，處處是「樊籠」。現實逼著他不
能不緣儒入道，抱墣全眞。顯然，在儒道之間，出仕、入什之際，他
是有過無數次的徘徊鬥爭，因而深感悽悽不安，乃至悲鳴夜夜的。五、
六兩句「厲響思清晨，遠去何所依」就是補足這一層意思。昨夜悲鳴，
晨思遠引，但遠處又哪有安身託命之所？詩思至此，彷彿山窮水盡。
徬徨之情，愈演愈熾。

　　人生每有頓悟，詩境也隨之路轉峰回。經過一番徘徊悲鳴後，這
隻鳥的眼前突然出現了一棵「孤生松」，詩情至此大變。他終於看到
了前路，找到歸宿。這孤生的松樹是詩中出現的又一個意象。詩人著
意描寫他的外形和內美。末世衰風，席捲天下，昔日華茂的樹木，無
不隨風披靡；獨有這棵蒼松，依然青翠掩映，不爲勁風所偃。顯然，
這裡是安靜、純潔、末世衰風永遠吹不到的世外桃源。孤鳥託身於此，
爰得其所，一如詩人退隱田園，適其性分。這是孤鳥長期徘徊之後作
出的抉擇；他一旦作出了抉擇，便永遠不肯背離，「千載不相違」即
永不離開之意。這一層中，第八句「斂翮遙來歸」是傳神之句。不止
「斂翮」形象逼眞，「遙」字尤具神態。彷彿這隻鳥兒老遠地收緊了
倦飛的翅膀，箭一般直投松蔭，寫出了它抉擇的堅定執著，不止畫形，
而且活脫地顯出「今是昨非」的頓悟之心。

　　邱嘉穗《東山草堂陶詩箋》說：「此詩純是比體。蓋陶公自彭澤

解綬，眞如失群之鳥，非鳴無依，故獨退守田園，如望孤松而斂翮，托身不相違也。公嘗有《歸鳥》四言詩，正與此詩同意。」〔註10〕他的話大體是不錯的。只第二句未盡愜詩心。詩人有失群之悲，去來無所之意，絕不在辭去彭澤令之後，而是在此之前。失的前六句所描繪的是他解綬之前依違矛盾，飛鳴徬徨的意象，是「誤落塵網中」，「心爲行役」的寫照，而不在解綬之後。

　　這首詩蘊含詩人對人生道路探尋、掙扎之後得到頓悟的哲理，也像一支追求、動搖、鄉戀的敘事曲。這首詩在形象、意蘊、氣氛、概括四方面都有其獨造之處。從形象看，寫那隻失群的鳥，透過「獨飛」、「徘徊」、「厲響」、「去來」字樣，其形歷然在目，其聲淒然在耳。寫那棵「孤生松」，挺立在「榮木」全被「勁風」摧折之後的大自然中，青翠勁拔，傲岸特立，也是鮮明突出的。從詩中意蘊看，此鳥之所以「失群」正由於「世人皆濁我獨清」；通過一隻鳥，反應一個時代。此松何以孤生正由於勁風已使一切「榮木」盡偃；通過一棵樹，反映出狂瀾既倒的末世衰風。觀此鳥獨飛於日暮之時，悲鳴夜夜，象徵了那個社會的陰沉黑暗。可見，詩中意蘊是十分豐富的。至於詩中氣氛，通過「徘徊無定止」「遠來何所依」這種復沓回旋的句子以造形，用「日暮」、「夜夜」染色，再用「聲悲」、「厲響」作爲和聲，又皆一意兩出，反覆重言，把氣氛釀造的十分濃鬱。又因爲前六句著意渲染徬徨之悲，後六句轉爲深得其所之樂，兩相映襯，詩情更爲激越。而全詩總共才十二句，前六句寫盡詩人歸田之前的抑鬱徬徨；後六句寫出「來者可追」的一生歸宿，更是概括深廣，隱然可見詩人出處行藏的心理歷程。因此說，這首詩之成就在於形象鮮明，意蘊豐富，氣氛濃鬱，概括的深度。〔註11〕

〔註10〕引自邱嘉穗《東山草堂陶詩箋》，載於四庫全書存目叢書委員會編《四庫全書存目叢書》（台南：莊嚴文化，1996年）集三，頁219。

〔註11〕見賴漢屏〈追求、動搖、相戀——陶淵明〈飲酒之四〉賞析〉，（湖南：湖南常德教育學院），頁44。

（二）「雲－鳥」意象群

歸田後的陶淵明，享受著恬適自得的田園生活，然而偶爾亦會有股孤獨之感襲上心頭，或是突如其來的天災侵擾了他的生活，面對這些生活點滴，他以詩忠實地記錄心情，並以鳥來襯托他當時的心境。脫離官籠、回到日夢想的園林，陶淵明呼吸著園田清新的空氣，生命得到全然的解放，他感受到前所未有的舒暢愉悅。此時，他所見的不再是苦悶的籠中羈鳥，而是舞動著輕靈的雙翼，跳動著輕盈的身軀，吟唱著快樂音符的飛鳥和鳴鷗：

> 弱湍馳文魴，閒谷矯鳴鷗。（〈遊斜川並序〉）

> 雲鶴有奇翼，八表須臾還。（〈連雨獨飲〉）

> 晨鳥暮來還，懸車斂餘暉。（〈於王撫軍座送客〉）

> 鳥哢歡新節，泠風送餘善。（〈癸卯歲始春懷古田舍〉一）

> 山氣日夕佳，飛鳥相與還。此中有真意，欲辨已忘言。（〈飲酒〉五）

> 日入群動息，歸鳥趨林鳴。嘯傲東窗下，聊復得此生。（〈飲酒〉七）

> 眾鳥欣有託，吾亦愛吾廬。（〈讀山海經〉一）

外在的景物常是詩人自身心情的投射，如辛棄疾「我見青山多嫵媚，料青山見我亦如是」（〈賀新郎〉），當詩人沈浸在回歸田園的喜悅，享受著春回大地，春耕開始歡快，映入眼簾的鳥兒自然成為快樂的化身，牠們的鳴聲婉囀悅耳，似在歡唱新春的到來，託身得所的喜悅。詩人以輕鬆自然的心態來描摹飛鳥，把自己的胸襟氣韻貫注於飛鳥，飛鳥是陶淵明生命充分舒展之後的理想形象，牠們不再孤鳴、不再彷徨；沒有失路之迷惘，也沒有離群之悲傷，只是一片自由、寧靜、歡暢的心境。於是，一切的感動化為一句最平凡也最真實的歌詠：「眾鳥欣有託，吾亦愛吾廬」，在帶有暖意的詩意中流露出對歸隱田園的滿足與欣慰，為自己所作的選擇感到由衷的欣悅。他就是眾鳥的一員，與眾鳥一起翱遊，遊出人生的逍遙，遊出人生的自在自得。

陶淵明以天空中翼翼飛翔的飛鳥在雲海間自由出沒翱翔表現了自然的和諧、完美與充實，進而表達了自身復返自然、皈依自然、順應自然、融入自然的人格追求。飛鳥的喜悅，就是詩人的喜悅；飛鳥的歸宿，就是詩人人生的歸宿，人與鳥在詩境中融成一體。

歸隱後的日子，雖然有著從牢籠解脫的欣悅，但偶而心頭上還是會湧上一股難言的孤寂之情，這份孤寂，來自壯志的不得實現。陶淵明雖然最終選擇了歸隱一途，但往日的豪情壯志，不時地，仍縈繞在他心頭，撫今追昔，功業的無成，無人理解的悲哀，在在使詩人感到一層深似一層的孤獨和寂寞，誠如葉嘉瑩所言：

> 一個真正的詩人，其所思、所感必有常人所不能盡得者，而詩人之理想又極高遠，一方面既對彼高遠之理想境界懷有熱切追求之渴望，一方面又對此醜陋罪惡而且無常之現實懷有空虛不滿之悲哀。此渴望與不得滿足之心，更不復為一般常人所理解，所以真正的詩人都懷有一種極深的寂寞感。〔註12〕

當詩人內心有志難伸，滿懷理想無處訴說時，他又以失群鳥來抒發自己心中的孤獨寂寞。陶淵明以孤鳥象徵現實自我的孤獨、苦悶與無依，〔註13〕他徘徊在對功業的渴望和拂衣歸田之間，由於不願與世浮沈，他投冠而去，但傳統知識分子的使命感，黃唐莫逮、殊世難追的憾恨，百年易逝而事業無成的惆悵，始終凝成一種揮之不去的孤獨感，他想找一傾訴衷曲的知音，然而，知音亦不可得，因而更陷入更深沉的悲寂之中。所以，對友情的眷戀、知音的渴望，亦是造成陶淵明孤寂的原因之一，當他內心鬱結、孤獨的時候，鳥又成他排憂解愁的對象，〈停雲〉：

〔註12〕見〈從李義山〈嫦娥〉詩談起〉，《迦陵論詩叢稿》（修定本），（河北：河北教育出版社，1997年版），頁217。

〔註13〕林文月在〈陶謝詩中孤獨感的探析〉一文中曾論及：「他的行徑又像是與眾不同的遲出林之鳥，不肯隨彼逐流而急流勇退的結果，使他變成了一隻失群的獨飛之鳥，為著謹慎選擇棲身之枝，倍嘗孤獨飛翔的勞力與焦心之苦，那夜夜悲啼的屬響，正是作者的孤獨心聲。」收於《山水與古典》，（台北：三民書局，1996年6月初版），頁73。

　　　停雲靄靄，時雨濛濛。八表同昏，平陸成江。

　　　有酒有酒，閒飲東窗。願言懷人，舟車靡從。

　　　東園之樹，枝條再榮。競用新好，以怡余情。

　　　人亦有言，日月于征。安得促席，說彼平生。

　　　翩翩飛鳥，息我庭柯。斂翮閒止，好聲相和。

　　　豈無他人，念子實多。願言不獲，抱恨如何！

〈飲酒詩〉之十五：

　　　貧居乏人工，灌木荒余宅。班班有翔鳥，寂寂無行跡。

在〈擬古〉之三：「翩翩新來燕，雙雙入我廬。先巢故尚在，相將還舊居。」寫枝頭上的鳥兒成群的飛翔，累了，安閒的斂羽休息，以輕快的聲音相應和著，彷彿互訴著心曲；燕子亦是雙雙成對，欣返舊居，而反觀自己卻是獨自貧居，人蹤絕跡，益加映照出自己身影的冷落淒涼。尤其是歸田後，他常有種不被理解的痛苦，因此他寓情於鳥，讓鳥負載著他的孤獨與寂寞。通過鳥意象，確實可以感受到淵明人格中的「孤」與「獨」，孤獨的滋味，或許有時苦澀難嚼，但卻可保全真樸的本性，獲得心性的自由，因此，陶淵明甘於承受，甚且主動追求孤獨，他「白日掩荊扉」（〈歸園田居〉二）、「長吟掩柴門」（〈癸卯歲始春懷古田舍〉其二）、「門雖設而常關」（〈歸去來辭〉），在虛室中絕塵想，讓心靈趨於寧靜，讓生命回歸真實，於是孤獨轉化為閒情，苦澀轉變為甘甜。在陶淵明的孤獨中，有著寂寞，也有著悠然，這是陶淵明特有的生命風情。而〈讀山海經〉其十二中則藉由鶹鵝、青丘奇鳥寄託感嘆：

　　　鶹鵝見城邑，其國有放士。念彼懷王世，當時數來止。

　　　青丘有奇鳥，自言獨見爾。本為迷者生，不以喻君子。

陶淵明讀《山海經》，見有鶹鵝出現便有人被流放。青丘山上有奇鳥，人們佩帶牠便不會受迷惑的記載，因而想到戰國時期的昏君楚懷王，於是滿懷感慨，暗喻一般人甘受迷惑而釀成慘劇。

　　傷春悲秋在中國文學主題上始終佔有舉足輕重的地位，而倉庚、

雁〔註14〕則是春、秋二季的最佳代言者，自詩經以來，牠們即活躍於歷代詩文中，〔註15〕故陶淵明在季節的書寫上，亦有牠們的影子，如〈答龐參軍〉中：

> 昔我云別，倉庚載鳴。今也遇之，霰雪飄零。

在這萬物欣欣向榮的大好春光，黃鸝鳥也相互鳴和著，然而詩人和朋友卻不能如黃鸝鳥齊聚唱和，陶淵明以倉庚點出和龐參軍分別的季節是爲春季，也表達了離別之時內心的不捨之情。又如〈九日閒居〉：

> 往燕無遺影，來雁有餘聲。

〈己酉歲九月九日〉：

> 靡靡秋已夕，淒淒風露交。蔓草不復榮，園木空自凋。
> 清氣澄餘滓，杳然天界高。哀蟬無留響，叢雁鳴雲霄。
> 萬化相尋繹，人生豈不勞！從古皆有沒，念之中心焦。
> 何以稱我情，濁酒且自陶。千載非所知，聊以永今朝。

燕子如同倉庚般，都是春天的表徵，陶淵明以春燕的無蹤影，秋雁鳴雲霄來點明秋天的到來，呈現出秋天淒清愁怨的氛圍和春去秋來的時光推移，感物而傷時，由時序之秋聯想到人生之秋，表達出人生倏忽，韶華難留的哀嘆。

　　以鳳來比喻賢才是中國文學的普遍象徵。鳳凰是傳說中的祥禽瑞鳥，牠「首戴德，頸揭義，背負仁，心入信，翼采義，足履正，尾系武」、且「食有節，飲有儀、非竹實不食、非醴泉不飲、非梧桐不棲。」全身都閃爍著倫理道德的光輝。因此，鳳凰便成了美善的隱喻，賢良

〔註14〕雁是一種候鳥。每年秋分後飛往南方，次年春分後北返。《禮·月令》：「孟春之月：東風解凍，……鴻雁來。」《注》：「記時候也，……雁自南方來，將北反其居。」就是這在固定時節南來北往的特性，使牠成爲季節的標誌。

〔註15〕〈豳風·七月〉：「春日載陽，有鳴倉庚。」〈豳風·東山〉：「倉庚於飛，熠燿其羽。」〈小雅·出車〉：「春日遲遲，卉木萋萋、倉庚喈喈，采蘩祁祁。」〈邶風·匏有苦葉〉：「雝雝鳴雁，旭日始旦。」〈小雅·鴻雁〉：「鴻雁於飛，肅肅其羽。」

君子的象徵：〔註16〕

　　重離照南陸，鳴鳥聲相聞。(〈述酒〉)

二詩皆以鳳鳥喻賢才，一為天下紛亂，賢才避世；一為江左中興，群賢畢至，或許亦寄寓詩人天下有道則仕，無道則隱之心意。

　　在西漢的神學政治中，鳳凰翔集亦是王道仁政，天下太平的表徵。《禮鬥威儀》：「君乘土而王，其政太平，則鳳集于林苑。」《春秋感精符》：「王者上感皇天則鳳凰至。」《孝經鉤命訣》：「孝悌之至，通於神明，則鳳凰巢。」鳳凰是治亂興衰的重要象徵符號，鳳凰來集是堯帝治政、天下太平的瑞應。〔註17〕

　　汲汲魯中叟，彌縫使其淳。鳳鳥雖不至，禮樂暫得新。(〈飲酒〉之二十)

表達對孔子的肯定，在孔子的努力下，雖然太平盛世未出現，但禮樂經過孔子的修整以後，面貌已煥然一新。

　　從「鳥」這個物象來看，牠舒翼於廣闊的蒼穹，棲宿於安靜的山林，朝出暮歸，自由自在，無羈無束，似乎具有隱士的所有品格，因而也就特別容易感動陶淵明，不斷地被寫進詩中。正如李清筠先生所言：在典型的取擇中，事實上，便透露著個人生命的價值取向，而這取向，實則亦是我人格的投射。〔註18〕

（三）「鳥－風」意象群

　　陶淵明飲酒詩中詩人常以禽鳥與風意象相配合，形成一種相求、相助的關係，如風與鳥的意象組合，在〈歲暮和張常侍〉：

　　市朝悽舊人，驟驥感悲泉，明旦非今日，歲暮余何言。

〔註16〕如《詩經‧大雅‧卷阿》：「鳳皇於飛，翽翽其羽，亦集爰止，藹藹王多吉士。」《鄭箋》：「眾鳥慕鳳皇而來，喻賢者所在，群士皆慕而往仕也。」《論語‧子罕》：「子曰：鳳鳥不至，河圖不出，吾已矣乎！」皆是以鳳鳥喻賢者。第 3 期，頁 64～65。

〔註17〕參見姚立江〈鴟鴞與鳳凰──中國文學中的一組對立意象〉，收於《北方論叢》第 173 期，2002 年第 3 期，頁 64～65。

〔註18〕李清筠先生《魏晉名士人格研究》第三章〈魏晉名士的人格特質（二）〉，台北：文津出版社，2000 年 10 月初版，頁 169。

素顏斂光潤，白髮一已繁。闊哉秦穆談，旅力豈未愆。
向夕長風起，寒雲沒西山。厲厲氣遂嚴，紛紛飛鳥還。
民生鮮常在，矧伊愁苦纏。屢闕清酤至，無以樂當年。
窮通靡攸慮，顦顇由化遷。撫己有深懷，履運增慨然。

淵明此詩歲暮感懷，以歲暮寄託詩人易代之悲，並刺劉裕弒安帝於東堂而立恭帝。詩分五段，四句一段，前段「市朝」二句謂人代易速，市朝耆舊之人，莫不相為悲悽；而其乘馬亦有悲泉懸車之感。「明旦」二句承上，謂明旦已非今日矣，值此歲暮，余亦何言？因時起興，易代之悲，不言而喻。二段寫其衰。「素顏」二句謂己白淨之容顏，已失昔日之光彩，亦白髮滿頭矣。「闊哉」二句反用秦穆語，時謂我已年老，膂力豈曰不衰？秦穆之言，實是迂闊。三段正寫歲暮。「向夕」二句謂向晚之際，長風已起，寒雲遂沒入西山。「厲厲」兩句承上向夕，謂寒氣凜冽，倦鳥紛紛還巢，此段似賦歲暮，實則比晉亡宋興，舊人畏罪相附。四段遙接二段。「民生」二句謂人無不死，況乃愁苦常糾纏其身。兩句實取古詩「生年不滿百，常懷千歲憂」之意。「屢闕」二句謂欲飲屢無酒，無復當年之樂矣。樂當年三字亦饒有深意。後段「窮通」二句謂此生窮通非我所慮，而由光潤而顦顇，但憑化遷，亦非關我所慮也。「撫己」二句謂感己身世，頗有深懷，今又履此歲暮時運，又增感慨。履運實有踐此惡運之意，即指劉裕弒安帝之時也。風帶著淒涼的寒意逐漸籠罩大地，風起、雲寒、氣嚴，一層進入一層，大地逐漸嚴寒，此時但見『紛紛飛鳥還』，詩人藉「風──鳥」意象群組合，道出在遭逢亂世之時心中回歸大地的盼望。

詩人寫風，有時直用悲風表露自己心情，如〈飲酒〉其十六：
弊廬交悲風，荒草沒前庭。披褐守長夜，晨雞不肯鳴。
孟公不在茲，終以翳吾情。

言風之悲，即言詩人內心之苦，即使悲風使得荒草沒前庭，詩人在晨雞不肯鳴之時仍披褐守長夜，寫出固窮的高超品格。

〈癸卯歲始春懷古田舍〉其一：

> 在昔聞南畝，當年竟未踐，屢空既有人，春興豈自免？
> 夙晨裝吾駕，啟塗情已緬。鳥哢歡新節，泠風送餘善。
> 寒草被荒蹊，地為罕人遠。是以植杖翁，悠然不復返。
> 即理愧通識，所保詎乃淺。

詩人在這年開始參加農事耕作，「懷古田舍」意旨在田舍中懷古，詩中懷孔子和植杖丈人之事，寫他從農耕的勞力生活中，體驗到大自然的寧靜美好，遠離了塵俗的動亂，「鳥哢歡新節，泠風送餘善」是一幅充滿生氣、歡欣的農村田園景觀，顯露了隱居躬耕，暫避世亂的思想。

〈飲酒二十〉之四：

> 栖栖失群鳥，日暮猶獨飛。徘徊無定止，夜夜聲轉悲。
> 厲響思清晨，遠去何所依，因值孤生松，斂翮遙來歸。
> 勁風無榮木，此蔭獨不衰。託身已得所，千載不相違。

詩人有所不為而隱居田園，過著夕露霑衣，煙火裁通的貧苦且孤獨的生活，他的行徑又像是與眾不同的遲出林之鳥，不肯隨波逐流而急流勇退的結果，使他變成一隻失群的獨飛之鳥，為著謹慎選擇棲身之枝，備嘗孤獨飛翔的勞力與焦心之苦，那夜夜悲啼的厲響，正是作者的孤獨心聲。至於再三徘徊之後所遇的孤生松，在勁風之中傲然獨保不衰之蔭，也正是詩人兀傲特立的風範。古來論詩的人多數只注意到他悠閒沖遠的一面，覺得「採菊東籬下，悠然見南山」、「春秋多佳日，登高賦新詩」等，便是他的生活全貌，其實不然。〔註19〕

　　陶淵明筆下的飛鳥是歸屬於山林田園的，是自由、平凡而親切的，然而牠雖同於眾但卻不與世浮沉，當和風弗洽時，牠翻翮求心，思索適合自己的航程，不再盲目追尋，有所為有所不為，一如陶淵明的形象。這些鳥大多平淡無奇，平淡到連名字僅是個「鳥」，然而在飛鳥身上承載著陶淵明種種複雜的情感。他頻頻倩鳥入詩敘述

〔註19〕見林文月著《山水與古典》（台北：三民書局，1996 年 6 月初版），
　　　　頁 73。

自身的壯志、寄託回歸的渴望、抒寫內心的孤獨、映現生活的情趣。
從懷志高飛、失路哀鳴、託身得所到自在翩飛，陶淵明的情感在飛
鳥身上逐步得到消釋，生命境界也層層飛躍。他曾經有著「猛志逸
四海，騫翮思遠翥」的壯志、有著「羈鳥戀舊林，池魚思故淵」的
渴望，終於伴著「山氣日夕佳，飛鳥相與還」的快意掛冠歸隱。歸
隱的日子，雖然不免有著「班班有翔鳥，寂寂無行跡」的寂寞，但
逃脫了社會的宏羅，自由自在地翱翔在自己的天空，他體悟到「眾
鳥欣有託，吾亦愛吾廬」的閑情。我們可以說，鳥給詩人添加了翱
翔的比翼，或者竟可以說鳥就是詩人的藝術化身，在飛鳥輕靈的翅
膀上負載了詩人一生的夢想。

第三節　「酒－風－雲－木」──田園生活

　　陶淵明在田園生活中寄託了他的理想，其詩中對田園風光的描
寫，具有寫實與象徵兩重意義。他對田園景色的摯愛可以從他的詩中
對「酒－風－雲－林木」的意象群描寫見出。在〈和郭主簿〉之一藉
由「酒－風－雲－林木」意象群寫田園生活閒適的情趣：

　　藹藹堂前林，中夏貯清陰。凱風因時來，回飆開我襟。
　　息交遊閑業，臥起弄書琴。園蔬有餘滋，舊穀猶儲今。
　　營己良有極，過足非所欽。春秫作美酒，酒熟吾自斟。
　　弱子戲我側，學語未成音。此事真復樂，聊用忘華簪。
　　遙遙望白雲，懷古一何深。

「藹藹堂前林，中夏貯清陰」，林木濃蔭之處，自然能帶來清涼的空
氣，『清蔭』貯起來之後，隨著風打開衣襟，飄進自己的胸膛。詩人
在夏日裡納涼林下，有時躺在窗下睡個午覺，醒來後優游書琴『閑
業』。小孩在旁牙牙學語嬉戲，詩人藉由「風──林木」的意象群組
合描繪出一幅清靜喜樂的田家生活畫面。

　　在田園生活中詩人從秋日淒風及林木蕭條之貌，悟出自然界生命
變化無窮之道，試看〈己酉歲九月九日〉：

靡靡秋已夕，淒淒風露交。蔓草不復榮，園木空自凋。
清氣澄餘滓，杳然天界高。哀蟬無留響，叢雁鳴雲霄。
萬化相尋繹，人生豈不勞！從古皆有沒，念之中心焦。
何以稱我情，濁酒且自陶。千載非所知，聊以永今朝。

詩中由賦而興，以暮秋時節草木凋落，蟬去雁來，引起人生皆有沒意，
淵明有感人生變化無窮，最後只有飲酒尋樂，以永今朝。自然化遷思
想是淵明的宇宙觀，他認為四時交替，日月運轉，風雨晦明等大自然
中萬事萬物都有其客觀的發展規律，如「靡靡秋已夕，淒淒風露交。
蔓草不復榮，園木空自凋。」這一切都是「萬化相尋繹」的結果，詩
人從中悟出人的死生也是一種自然的變化亦即化遷之力。

〈答龐參軍並序〉：

龐為衛軍參軍，從江陵使上都，過潯陽見贈。

衡門之下，有琴有書。載彈載詠，爰得我娛。豈無他好，
樂是幽居。朝為灌園，夕偃蓬廬。人之所寶，尚或未珍。
不有同愛，云胡以親。我求良友，實覯懷人。歡心孔洽，
棟宇惟鄰。伊余懷人，欣德孜孜。我有旨酒，與汝樂之。
乃陳好言，乃著新詩。一日不見，如何不思。嘉遊未斁，
誓將離分。送爾于路，銜觴無欣。依依舊楚，邈邈西雲。
之子之遠，良話曷聞。昔我云別，倉庚載鳴。今也遇之，
霰雪飄零。大藩有命，作使上京。豈忘宴安，王事靡寧。
慘慘寒日，肅肅其風。翩彼方舟，容裔江中。勖哉征人，
在始思終。敬茲良辰，以保爾躬。

詩中回顧隱居潯陽結識龐參軍，一起飲酒賦詩，相處甚歡。不久龐參
軍告別淵明，去舊楚，現在兩人又在潯陽相遇，淵明臨別贈言，勉之
以德，望龐參軍能善自保重。「衡門之下，有琴有書，載彈載詠，爰
得我娛」言其居處雖簡陋，然過的卻是有琴有書、且彈且詠足以自娛
的風雅生活，此種生活無事於心逍遙自得。「豈無他好，樂是幽居」
自問自答道出幽居最樂的生活志趣。「朝為灌園，夕偃蓬廬」寫日出
理田園之事，日入則偃息草廬，極盡閒適之趣。蓬廬與衡門照應，足

見詩人之安貧樂道。

　　歸隱是魏晉的風尚，如石崇，謝靈運等都以歸隱山林相標舉，而陶淵明歸隱的是田園，而雞可說是農村的代表特色之一，在陶淵明亦在詩作中以雞來展現鄉村的風味，〈歸園田居〉五：

　　　　漉我新熟酒，隻雞招近局。

幽靜的鄉野間，深巷中傳來幾聲狗吠，群雞自在的在桑樹上啼叫著，村民在農暇之餘，擺起酒肉相共歡飲。這是一幅淡得不能再淡，平凡得不能再平凡的景物，但卻淡中有味，平凡中見雅致，刻畫出鄉間一派樸野而又生機盎然的景色，在寧靜中透露出恬適的鄉村氣息，顯現出陶淵明對歸田生活的滿足和追求自由的精神。在純樸寧靜而充滿詩情畫意的鄉村田園中寄託了自身對理想社會的嚮慕。躬耕的生活，有著稱心適性的快意，但不諳農事的他，「種豆南山下，草盛豆苗稀」（〈歸園田居〉三），生活逐漸陷入困境，在淒冷的寒夜，詩人翹首企足地等待著雞鳴，〈飲酒〉十六：「披褐守長夜，晨雞不肯鳴」。在漫漫長夜裡，詩人無被可眠，飢寒難耐，只好披褐獨坐，殷切地盼望著群雞報曉，旭日東昇，好讓溫暖的陽光驅走身上的寒意。雞鳴的等待，真切細膩地刻畫出詩人在飢寒煎熬中的苦楚，然而即使親歷飢寒交迫，詩人仍不改隱居之初衷，表現出「君子固窮」的節操。

　　陶淵明選擇脫離官場，是因為對紛亂政局的失望，而失望正是源自於關心，歸田後的陶淵明對世局仍有一份關切之情，面對劉裕的弒帝，他撫心歎息、滿懷哀悽，於是寫下了〈述酒〉一詩，表達他內心的不滿和期盼：

　　　　流淚抱中歎，傾耳聽司晨。

詩中表現對晉室衰亡的悲嘆，以公雞比喻正義之師，期待著豪傑之士能力挽狂瀾，顯現出詩人雖身處田園，但心繫家國，知識份子的使命感仍不時地縈繞其心頭。

第四節　「雲－雨、風－雨、霜－露」意象群——
　　　　閒適自在

一、「雲－雨」意象群

在自然天象中，「雨」經常是伴隨「雲」而來。陶淵明飲酒詩中往往也是雲雨相隨而至的景象，如四言詩〈停雲〉：

停雲，思親友也。罇湛新醪，園列初榮，願言不從，
歎息一彌襟。

靄靄停雲，濛濛時雨。八表同昏，平路伊阻。
靜寄東軒，春醪獨撫。良朋悠邈，搔首延佇。

停雲靄靄，時雨濛濛。八表同昏，平陸成江。
有酒有酒，閒飲東窗。願言懷人，舟車靡從。

東園之樹，枝條再榮。競用新好，以怡余情。
人亦有言，日月于征。安得促席，說彼平生。

翩翩飛鳥，息我庭柯。斂翮閒止，好聲相和。
豈無他人，念子實多。願言不獲，抱恨如何！

此詩為情景交融之作，全詩四章，每章前四句是寫景起興，後四句鋪敘情事，所寫的景是變動的，情也是變動的。就景而言，始則天昏地暗，水陸阻絕，風雨如磬；繼則樹木姿榮，鳥鳴嚶嚶，春和景明。而作者的思緒，也不斷變化，思念親友之情逐步加深，始則搔首而待，撫酒以思，繼則與舟車相從，而又從之靡途；再則欲促膝相談，傾訴平生；終則所有願望，竟成泡影，只得遺憾了之。其間情與景的發展變化息息相關。〔註20〕詩中交互用「靄靄停雲，濛濛時雨」、「停雲靄靄，時雨濛濛」，交織構成濃密的雲層，以及連綿不斷的紛飛雨絲，來襯托自己思念親友的鬱結心情，如雲一般濃密，如雨一般無休止息。

〔註20〕見溫洪隆《新譯陶淵明集》（台北：三民書局，2004年8月初版二刷），
　　　　頁4～5。

二、「風、雨」意象群

飲酒詩中的雨景除了「時雨」之外，尚有「微雨」，在〈讀山海經〉之一中的「微雨」，伴隨著「好風」吹撫，氣氛極為恬靜，也讓人有自然的歡喜：

> 孟夏草木長，遠屋樹扶疏。眾鳥欣有託，吾亦愛吾廬。
> 既耕亦已種，時還讀我書。窮巷隔深轍，頗迴故人車，
> 歡然酌春酒，摘我園中蔬。微雨從東來，好風與之俱，
> 泛覽周王傳，流觀山海圖。俯仰終宇宙，不樂復何如？

詩中所描寫的自然景象如「草木長」、「樹扶疏」、「欣有託」、「愛吾廬」、「微雨」、「好風」都是極平常的詞句，最後以「樂」字收結，「俯仰終宇宙，不樂復何如」詩人生命喜樂已經與整個宇宙相互融合。這種生命的完成，是在一種花木欣然成長的，眾鳥歡然有所依託的情境中來顯現的。萬物在此如此平和相處，詩人也愛簡單的生活，草廬、耕種、讀書，與幾杯春酒，幾盤園中親自種植的蔬菜，就這樣與朋友敘敘舊。此時「微雨從東來，好風與之俱」，讓大地充滿溫潤與多情。這「好風」、「微雨」是天之所賜，從草木、眾鳥的欣然，轉入對宇宙的感動；俯仰其間，從有限的生命，而進入無限的宇宙。

三、「霜、露」意象群

詩人在寫到露水沾衣時，多為表現清冷、孤寂、悲哀等感情。在陶淵明田園生活中的露水卻有一番新的境界。例如在〈庚戌歲九月中於西田穫早稻〉詩中他寫道：

> 人生歸有道，衣食固其端，孰是都不營，而以求自安。
> 開春理常業，歲功聊可觀。晨出肆微勤，日入負禾還。
> 山中饒霜露，風氣亦先寒。田家豈不苦，弗獲辭此難。
> 四體誠乃疲，庶無異患干。盥濯息簷下，斗酒散襟顏。
> 遙遙沮溺心，千載乃相關。但願長如此，躬耕非所歎。

由「山中饒霜露，風氣亦先寒。田家豈不苦，弗獲辭此難。」可以看出他的躬耕生活還是很艱苦的。但霜露雖寒，他還是「但願長如此，

躬耕非所歎」。除了苦寒環境與田園生活的象徵之外，露還有著另一種象徵意蘊，就是在詠植物詩中作爲嚴酷自然環境的象徵，用以襯托植物嚴寒不能屈的精神品格。〈歸園田居五首〉之三：「種豆南山下，草盛豆苗稀。晨興理荒穢，帶月荷鋤歸。道狹草木長，夕露沾我衣。衣沾不足惜，但使願無違。」但在陶淵明看來，夕露沾衣不是令他哀傷的事情，而是自然的田園生活中的一個小小插曲，是與污濁的官場生活相反的另一種人生選擇。

第五節　「酒、山－川、日－月」意象群——時間與生命

　　時間與生命是貫穿在陶淵明飲酒詩中的內在意蘊，體現在由它們的對立所生發擴展的意象群之中。一個個意象不過是即興而偶然的「緒忽飛來也」。但情感的邏輯與意象的結構卻在無意識中引導著詩人營造出一系列意象群，其中的呼應與對比，無不像生命有機體一樣，呈現出一種結構的系統狀態。陶淵明寫於晚年的〈雜詩〉八首中的一、二、四首，其結構的主旋律就是時間與生命，由此擴展出一系列意象群。

　　〈雜詩〉之一：

　　　　人生無根蒂，飄如陌上塵。分散逐風轉，此已非常身。
　　　　落地爲兄弟，何必骨肉親！得歡當作樂，斗酒聚比鄰。
　　　　盛年不重來，一日難再晨，及時當勉勵，歲月不待人。

詩以生命之始揭開序幕，生命意象由一連串比喻構成：「人生無根蒂」，把生命暗喻爲無根之植物，從而引出「飄」的意象。「飄」又引出一個明喻：「飄如陌上塵」。「陌上塵」再生發出「分散逐風轉」的意象。「逐風轉」又生發了「落地爲兄弟」的意象。「落地」暗含了生命如種子的隱喻，也暗示了生命離開胞胎之初始。既然生命爲飄浮的種子、飛塵，它無根無蒂，隨風輾轉於茫茫天地之間，「落地」爲人，實屬偶然。生命本非己有，何必骨肉才算至親，四海之內皆兄弟也。

「何必骨肉親」是由生命初始之偶然而對生命意義的大覺悟。這偶然的生命一旦開始，時間便與之產生了永恆的矛盾對立。「盛年不重來，一日難再晨」。時間在生命面前匆匆馳過，它不可逆轉，不可重複，永恆地向前方奔去，通向無限長，而生命的計量單位卻由「年」（盛年）到「日」（一日）到「晨」（再晨）到「時」（及時）……愈來愈有限、短暫。生命的偶然、無常、有限與時間行進的必然、永恆和無限構成尖銳的對立。保持這對立雙方平衡的力量是「得歡當作樂，斗酒聚比鄰」，「及時當勉勵，歲月不待人」。抓住有限，得歡當樂，勉勵發奮，增加生命的密度和質量，以抗衡時間對生命的劫掠和生命在時間面前的無奈。

〈雜詩〉之二：

> 白日淪西河，素月出東嶺。遙遙萬里暉。蕩蕩空中景。
> 風來入房戶，夜中枕席冷。氣變悟時易，不眠知夕永。
> 欲言無予和，揮杯勸孤影，日月擲人去，有志不獲騁。
> 念此懷悲悽，終曉不能靜。

時間在交替，日淪月出。「遙遙萬里輝，蕩蕩空中景」。這是一個生命無法與之相比的無窮大的宇宙，也是一個像生命一樣美麗而飄渺的虛空。「風來」、「夜中」兩句中兩個觸覺意象把生命與巨大的空間分離，限定在一個點上──房戶、枕席；「氣變」與「不眠」兩句中「易」和「永」在無限的時間運行過程與靜止的這一「夕」之間拉開了距離，前者遷化不已，此時已非彼時，後者卻因主觀情感的悲悽、焦躁而凝定不動，從而凸現了此「夕」對生命的體驗與感受。生命是孤獨的，不僅「欲言無予和，揮杯勸孤影」，連生命須與不可脫離的時間也無情地拋棄了它，自顧自地奔向前方，把人播種在時間田野上的願望連根拔走。「日月擲人去，有志不獲騁」。人生的好戲還未正式開場，時間的舞臺已匆匆撤走了，增加生命密度與質量的願望也將落空，焉能不「念此懷悲悽，終曉不能靜」！雜詩之一在對生命偶然無常和時間必然永恆的慨歎中，充滿昂揚奮發的理想基調。〈雜詩〉之四：

> 丈夫志四海，我願不知老。親戚共一處，子孫還相保。
> 觴絃肆朝日，罇中酒不燥。緩帶盡歡娛，起晚眠常早。
> 孰若當世士，冰炭滿懷抱，百年歸丘壟，用此空名道。

在生命與時間的抗爭中，情調由低沉壓抑轉向酣暢歡樂。「丈夫志四海，我願不知老」。老而不知老，暗示著生命對時間的抗爭。抗爭的途徑之一是：「親戚共一處，子孫還相保」。生命通過人倫和睦得以充實，通過子孫繁衍而得以延續。抗爭的途徑之二是：弦歌飲酒，緩帶歡娛。弦歌包括賦詩吟志，它與飲酒的暢情適意都屬於精神的愉悅。生命既然如此短促，暢開心扉，擺脫名教羈絆，縱情享受精神自由的歡娛，方不辜負此寶貴的一生。抗爭的途徑之三是：享受心靈的寧靜，在與「冰炭滿懷抱」的當世士的對比中，獲得生命的意義和心理的慰藉。這後兩種抗爭，是魏晉人在與時間抗衡中賦予生命的新的價值。

　　時間給生命帶來的諸多悲傷與遺憾，最終還須時間來醫治。站在時間的未來看現在，生命的意義與價值乂會呈現另外的景象，「百年歸丘壟，用此空名道」。「及時當勉勵」也罷，「有志不獲騁」也罷，「榮華難久居」也罷，「冰炭滿懷抱」也罷，包括「終曉不能靜」，「憶此斷人腸」的生命悲淒感本身，也將以丘壟成田壟的同一結局而化為空無。時間給生命帶來憂慮與差別，時間又將抹平一切憂慮與差別。它帶來一切，也帶走了一切。洞察到這一點，生命與時間的矛盾對立便在新的層面上達到了和解。兩者的抗爭以生命居高臨下的對時間超越而取得勝利。領悟到這一切，也使生命與時間意象所包含的情感體驗進入了哲理與智慧的境界。

第六節　「酒－神話」意象群——追求長生

　　魏晉之際，社會動盪不安，人們普遍缺乏安全感，生死無常，前途未卜，因此對生死的探討是魏晉文學的一大主題，而陶淵明對生命短促人生易老的事實，表現的更為焦灼不安，在形影神三首中：

> 天地長不沒，山川無改時。草木得常理，霜露榮悴之。

謂人最靈智，獨復不如茲。適見在世中，奄去靡歸期。
奚覺無一人，親識豈相思。但餘平生物，舉目情悽洏。
我無騰化術，必爾不復疑。願君取吾言，得酒莫苟辭。
（〈形贈影〉）

存生不可言，衛生每苦拙。誠願遊崑華，邈然茲道絕。
與子相遇來，未嘗異悲悅。憩蔭若暫乖，止日終不別。
此同既難常，黯爾俱時滅。身沒名亦盡，念之五情熱。
立善有遺愛，胡可不自竭。酒云能消憂，方此詎不劣。
（〈影答形〉）

大鈞無私力，萬物自森著。人為三才中，豈不以我故。
與君雖異物，生而相依附。結託善惡同，安得不相語。
三皇大聖人，今復在何處。彭祖愛永年，欲留不得住。
老少同一死，賢愚無復數。日醉或能忘，將非促齡具。
立善常所欣，誰當為汝譽。甚念傷吾生，正宜委運去。
縱浪大化中，不喜亦不懼。應盡便須盡，無復獨多慮。
（〈神釋〉）

圍繞著如何對待人生不可避免的老與死問題，進行交談，展現詩人內心的掙扎，「形」代表企求長生的願望，「影」指立善求名的願望，而「神」以自然之義化解其間之苦，最後有感三皇及彭祖以不復存在，並體悟人終將一死，飲酒消愁會使人短壽，立善求名也無人稱譽，故將生死置於度外，他將生命視為一自然的過程，生死相輔而行。抱持這種超脫生死的達觀思想，他轉而在酒中、山海經中建立起自己的宇宙世界，暫時樂在其中，並且在其中找到長生不死的方法。在〈讀山海經〉二：

玉臺凌霞秀，王母怡妙顏。天地共俱生，不知幾何年。
靈化無窮已，館宇非一山，高酣發新謠，寧效俗中言。

詩人覺得藉著外物的服食也可以延年益壽。在〈讀山海經四〉：

丹木生何許？迺在密山陽。黃花復朱實，食之壽命長。
白玉凝素液，瑾瑜伐奇光。豈伊君子寶，見重我軒黃。

在〈讀山海經〉八：

　　　　自古皆有沒，何人得靈長？不死復不老，萬歲如平常。

　　　　赤泉給我<u>飲</u>，員丘足我糧。方與三辰游，壽考豈渠央。

也說「赤泉給我飲，員丘足我糧。方與三辰游，壽考豈渠央」，有時
也到仙境去遨遊，〔註21〕如〈讀山海經〉之三：

　　　　迢遞槐江嶺，是謂玄圃丘。西南望崑墟，光氣難與儔。

　　　　亭亭明玕照，落落清瑤流。恨不及周穆，託乘一來游。

有時更想像如夸父般，〈讀山海經〉之九：

　　　　<u>夸父</u>誕宏志，乃與日競走。俱至虞淵下，似若無勝負。

　　　　神力既殊妙，傾河焉足有。餘迹鄧林，功竟在身後。

或如銜木塡海的精衛，〈讀山海經〉之十：

　　　　<u>精衛</u>銜微木，將以塡滄海。形天無干戚，猛志固常在。

企求猛志能夠長存不滅，追求長生不死的願望在飲酒之後建立起的神
話幻想世界中一償宿願。並且樂在其中，且看〈讀山海經〉之一：

　　　　孟夏草木長，遶屋樹扶疏。眾鳥欣有託，吾亦愛吾廬。

　　　　既耕亦已種，時還讀我書。窮巷隔深轍，頗迴故人車，

　　　　歡然酌春酒，摘我園中蔬。微雨從東來，好風與之俱，

　　　　泛覽<u>周王傳</u>，流觀<u>山海圖</u>。俯仰終宇宙，不樂復何如？

此詩作於義熙二年孟夏。詩人因無法過活而出任彭澤令，卻又不肯為
五斗米折腰，卑恭屈膝於督郵。因而解印綬歸，賦歸去來辭以明志，
返鄉種田。自此開始田園生活，因而得田園詩人的稱號，然而淵明年
少的激昂詠荊軻，猛志逸四海的氣概仍充塞胸中，無奈在大偽斯興之
時有志不能申，此時返鄉耕田，正是抗議的表現。然而猛志逸四海之
心依然激昂跳躍著，只是昇華成了桃花源。他退隱田園之中，在酒的
陪伴中，藉由酒的催化，在心中編織成理想的國度、神話的宇宙，「孟
夏草木長，遶屋樹扶疏」，映於眼前的是滔滔孟夏、草木莽莽。經過
一季春雨，春日的滋長，圍繞這廬舍四周的樹木卻已枝葉婆娑，綠意
盎然了。「眾鳥欣有託，吾亦愛吾廬」宅邊的五柳樹，正是「倦飛而

〔註21〕見郭銀田著《田園詩人陶淵明》（台北：華新出版社，1976 年三月再
　　　　版），頁 178。

知還」的鳥最終託身之所，詩人正似鳥一樣慶幸著回來，鳥有了好的歸宿，正如詩人寄託於廬舍一般。雖是「環堵蕭然，不蔽風日」般窮困，然而比起席不暇暖，炎涼無常的官宦生活要自在的多了。「既耕亦已種，時還讀我書」田家的苦樂，正如歸園田居所述「種豆南山下，草盛豆苗稀，晨興理荒穢，帶月荷鋤歸。道狹草木長，夕露沾我衣。衣沾不足惜，但使願無違。」的情景。耕種技術雖不佳，但精神舒暢愉快。「歡然酌春酒，摘我園中疏。微雨從東來，好風與之俱」詩人樂得自酌自飲，或摘擷園中疏菊下酒。喝醉時，我醉欲眠卿且去，醉眼下逐客令，依然可自得其樂。暑日過午，下些微雨，吹來了和風。「南風之薰兮，可以解我阜」，然而此時正適合「汎覽周王傳，流觀山海圖」這些奇形怪狀的物事，最動人視聽而引人遐思。

　　就在這山海經的瀏覽下，加上酒精的催化而建立起神話幻想世界，在這神話幻想世界中有夸父、王母、精衛，這些山海經神話中的人物的特質──永恆不老，[註22] 而人總是在幻想的世界裡尋找自己在現實世界中缺失的東西，[註23] 長生不老正是詩人此生面臨生死最深的渴望，最缺乏的東西，因此轉而從幻想世界中尋找心靈的慰藉。「酒－神話」的意象組合，正突顯詩人追求長生不老的主題情思。

〔註22〕李正治《煙波千里》（台北：聯亞出版社，1982年一月），頁83～86。
〔註23〕見葉舒憲：《文學與治療》（北京：社會科學文獻，1999年），頁112。

第五章 陶淵明飲酒詩之意象塑造特色

　　陶淵明的飲酒詩蘊含著豐富的人生況味和宇宙深境，因而具有很高的藝術價值，各家評陶詩之特質曰質直、曰不煩繩削、曰拙放、曰平淡、曰簡古、曰眞率、曰自然、曰散緩，然皆只言及陶詩特質之一端，而未能包容陶詩特質之全部。最能道出其詩特質的爲蘇東坡〈與蘇轍書〉所云：

> 吾於詩人，無所甚好，獨好淵明之詩。淵明作詩不多，然其詩質而實綺，癯而實腴。自曹、劉、鮑、謝、李、杜諸人，皆莫能及也。〔註1〕

其中「質而實綺，癯而實腴」八字所言一語中的。質、癯乃就形式而言，綺、腴乃就內容而言。〔註2〕詩歌作品之所以動人，必須有豐富的內容與情感作爲作品基礎，並且透過形式表現與技巧加以闡發，黃永武在《中國詩學・鑑賞篇》中即說：「神韻雖在文字之外，卻必須依附文字。許多美的主題，都憑藉美的組織形式，來激發美感的經驗。」〔註3〕可見詩歌的外在形式表現是讀者體會詩歌內在情思的直接途

〔註1〕 見〔宋〕蘇軾《蘇軾全集》（台北：河洛圖書出版，1975年9月），頁146。
〔註2〕 見宋丘龍：《陶淵明詩說》（台北：文史哲出版社，1984年8月），頁9。
〔註3〕 黃永武：《中國詩學・鑑賞篇》（台北：巨流圖書公司，1999年），頁120。

徑；而詩歌中的意象經營亦是詩人表現詩歌內涵與寄託內在情意的主要媒介，因此，詩歌意象的外在形式表現與所呈現的內容特色是相輔相成的，本章將探討陶淵明在詩歌意象經營的過程中，外在的形式表現技巧以及所呈現的內容特色，使讀者在欣賞優美詩歌形式之際，同時感受其創作中充實的內在情思。

第一節　字句篇章

「文如其人」，在陶淵明身上得到了很好的體現。他的詩不是吟風弄月的情感遊戲，而是詩人的眞實生活與情感的抒發。他詩歌中塑造的意象，不僅體現了他甘於「守拙」、「守眞」的樸素思想，也體現了他我行我素，不爲世俗所縛的性情。他曾在〈歸去來兮辭〉的序中說道：「質性自然，非矯厲所得。飢凍雖切，違己交病。」由此可見他以「眞」爲美，以「僞」爲醜，熱愛恬靜淳樸的田園，厭惡爾虞我詐的官場。他將自己對生活的體驗，對人生眞諦的思索，都融會在作品中，表現出一個正直的知識份子的高尚人格，這也決定了陶淵明的詩具有純眞、自然、質樸的藝術風格。這也是陶淵明文學作品的特色在審美形式層面的主要表現。

陶淵明飲酒詩中意象經營就形式表現而言，其遣辭造句極質樸、枯瘦，極少用色彩鮮明、感覺強烈的文字，以造成瑰麗絢爛的效果。詩中所用文字，皆常見而平凡無奇者，然經淵明之點化，但覺含意豐富，極色澤、極鮮明、極蘊藉，陶詩乍看之下，極散緩，不事雕琢，便謂淵明不事技巧，此則大謬。蓋一派渾淪，散緩無奇，只是其表象，陶淵明可謂極鍊字、鍛句、謀篇之能事，就其章法，結構而言，極嚴謹，極不苟且，此不細繹，不易察覺。〔註4〕此淵明之特殊本領，也是陶詩所以魅力無窮之所在，陶淵明作品，直抒胸臆，信手寫出，不假雕琢，純任自然，唐順之云：「即如以詩爲喻，陶彭澤未嘗較聲律，

〔註4〕　見宋丘龍：《陶淵明詩說》（台北：文史哲出版社，1984年8月），

雕句文，但信手寫出，便是宇宙間第一等好詩」，方東樹亦云：「讀陶公詩，專取其眞事、眞景、眞理，眞不煩繩削而自合」，〔註5〕均道出其作品表現渾然天成之韻致、而以自然流露爲極詣，此高妙之境正因其鍛字鍊句造詣獨高，故不見斧斲痕跡，在飲酒詩中亦是如此。以下分就鍊字、鍛句、謀篇三方面舉例說明之：

一、鍊　字

（一）鍊字法

劉勰：「善爲文者，富於萬篇，貧於一字」，蘇東坡亦云：「詩賦以一字見工拙」，可見鍊字之重要，陶淵明飲酒詩中，鍊字工夫精深，詩中一花、一木、一落日、一飛鳥本身即透露無窮天機，而不必再爲其添任何色彩。如「秋菊有佳色」　一句，一「秋」字、一「佳」字，即已將菊之色彩、品格完全表出。就菊本身而言，色彩本在其中，是黃、是白、是紫，皆是菊。而出一「佳」字，則不特將菊之色佳表出，亦且將菊之形佳亦一並言及。即菊不論其是黃、是白、是紫；其形態如何？是枯、是腴、於我而言，只是一佳字，至於如何佳法，讀者自可逞其冥想。而此「佳」字自是極色澤、極豐富、極蘊藉。再就「秋」字而言，正見菊之品格，其高潔、其不作尋常花蕊，正在此秋字、透露消息。

又陶淵明躬耕南畝，於禾苗自有密不可分之關係，而其言及禾苗處，亦只是「有風自南，翼彼新苗」或「平疇交遠風，良苗亦懷新」而已，然此「良」字、「新」字，即已傳達禾苗之生命氣息；而禾浪翻飛，正從「翼」字、「交」字可看出，而不必辭費。淵明詩中用極本色之字詞，蘊無窮之新意，所在皆是。

而淵明飲酒詩中多用質樸形容詞描寫感覺，如：

弱湍馳文魴，閑谷矯鳴鷗。（游斜川）

鳥哢歡新節，泠風送餘善。（癸卯歲始春懷古田舍一）

〔註5〕見汪中編，王士禎選，方東樹評《方東樹評古詩選》（台北：聯經出版社：1975 年 5 月初版），頁89。

微雨從東來，好風與之俱。(讀山海經一)

弊廬交悲風，荒草沒前庭。(飲酒十六)

寒氣冒山澤，游雲倏無依。(於王撫軍座送客)

重雲蔽白日，閑雨紛微微。(和胡西曹示顧賊曹)

上述例句中弱、閑、泠、微、好、悲、荒、寒、皆爲形容詞，非有具象可尋之字，而表示一種感覺，或詩人觀察景物以後所得之感受。

　　陶淵明是最善於體察外物的人，在他的詩中，動詞表露了他的才華，〔註6〕

有風自南，翼彼新苗。(時運)

采采榮木，結根于茲。晨耀其華，夕已喪之。(榮木)

藹藹堂前林，中夏貯清陰。(和郭主簿一)

陵岑聳逸峯，遙瞻皆奇絕。芳菊開林耀，青松冠巖列。(和郭主簿 (二))

寒氣冒山澤，游雲倏無依。洲渚四緬邈，風水互乖違。(於王撫軍座送客)

鳥哢歡新節，泠風送餘善。(癸卯歲始春懷古田舍一)

平疇交遠風，良苗亦懷新。(癸卯歲始春懷古田舍二)

日暮天無雲，春風扇微和。(擬古七)

詩句中的動詞皆充分發揮描寫狀態之用。透過詩句中的一個字，不但可以使人看到動人畫面，而且是活動充滿情感的。如〈時運〉:「有風自南，翼彼新苗。」，句中的「翼」字，本指名詞的鳥翼，而作者卻利用人們對天空飛鳥羽翼振動的美妙姿態，來形容被風吹動之下的禾苗。禾苗在風的拂動下，作有規律的波動，連續的起伏著，一片柔綠的禾苗形成了和諧的整體，就像在空中緩慢上下的鳥翼。他不用「吹」、「拂」，而用了「翼」字。說明風是如何使禾苗波動的。使詩意豐富而新巧。其他如「貯」、「聳」、「冠」、「冒」、「乖違」、「扇」等

〔註6〕 見王貴苓〈陶詩寫景的特色和欣賞〉，載於《陶淵明及其詩的研究》(台北：國立台灣大學文學院，1966 年 5 月初版)，頁 95。

字，也都恰當形容出景物的特色，而且設想新鮮。往往一個很平凡的常用的字，在作者筆下賦予新的活力與意義，如用扇子來搧風，扇的作用是微小有限的，更無意境可言，然而，用春風來扇，境界就開闊了，扇就構成了清新微涼的天地。再如「依」、「歡」等字賦有作者對外物的感情，陶淵明以動詞表達對田園及萬物的喜愛之情，他以眞情關切自然界中的雲、鳥、草木，所以風吹鳥鳴，遊雲飄動，也感染了他的情緒，也具有喜樂或哀怨的表情，因此，良苗也可以有懷新的情懷，遊雲在日暮之時，也呈顯孤獨無依的姿態。如此巧用動詞，即構成了飲酒詩作品風華清靡的特色，然而，動詞的豐腴是掩藏在平淡的形容詞之下的。

　　讀者藉由文字將詩人之感受，轉換成形態，自然可推見景物之色澤、動態。再進一步言，此感受可以爲讀者與詩人所共有，亦可爲詩人所獨會，而竟或讀者之感受已超出詩人感受之外，而逞其遐思。此類用字無具象可尋，讀詩人有逞其想像之餘地，遂覺天寬地闊，意趣無窮。後人讀陶詩，每覺其言有盡而意無窮，由形式之質、癯，而感其內容之綺、腴，其故在此。

（二）疊字法

　　疊字，指兩個或兩個以上相同的字，接連地反覆使用，以描繪詩人心中抽象的情感，或各種聲響與情態。運用得宜，不僅可以增加詩句的聲調和諧之美，更可加強語氣，使所欲描寫的意象與情感，更完整、更逼眞地呈現出來。早在《詩經》、《離騷》中屢用不鮮，透過疊字的運用，將人事物的聲音或情態描繪得栩栩如生。《文心雕龍・物色篇》中曾列舉《詩經》中運用疊字的例子：「故灼灼狀桃花之鮮，依依盡楊柳之貌，杲杲爲日出之容，瀌瀌擬雨雪之狀，喈喈逐黃鳥之聲，喓喓學草蟲之韻。……並以少總多，情貌無遺矣。」〔註7〕明白指出運用疊字的效果是可用極少的字詞，描摹

〔註7〕　南朝〔梁〕劉勰著，周振甫注：《文心雕龍注釋》（台北：里仁書局，

繁複的情感與形象，使詩人內心的情感表達與外在的形象風貌，都表現得淋漓盡致。

　　淵明去古未遠，亦明顯受此中國古詩之傳統影響。在飲酒詩中，常運用疊字技巧，來強化他對各種意象的描摹與心中情感的傳達，而疊字之運用，匠心獨到，使作品自然產生一種古樸、質直之感覺。考淵明飲酒詩中用疊字之處，計有十六處，茲列舉如下：

〈停雲〉

　靄靄停雲，濛濛時雨。
　停雲靄靄，時雨濛濛。
　翩翩飛鳥，息我庭柯。

〈時運〉

　邁邁時運，穆穆良朝。
　洋洋平澤，乃漱乃濯。遙遙遐景，載欣載矚。

〈榮木〉

　采采榮木，結根于茲。
　采采榮木，于茲託根。

〈答龐參軍詩〉

　伊余懷人，欣德孜孜。
　依依舊楚，邈邈西雲。
　慘慘寒日，肅肅其風。

〈乞食〉

　行行至斯里，叩門拙言辭。

〈答龐參軍詩〉

　有客賞我趣，每每顧林園。

〈和劉柴桑〉

　荒塗無歸人，時時見廢墟。
　栖栖世中事，歲月共相疏。
　去去百年外，身名同翳如。

1984 年），頁 845。

〈和郭主簿〉

　　藹藹堂前林，中夏貯清陰。

　　遙遙望白雲，懷古一何深。

　　和澤同三春，華華涼秋節。

　　檢素不獲展，厭厭竟良月。

〈於王撫軍座送客〉

　　逝止判殊路，旋駕悵遲遲。

〈歲暮和張常侍〉

　　厲厲氣遂嚴，紛紛飛鳥還。

〈和胡西曹示顧賊曹〉

　　不駛亦不遲，飄飄吹我衣。

　　重雲蔽白日，閑雨紛微微。

　　流目視西園，曄曄榮紫葵。

　　悠悠待秋稼，寥落將賒遲。

〈詠荊軻〉

　　蕭蕭哀風逝，淡淡寒波生。

〈讀山海經〉五

　　翩翩三青鳥，毛色奇可憐。

〈擬挽歌辭〉二

　　荒草無人眠，極視正茫茫。

〈擬古〉一

　　榮榮窗下蘭，密密堂前柳。

〈庚戌歲九月中於西田穫早稻〉

　　遙遙沮溺心，千載乃相關。

其中疊字之用，有狀其形貌者，如：〈和郭主簿〉：「藹藹堂前林，中夏貯清陰。」藹藹，言林木繁茂之貌。〈擬古〉一：「榮榮窗下蘭，密密堂前柳。」榮榮、密密狀蘭草繁盛，柳木茂密之貌，〈榮木〉：「采采榮木，結根于茲。」采采極言榮木繁盛貌。有寫其動態者，〈和劉柴桑〉：「栖栖世中事，歲月共相疏。」，栖栖，言世事動亂不安之貌。

又〈乞食〉：「行行至斯里，叩門拙言辭。」言人步行於途之貌。有表現音節之美者，如「淡淡寒波生」、「亭亭月將圓」、「密密堂前柳」、「蒼蒼谷中樹」、「蕩蕩空中影」、「靄靄堂前林」等句，讀來音調但覺極合緩、從容。亦可加強語氣表現急促、高昂之意態，如「厲厲氣遂嚴」、「淒淒歲暮風」、「蕭蕭哀風逝」、「翳翳經日雪」等句，氣象之嚴肅蕭森，迥異於前，此爲詩人善用疊字諧其聲之例。有言其情意、表其德行者，如〈答龐參軍詩〉：「伊余懷人，欣德孜孜。依依舊楚，邈邈西雲。」，孜孜言其勤勉進德，依依用以表示心中念念在茲之情。有示其時間、空間大小差距者，如：

〈庚戌歲九月中於西田穫早稻〉
遙遙沮溺心，千載乃相關。

〈答龐參軍詩〉
邈邈西雲。

〈時運〉
洋洋平澤，乃漱乃濯。

此外，陶淵明飲酒詩中運用疊字多以形容景色。如：

厲厲氣遂嚴，紛紛飛鳥還。
遙遙萬里暉。蕩蕩空中景。

陶淵明師法〈風〉、〈騷〉傳統，遣用疊字詞，因疊字詞具有淳樸之質感與意境，而形成作品渾厚之風格，或狀其形貌、寫其動態、諧其聲音、言情意、表其德行、示其差距等，可謂包羅萬象，靈活多變。

二、鍛　句

（一）襯映法

陶淵明在飲酒詩中，以具有對比性之詞句，相互比較襯托，使其文意張力對照，而加深印象，如顏色之襯映：

〈歲暮和張常侍〉
素顏斂光潤，白髮一已繁。

〈飲酒八〉

　　青松在東園，眾草沒其姿。

又如文意之襯映者如：

〈答龐參軍〉

　　談諧無俗調，所說聖人篇。

「俗調」與「聖人篇」一經襯映，極覺意義深遠，感受言談義理之可
貴。

〈止酒〉

　　好味止園葵，大歡止稚子。

以「好味」對「大歡」，「園葵」對「稚子」，而以「大歡」襯托「稚
子」，用意出人意外，令人覺清超雋美，句意真率，而特感稚子之可
愛。〔註8〕

（二）對偶法

　　淵明在飲酒詩中，亦有以對偶使音韻優美，文字生動有致者，如：

〈飲酒〉十三

　　一士長獨醉，一夫終年醒。

「一士」對「一夫」，「長獨醉」對「終年醒」，兩相比況對仗，既多
韻致，且自然成趣，亦呈現精巧之匠心。

〈讀山海經〉之三

　　亭亭明玕照，落落清瑤流。

「亭亭」，鮮明貌，指顏色，乃靜態。「落落」，水流下貌，指動態。「明
玕」乃玉石，為靜物；「清瑤」，謂水，為流動之液體，兩相對照映發，
其雕琢之功，可以想見。

（三）比擬法

　　善用比擬法，則使句意既生動，且有莫大情趣生焉。如〈讀山海

〔註8〕見陳怡良《陶淵明之人品與詩品》（台北：文津出版社，1993 年），
　　　　頁 379。

經〉：

> 眾鳥欣有託，吾亦愛吾廬。

首句「眾鳥欣有託」，擬人為禽，使人性物化，別饒奇趣。下句「吾亦愛吾廬」，擬人為物，令我亦具物之情，物我之間，各適其性，而見一片融洽，一片天機。〈癸卯歲始春懷古田舍〉之二：

> 平疇交遠風，良苗亦懷新。

即以物擬人，使事物人格化，前者平疇、良苗皆比擬詞，一者交遠風，一者亦懷新。比擬之下，風神淡遠，意象超越，生動欲語，幾如呼之欲出。

（四）蟬聯句法

蟬聯句法即以下句與上句，或次章之首與前章之末，用重疊字面，連環相接，緊緊鉤連，而使節體牢固，〔註9〕更使語言上能有統調的美感，故此法亦稱聯綿句法，《詩經》早用此法，不僅章與章相蟬聯，即句與句亦蟬聯。魏晉六朝詩人中，運用此法者不少，如曹植〈贈白馬王彪詩〉、謝靈運〈會吟行〉、〈述祖德詩〉、〈酬從弟惠連詩〉、鮑照〈代淮南王〉等，由於風氣使然，陶淵明飲酒詩中亦常運用此法寫作，如屬下句與上句相蟬聯者：

〈歸園田居〉

> 相見無雜言，但道桑麻長。桑麻日已長，我土日已廣。

〈飲酒五〉

> 采菊東籬下，悠然見南山。山氣日夕佳，飛鳥相與還。

〈連雨獨飲〉

> 試酌百情遠，重觴忽忘天。天豈去此哉，任真無所先。

〈移居〉

> 農務各自歸，閒暇輒相思，相思則披衣，言笑無厭時。

〈和郭主簿一〉

〔註9〕 見陳怡良著《陶淵明之人品與詩品》（台北：文津出版社，1993年），頁385。

　　春秫作美酒，酒熟吾自斟。弱子戲我側，學語未成音。

〈止酒〉

　　平生不止酒，止酒情無喜。

〈擬古七〉

　　佳人美清夜，達曙酣且歌。歌竟長歎息，持此感人多。

〈擬挽歌辭二〉

　　昔在高堂寢，今宿荒草鄉。荒草無人眠，極視正茫茫。

上述詩句中凡是用下句與上句相蟬聯者，如「春秫作美酒，酒熟吾自斟」，皆造成意象的上遞下接、回環複沓、纏綿不斷的趣味，在語言上呈現統一協調的優美形式。

（五）用典法

　　淵明詩雖出自胸臆，不喜用典，然並非不用典，蓋用典可援古證今，以影射難言之事，或增加韻味，平添許多涵蘊，淵明詩中亦有句中用典，或全首吟詠史事，借典寓意抒懷者，如〈詠二疏〉，二疏典故出自《漢書》，二疏指太子太傅疏廣、太子少傅疏受，授太子《論語》、《孝經》，各以老疾告退、時人謂之二疏。二疏超然引退，淵明有同趣，故藉以詠懷，自況其辭彭澤歸田事，觀末二句：「誰云其人亡，久而道彌著」可知。此外〈詠荊軻〉詩中荊軻典故亦有深意：

　　燕丹善養士，志在報強嬴。召集百夫良，歲暮得荊卿。
　　君子死知己，提劍出燕京。素驥鳴廣陌，慷慨送我行。
　　雄髮指危冠，猛氣衝長纓。飲餞易水上，四座列群英。
　　漸離擊悲筑，宋意唱高聲。蕭蕭哀風逝，淡淡寒波生。
　　商音更流涕，羽奏壯士驚。心知去不歸，且有後世名。
　　登車何時顧，飛蓋入秦庭。凌厲越萬里，逶迤過千城。
　　圖窮事自至，豪主正怔營。惜哉劍術疏，奇功遂不成。
　　其人雖已沒，千載有餘情。

蓋淵明處易代之際，乃借詩歌詠荊軻以抒心中不平之氣，故辭多慷慨之聲，其中如「君子死知己，提劍出燕京」，「其人雖已沒，千載有餘情」，可見此詩乃借古事以寄意，既揚荊軻，又寓本身非無意奇功，

奈何不逢其會，而有憾意。

以上淵明作品，具見詩人亦曾字雕句琢，亦曾刻意經營章法，然淵明襟期脫俗，雖曾用心精研，卻自然而然，不見勉強，而成眞正「詩之語言」，誠如陶澍引王圻語云：「陶詩淡，不是無繩削，但繩削到自然處，故見其淡之妙，不見其削之迹」，〔註10〕沈德潛云：

> 陶詩合於自然，不可及處，在眞在厚。

> 陶詩胸次浩然，其中有一段淵深樸茂不可到處。〔註11〕

近代學者林文月亦評云：

> 陶詩雖不講究外表裝飾，但是仔細看，卻每字每句有不可更易的嚴密組織，因此，他的詩篇，可謂不求結構而結構自成，無心用力而力自存，這實在是藝術的最高境界。〔註12〕

總之，陶淵明之所以能達到「自然」、「淵深樸茂不可到處」、「不求結構而結構自成」，「無心用力而力自存」之境界，主要有三項因素：

一是由於淵明才情、閱歷，已臻成熟，寫作技巧已達圓足拙樸之層次：人之才學本有高下深淺之分，初執筆創作，以火候未到，所作必見平凡，故未臻一境時，若欲強幾之，必感力不從心，所作必拙劣，待火候圓足，始可求更深一境，而重返於古樸，〔清〕袁枚《隨園詩話》云：「詩宜樸不宜巧，然必須大巧之樸；詩宜澹不宜濃，然必須濃後之澹」，〔註13〕所論確具眞理。淵明之創作無不是出自眞情、自然，故能質厚近古，沖澹深粹、字字平易，高妙之至，此即反拙而能生巧，「大巧之樸」之作。

二是由於淵明主要深受儒道兩家哲理思想薰陶：儒道二家生命哲學中所強調之修養功夫，以可稱爲至善思想，此思想爲淵明所吸收溶

〔註10〕見陶澍著《陶靖節集》，附錄，〈諸家評陶彙集〉，引王圻《稗史》之語，頁16。

〔註11〕沈德潛著《說詩晬語》頁199。

〔註12〕見林文月著〈論陶淵明與謝靈運之爲人及其詩〉一文，載《詩與詩人》第一集，頁108。

〔註13〕見《古今詩話叢編》，袁枚撰《隨園詩話》，卷五，（台北：廣文書局，1979年4月再版）頁5。

成，藉以純淨其生命，拓展其心靈之廣度與深度，足能刮垢磨光，脫胎換骨，而創作不朽之傑作，完成其至高之藝術境界，淵明若無吸收儒道二家哲學思想中之精髓，以作其創作之核心，則淵明是否能創作獨步古今之田園詩、哲理詩，應頗成疑問。

　　三是由於淵明秉性仁厚，有高尚之人格操守：完美的人格，至善的心靈，本身即為極高明之藝術，淵明性格善良仁厚，氣節操守，當代無雙，人性智慧，自然結合，人生涵養，達到道德之最高層次，亦是人生行為中之至美境界，而文學藝術所要表達與歌頌者，即為如此至美至善之人性。故淵明因有「心之寂寞」之情結，又有至善之人性，通過藝術形式，表現於文學創作上，自能將道德之美與藝術之美，渾成一體，而有至美至善至真之文心與詩魂，以成就其偉大之文學作品。

　　有上述三項因素，因之其作品風格與藝術特色，始能以「自然」勝。其最高成就，即如上述能將心靈與自然契合，生命與作品結成一體，而流露無限大機。故淵明之飲酒詩，千載之下，猶能感發人心，深為讀者喜愛，且經由其作，煥發淵明自然偉大的人格光采。

　　且看他的〈擬挽歌辭〉其一：

　　　　有生必有死，早終非命促。昨暮同為人，今旦在鬼錄。
　　　　魂氣散何之？枯形寄空木。嬌兒索父啼，良友撫我哭。
　　　　得失不復知，是非安能覺！千秋萬歲後，誰知榮與辱，
　　　　但恨在世時，飲酒不得足。

這是詩人預感到死亡將臨時寫的絕筆詩。這首詩雖然運用的是樸素通俗的語言，但卻傳達出了深厚的意蘊，即他把死看成是自然規律並且能泰然處之，這能使我們感受到陶淵明的平和心態以及超越生死的達觀。這也是陶詩平淡中顯精奇的微妙之處。

三、謀　篇

　　除了鍛字鍊句之外，在句型組合，篇章筆法，亦有如下幾種手法，以求語言文字組合而成之藝術結構，有所變化：

（一）組詩法

組詩法源於《詩》、《騷》，〈風〉、〈雅〉、〈頌〉即爲詩之體裁，如十五國風之詩，雖各有標目，然確由一百六十首詩組成。相沿而下，楚辭中之〈九歌〉，則由十一篇詞賦組合，〈九章〉亦由九篇辭賦彙輯而成。至漢魏晉之際，組詩體由彼此仿效因襲而紛紛出現，如〈古詩十九首〉，其後如王粲有〈從軍詩五首〉，曹植有〈贈白馬王彪詩七章〉，嵇康有〈代秋胡歌詩七章〉、〈贈兄秀才入軍詩十八章〉，阮籍有〈詠懷詩八十二首〉，尤爲一時之盛，〔註 14〕六朝詠懷組詩形成的詠懷傳統，乃是先秦兩漢言志傳統的延續，其間具有詩史源流的直系衍展，文學精神大同小異。先秦兩漢傾重社會性美刺，六朝則轉入個體性的感懷，〔註 15〕陶淵明既上承《詩》、《騷》，並酌法漢魏晉各家，仿效組詩體，因之飲酒詩作品中有〈飲酒詩二十首〉、〈讀山海經十三首〉、〈歸園田居五首〉之二、五，〈移居二首〉之二，〈和郭主簿二首〉、〈癸卯歲始春懷古田舍二首〉、〈擬古九首〉之一、七、〈雜詩十二首〉之一、二、四、八、〈詠貧士七首〉之二、三，〈擬挽歌辭〉一、二等是以組詩形式詠己之懷抱，其中〈飲酒二十首〉以組詩形式詠己之曠達眞淳，〈歸園田居〉這組詩全是描寫田園生活情趣，開後世田園詠懷之一派，而〈讀山海經十三首〉第一首是序詩，寫夏日「泛覽周王傳，流觀山海圖」清閒之樂。其二至十二雜詠書中所記奇異事物藉以寄懷。十三首旁及論史作爲結束。

陶潛組詩所呈現的篇章風格，可以「平淡」、「眞淳」、「豪放」、「曠達」論之，「平淡」表現在語言缺少華采，如〈雜詩一〉直賦到底，只呈露出人生的曠達，平淡之中尙有意境。而「眞淳」、「豪放」、「曠達」則呈露在意境之中。〈歸園田居〉的眞淳，〈飲酒〉的曠達，〈擬

〔註14〕引自陳怡良《陶淵明之人品與詩品》（台北：文津出版社，1993 年），頁 381。
〔註15〕引自李正治《六朝詠懷組詩研究》（台北：花木蘭出版社，2007 年），頁 146。

古〉的豪放，大致可見。〔註16〕

（二）問答法

淵明繼承《詩》《騷》傳統，創作飲酒詩時亦常運用問答法，如〈飲酒詩〉之九中，田父問：「繿縷茅簷下，未足爲高栖。一世皆尙同，願君汩其泥。」，淵明回答：「深感父老言，稟氣寡所諧，紆轡誠可學，違己詎非迷，且共歡此飲，吾駕不可回。」此詩受《楚辭·漁父》影響，故田父與陶公之對話，猶漁父與屈原之對話。〈飲酒詩〉其他篇章亦以問答寫作，採自問自答，頗見淵明筆法多變，如：

〈飲酒詩〉二

積善云有報，夷叔在西山，善惡苟不應，何事空立言？
九十行帶索，飢寒況當年，不賴固窮節，百世當誰傳。

〈飲酒詩〉五

結廬在人境，而無車馬喧。問君何能爾？
心遠地自偏。

另外〈形贈影〉、〈影答形〉、〈神釋〉，三首詩中彼此之問答，可謂詩中罕見之奇妙佈局。

（三）警策法

警策法係指詩文中運用精警動人，言簡語奇之妙詞妙語，使文氣大振，扣人心弦之警句之法。淵明熟練且精巧地運用此法，如〈飲酒五〉：「結廬在人境，而無車馬喧。問君何能爾？心遠地自偏。」前文舉出爲自問自答法，其實亦爲倒裝法，且爲最奇特與精采之警句。前兩句看似不可解，俟其後二句出現，尤其最後一句「心遠地自偏」，方得答案，此警句極爲高明，王荊公即評曰：「淵明詩，有奇絕不可及之語，如『結廬在人境』四句，由詩人以來無此句」又〈雜詩〉一：「落地爲兄弟，何必骨肉親！」淵明將領悟之事理，簡鍊表達「四海

〔註16〕參見李正治《六朝詠懷組詩研究》（台北：花木蘭出版社，2007年），頁45～132。

之內皆兄弟」之意，而使詩句具格言效果。

（四）隱喻法

隱喻即因物起興，即事寫景，自寓深意，婉而多諷，非得弦外之音者，不知其微旨，如〈飲酒〉之八：

青松在東園，眾草沒其姿，凝霜殄異類，卓然見高枝。

連林人不覺，獨樹眾乃奇，提壺撫寒柯，遠望時復爲，

吾生夢幻間，何事紲塵羈。

此詩用隱喻法寫作，藏鋒不露，含蓄不盡，意在言外。詩人借「青松」以自況，前六句說明「歲寒然後之松柏之後凋」，以青松的傲霜雪、卓然獨立來寄託自己堅貞不屈、不同流俗的高風亮節，後四句直抒胸懷，寫詩人在松下提壺掛柯，時復遠望，頗有「撫孤松而盤桓」、「時矯首而遐觀」的意味，也反映詩人退隱歸田之後思想上曾有過矛盾，心中未能完全忘卻塵世的情志。故此詩運用隱喻以明己志，可謂曲盡其妙。

綜上所述，魏晉六朝文人大多在寫作上追求深奧典雅、華章重彩，陶淵明的詩中很難找到奇特的形象、誇張的手法、華麗的詞藻，一切如實說來，自自然然、平平淡淡。如「結廬在人境，而無車馬喧」、「今日天氣佳，清吹與鳴彈」、「青松在東園」、「秋菊有佳色」、「悲風愛靜夜」、「春秋多佳日」、「雖有五男兒，總不好紙筆」，這些詩句，完全來自民間，非常接近口語；「桑麻日已長，我土日已廣」、「閒暇則相思，相思則披衣」，更是接近於民間歌謠，給人一種自然質樸、平淡清新的感覺。陶淵明善於提煉語言，但又看不見痕跡，此爲其飲酒詩之一大特色。如〈歸園田居〉其三：

種豆南山下，草盛豆苗稀。晨興理荒穢，帶月荷鋤歸。

道狹草木長，夕露沾我衣。衣沾不足惜，但使願無違。

詩人以類似口語的質樸語言，不見絲毫修飾，把平凡的景物入詩，卻又充滿了奇趣盎然的詩意，使口語上升爲詩句，言微而意遠，無怪乎蔣勳說「直是口頭語，乃爲絕妙詞。極平淡，極色澤」（《評〈陶淵明詩集〉卷二》），梁代鍾嶸《詩品》稱爲「田家語」。然雖平平淡淡地

寫出來，不用雕飾和辭采，卻是在平淡中寓托深摯的情蘊，就像蘇軾所評價的「質而實綺，癯而實腴」（《與蘇轍書》）。平淡之中有無限的丰采，質樸之中有深厚的情味。這種「不煩繩削而自合」（黃庭堅《題意可詩後》）的藝術境界，正說明了陶詩的語言藝術的爐火純青。

第二節　設色發聲

一、設色清淡

　　詩中妥用色彩渲染事物，不但能使辭章華美，且有鮮明意象的效果。故《文心雕龍·情采篇》云：

> 聖賢書辭，總稱文章，非采而何。夫水性虛而淪漪結，木體實而花萼振，文附質也。虎豹無文，則鞹同犬羊，犀兕有皮，而色資丹漆，質待文也。若乃綜述性靈，敷寫器象，鏤心鳥跡之中，織詞漁網之上，其為彪炳，縟采名矣。

就意象色彩而言，陶淵明飲酒詩中意象色彩是尚「清」、尚「淡」的，是清虛、清淡、清新的，[註17] 此為其形式上所秉具的一大特色。

　　綜觀陶淵明飲酒詩中意象的色彩，歸納如下：

編號	色　彩	詩　題	原　詩　文
1	靄（暗）	停雲	靄靄停雲，濛濛時雨。 停雲靄靄，時雨濛濛。
2	暖、黃	時運	宇暖微霄。有風自南， 黃唐莫逮，慨獨在余。
3	采	榮木並序	采采榮木，結根于茲。 晨耀其華，夕已喪之。 采采榮木，于茲託根。
4	幽、慘	答龐參軍並序（四言）	豈無他好，樂是幽居。 慘慘寒日，肅肅其風。

〔註17〕李剛〈陶謝詩意象比較〉《內蒙古大學學報·人文社會科學版》第32卷增刊（2000年6月），頁71。

5	黯	影答形	此同既難常，黯爾俱時滅。
6	白	歸園田居（二）	白日掩荊扉，對酒絕塵想。
7	闇、明	歸園田居其五	日入室中闇，荊薪代明燭。
9	綠	諸人共遊周家墓柏下	清歌散新聲，綠酒開芳顏。
10	素	答龐參軍並序	情通萬里外，形跡滯江山。 君其愛體素，來會在何年？
11	白	和郭主簿（一）	遙遙望白雲，懷古一何深。
12	青、幽、素	和郭主簿（二）	芳菊開林耀，青松冠巖列。 銜觴念幽人，千載撫爾訣。 檢素不獲展，厭厭竟良月。
13	素 白	歲暮和張常侍	素顏斂光潤，白髮一已繁。 屢闕清酤至，無以樂當年。
14	白、紅、紫	和胡西曹示顧賊曹	重雲蔽白日，閑雨紛微微。 流目視西園，曄曄榮紫葵。
15	青	飲酒之八	青松在東園，眾草沒其姿，
16	白、素	飲酒之十五	歲月相催逼。鬢邊早已白。 若不委窮達，素抱深可惜。
17	幽	飲酒之十七	幽蘭生前庭，含薰待清風。
18	金、濁	飲酒之十九	雖無揮金事，濁酒聊可恃。
19	素	述酒	素礫皛修渚，南嶽無餘雲。
20	白	責子	白髮被兩鬢，肌膚不復實。
21	白、紅	擬古七	皎皎雲間月，灼灼葉中華。
22	白、素	雜詩二	白日淪西河，素月出東嶺。
23	白、金	詠二疏	促席延故老，揮觴道平素。 問金終寄心，清言曉未悟。
24	青	讀山海經五	翩翩三青鳥，毛色奇可憐。
25	紅	讀山海經八	赤泉給我飲，員丘足我糧。

由上可見，陶淵明飲酒詩中少有奇麗的色彩，其中以「白」（素、皎）色為常見色調，詩句中景物也只有色調明暗，而少有各色區分，僅有「綠」、「青」、「紫」、「黃」（金）、「紅」（灼、赤）等四色。在〈讀山

海經十三首〉中有少見的瑰麗色彩，如「黃花」、「白玉」、「青鳥」等，這些顏色全是從神話的幻想世界中借來的，而現實生活中雖然他面對田園景色，自然界的花木，歸結到詩中卻只有「白雲」、「綠酒」、「青松」與「紫葵」，此外沒別的色彩，因此觀陶淵明的飲酒詩，猶如觀賞黑白電影一般，由光線的明暗與線條的剛柔，欣賞畫面的特色和美感，也有適度想像的自由，足以想像景物原來的面貌，或欣欣向榮，或枯黃衰敗。飲酒詩中多為清淡色彩，如白雲、青松、園蔬都給人一種清淡、清新的感覺，再如「清歌散新聲，綠酒開芳顏」，「日暮天無雲，春風扇微和，佳人美清夜，達曙酣且歌」等。可以看出，陶淵明的飲酒詩白描素繪，表面上看起來很少造聲設色，更無雕琢粉飾，一首首田園生活之歌，如清溪流水，隨物曲折，如白雲在天，舒卷自如，袁枚在《隨園詩話》中言：「詩宜樸不宜巧，然必須大巧之樸，詩宜淡不宜濃，然必須濃後之淡」。〔註18〕陶詩正是心中情濃，眼中景淡，絢爛之極，歸於平淡，像《紅樓夢》中言「淡極始知花開豔」。

　　另外意象本身極具鮮明色彩，即使不用色彩的字，鮮明色彩自在其中，陶淵明飲酒詩作品多以酒意象為多，而酒本身就是含有豐富色彩的物質，飲酒詩中提到酒的顏色者如：

　　　　〈諸人共遊周家墓柏下〉：清歌散新聲，綠酒開芳顏。

由於酒的綠色渲染，使得詩中酒的意象顯得活色生香。而「采菊東籬下，悠然見南山」，人淡如菊，山色蒼黛。「平疇交遠風，良苗亦懷新」，清風徐來，良苗泛綠。「白日淪西河，素月出東嶺」，「帶月荷鋤歸」，月色的清明。「藹藹堂前林，中夏貯清陰」，樹色如煙，清蔭可人，「暖暖遠人村，依依墟裏煙」、「日入室中暗，荊薪代明燭」，色彩的暗淡、清虛。

　　色彩除了有鮮明物象的作用之外，亦含有「襯情述懷」之用，其中「紅、白」則多為詩中抒述感懷常用的色彩，如：

〔註18〕見《古今詩話叢編》，袁枚撰《隨園詩話》，卷五，（台北：廣文書局，1979 年 4 月再版），頁 5。

〈和胡西曹示顧賊曹〉

重雲蔽白日，閑雨紛微微。流目視西園，曄曄榮紫葵。

〈擬古〉七

日暮天無雲，春風扇微和。佳人美清夜，達曙酣且歌。

歌竟長歎息，持此感人多。皎皎雲間月，灼灼葉中華。

豈無一時好，不久當如何！

〈讀山海經〉八

自古皆有沒，何人得靈長？不死復不老，萬歲如平常。

赤泉給我飲，員丘足我糧。方與三辰游，壽考豈渠央。

其中不論是「紅花」、「白日」或「白雲」、「紅花」，而「赤泉」本身
也有紅白兩色，在飲酒的場域中，因飲酒的促發而醺紅，更能抒述詩
人對生命歲月淹逝的感懷。

　　此外，「青、白」兩色尚爲抒述寧靜淡泊的懷抱之時，常用以渲染
心境清明的兩種色調，青色予人沉著、廣漠、優雅、涼爽、寂寞之感，
[註19] 白色予人純潔、樸素、天眞、明快之感。青、白兩色皆具有一
種象徵心靈明靜的意象在內，故常作爲抒陳作者寧靜淡泊的心境：

青松在東園，眾草沒其姿。(飲酒之八)

歲月相催逼。鬢邊早已白。若不委窮達，素抱深可惜。(飲
酒之十五)

素礫晶脩渚，南嶽無餘雲。(述酒)

白髮被兩鬢，肌膚不復實。(責子)

白日淪西河，素月出東嶺。(雜詩二)

促席延故老，揮觴道平素。問金終寄心，清言曉未悟。(詠
二疏)

翩翩三青鳥，毛色奇可憐。(讀山海經五)

詩人將青、白色彩巧妙應用在與酒有關的詩中，再加上酒本身具有多

[註19] 依林書堯的研究，青色對視覺器官的刺激較弱，是一種較沉靜、消
極的色彩。參見林書堯《色彩認識論》(台北：三民書局，1999年八
月四版)，頁138～139。

種繽紛色彩，尤其是飲後有「面上紅」的特性，雖然詩中鮮少用色彩字詞，然而細細品味之後，更顯的詩中意象鮮明特出，表面上色彩極淡，而敷彩設色之工實至精妙高超境地。

二、音韻悠淡

飲酒詩中意象之聲韻組合，是悠淡的音樂式流動組合。詩中每一個意象像一個音符，都在流動中遞進、飛升，如〈飲酒〉五：

> 結廬在人境，而無車馬喧。問君何能爾？心遠地自偏。
>
> 采菊東籬下，悠然見南山。山氣日夕佳，飛鳥相與還。
>
> 此還有真意，欲辯已忘言。

詩中的「馬」、「菊」、「山」、「鳥」等意象，搭配著句末一韻到底的韻式，就像一首淡淡悠悠古箏曲，傳達出人生與心靈的真諦。從人境的喧囂，到心遠地偏的清靜，采菊東籬的灑落，悠然見南山的自然隨意，山氣日佳的通體愜意，飛鳥聯翩的歡欣，欲辯忘言渾然迷醉，都像一首輕淡的樂曲在流動，傳達著轉瞬即逝又永恆的敏銳細緻的感受，帶人到一種悠遠綿邈又欣然怡然的氛圍意緒中。又如〈飲酒詩〉之十四：

> 秋菊有佳色，裛露掇其英。泛此忘憂物，遠我遺世情。
>
> 一觴雖獨進，杯盡壺自傾。日入群動息，歸鳥趨林鳴，
>
> 嘯傲東軒下，聊復得此生。

作者對菊飲酒，直至暮降之後，寫了一個飲酒全過程，由掇英灑露、對菊飲酒的閒情韻致，到一觴獨進時自由無礙，到杯盡壺傾的散亂，到嘯傲東軒的酣暢淋漓，有序曲有發展有高潮，層轉層深，一往情深，是一個流動時上升的過程。而「日入群動息，歸鳥趨林鳴」，則是插曲，是一片寧靜而歡欣的底韻。

此外，陶淵明在〈停雲〉詩中也發揮了詩的音樂性：

> 停雲靄靄，時雨濛濛。八表同昏，平陸成江。
>
> 有酒有酒，閒飲東窗。願言懷人，舟車靡從。
>
> 東園之樹，枝條再榮。競用新好，以怡余情。
>
> 人亦有言，日月于征。安得促席，說彼平生。

翩翩飛鳥，息我庭柯。歛翮閒止，好聲相和。

豈無他人，念子實多。願言不獲，抱恨如何！

詩中借反覆迴蕩的低沉字音抒發情思，前兩章是淡淡的哀愁，而後兩章藉綠枝的生意和歸鳥的躍動，透露出隱約的喜悅，全篇基調，先見沉緩，後呈輕快，猶如一首情感眞摯，音調婉轉和諧的歌，〔註20〕有最佳的文辭組合、句式運用和音調配置。

清人邱嘉穗說：

陶公詩多轉勢，或數句一轉，或一句一轉，所以爲佳。其中「田家豈不苦」四句，逐句作轉，其他類推求之，靡篇不有，此蕭統所謂「抑揚爽朗，莫之與京」也。他人不知文字之妙全在曲折，而顧爲平鋪直敍之章，非贅則復矣！

〔註21〕《東山草堂陶詩箋》）

陶詩不是靜態的，而是有它抑揚頓挫，疾徐高低的節奏變化的，是流動的伸展的，每一個意象像一個音符，躍動的的流轉的音符，陶淵明飲酒詩意象正是這樣，是音樂性，時間性的排列，是伸展的流動的，疏朗的連貫的。

三、生活意象

從其空間營造來看，陶淵明飲酒詩之意象範圍相較於謝靈運是比較小的，他在飲酒詩中所描寫的是自我生存空間，生活場景中的平常景象，所以他描寫的田園是小的田園，生活的空間是小的樂園，且在飲酒詩中，像東軒、東籬、東園、南畝、茅茨、新疇、方宅、草屋等眼前身邊的「生活意象」占了絕大多數。因此給我們一種輕鬆感和親切感。由此可見陶詩生活化的特點，也能領悟到陶淵明的平常自然心。〔註22〕

〔註20〕見孫守儂著《陶潛傳》（台北：正中書局，1978年），頁99。

〔註21〕引自邱嘉穗《東山草堂陶詩箋》，載於四庫全書存目叢書委員會編《四庫全書存目叢書》（台南：莊嚴文化，1996年）集三，頁246。

〔註22〕李剛〈陶謝詩意象比較〉《內蒙古大學學報·人文社會科學版》第32卷增刊（2000年6月），頁71。

另外，在飲酒詩中，「人」意象比較多，凸現「自我」，如：「凱風因時來，回飆開我襟」等。在陶淵明飲酒詩中，幾乎每首詩都有「我」，抒情主人公是一個逍遙自在，怡然自樂，不受物役不受累絏的隱逸高士，但他並非靜默之態，而是活潑靈動充實的生命。享受生命的自然樂趣，並用生活情趣消解生存的痛苦。在陶詩中，也並非只有高潔無塵的「自我」，也有「他人」、「時復墟曲中，披草共往來」、「言笑無厭時」、「隻雞招近局」、「鄰曲」、「素心人」純樸的鄉鄰，美好的人情，一幅世外桃園般的和諧畫面，陶淵明最出名的兩句詩是「采菊東籬下，悠然見南山」，雖然王國維稱之爲「無我之境」的典範，那只是說是一種自然之情，無意志、無目的的平常隨意之態，天人合一，物我無間的渾融。其實處處有「我」，「采菊」者爲我，「東籬下」是我，「悠然」之態的是我，「見南山」的仍是我。

陶淵明飲酒詩中雖有高鳥、南山等意象，但仍不出視野心域。而其意象爲我們日常多見之東籬西廬、前堂後簷、荒墟深巷、柴門草屋等，詩人「靜觀萬物皆自得」，隨手拈來，便引起無窮美感。

第三節　內容特色

陶淵明用樸素的「田家語」，眞率自然地描寫了恬淡的山水風光，純樸的田園生活，以及身處其間的悠然意趣，如行雲流水，自胸中自然流出，達到了形散而神聚的至高境界。「形散」是因爲其語言平淡質樸，如話家常，而且用典少，鋪排少，雕飾少，色彩淡。在陶潛飲酒詩裏找不到奇特的意象、誇張的手法和華麗的詞藻，詩人常常把一些看似平淡無奇、互不關聯的東西隨意地組合在一起，卻也形成一種淡淡的韻味。正如元好問所言：「一語天然萬古新，豪華落盡見眞淳。」（論詩絕句）在這些看似平淡無奇的語言、似無關聯的意象內涵中，蘊含著豐富的想像、熾熱的情感和濃郁的田園氣息。考其飲酒詩歌中主要意象與意象群所呈現的內涵，可歸納出田園紀實、含蓄質樸、詠

懷敘志、解憂樂志四個特色，以下分述之：

一、田園紀實

　　陶淵明飲酒詩的內容特色主要是對田園生活的嚮往。在他官吏生活中，反覆吟詠，固執思戀的，是田園生活。那是他掙脫不自由的社會羈絆，所要返回的本眞世界。也是從複雜惡劣的政治，解放出來的自由境地。終於，他如願以償地過田園生活，世上歌詠田園生活的詩人不少，親自下田工作，而「登東皋以舒嘯，臨清流而賦詩。」的詩人並不多。尤其六朝時代，文學集團化，人人「儷采百字之偶，爭價一字之奇。」（文心雕龍・明詩篇），作詩競相爭求修辭之美，直抒個人日常生活的篇章，鳳毛麟角，只有陶淵明例外，詩歌直接歌詠生活、紀錄生活，他的作品歷經一千五百年的歲月，尚能無窮盡地滋潤人心，奧秘正在於詩人善於經營意象之功。

　　飲酒詩的內容均爲自己親身見聞和感受，他攝入詩中的景象、事物、人物，幾乎都是日常生活中所常見的。他以沖淡平和的筆觸，描繪了一幅幅優美靜謐的田園風光畫：草屋茅舍、榆柳桃李、青松奇園、秋菊孤雲、碧天晴日，歌頌了淡遠眞淳農村日常生活：遠村炊煙、雞鳴狗吠、東籬采菊、種豆南山、園中摘蔬。農村田園裡尋常的事物凡經他的筆提點即饒富詩意，可謂「極平常之景，各生趣味」。〈飲酒詩〉其九寫詩人決心擺脫仕途，不肯同流合污：

> 清晨聞叩門，倒裳往自開，問子爲誰歟，田父有好懷，
> 壺漿遠見候，疑我與時乖，繿縷茅簷下，未足爲高栖。
> 一世皆尚同，願君汩其泥，深感父老言，稟氣寡所諧，
> 紆轡誠可學，違己詎非迷，且共歡此飲，吾駕不可回。

而〈歸園田居〉其二：

> 野外罕人事，窮巷寡輪鞅。白日掩荊扉，對酒絕塵想。
> 時復墟里人，披草共來往。相見無雜言，但道桑麻長。
> 桑麻日已長，我土日已廣。常恐霜霰至，零落同草莽。

詩中敘寫他斷絕了與官場上層的應酬，過著簡單樸素，遠離喧囂紛擾

的田園生活。他種桑麻、說桑麻，心無半點雜念，對田園生活一往情
深。其情其趣都在平淡自然的語言中流露出來。信手拈來，如話家常。
沒有任何渲染，散發著一股清新淳厚之風。寫耕田方面的飲酒詩，尚
有〈庚戌歲九月中於西田穫早稻〉：

> 人生歸有道，衣食固其端，孰是都不營，而以求自安。
> 開春理常業，歲功聊可觀。晨出肆微勤，日入負禾還。
> 山中饒霜露，風氣亦先寒。田家豈不苦，弗獲辭此難。
> 四體誠乃疲，庶無異患干。盥濯息簷下，斗酒散襟顏。
> 遙遙沮溺心，千載乃相關。但願長如此，躬耕非所歎。

詩中反映了耕田之後的休息生活。又在四十八歲移居南村時寫了〈移
居〉兩首詩，第二首云：

> 春秋多佳日，登高賦新詩。過門更相呼，有酒斟酌之。
> 農務各自歸，閒暇輒相思，相思則披衣，言笑無厭時。
> 此理將不勝，無為忽去茲。衣食當須紀，力耕不吾欺。

這是義熙八年（公元四一二），正值劉裕執政之際，社會開始安定。
陶淵明從事耕田農稼，接近農民，對農村生活有了一定了解，正是在
這種現實生活影響下，他寫了這首詩。詩的農村生活氣息較濃厚，敘
寫較形象，一定程度地表現了那種滿足於自耕自給生活的近似小農的
心理，要努力耕作，要同鄉人相處好，盼望豐收，長久維持目前的生
活現狀。在〈飲酒詩〉之十四：

> 故人賞我趣，挈壺相與至。班荊坐松下，數斟已復醉。
> 父老雜亂言，觴酌失行次。不覺知有我，安知物為貴。
> 悠悠迷所留，酒中有深味。

更寫和父老歡聚，酒喝得非常得意，此為醉後之趣。「不覺知有我，
安知物為貴」的境界近似道家的「坐忘」之境界。

　　表現田園生活的詩作中往往以孤松、秋菊、孤雲、歸鳥等意象來
隱喻自身之高潔品質。在這些作品中，「我」之情思流注於象徵之物，
籠罩全篇，形成獨特的詩境。詩人在〈飲酒〉其八：

> 青松在東園，眾草沒其姿，凝霜殄異類，卓然見高枝。

連林人不覺，獨樹眾乃奇，提壺撫寒柯，遠望時復爲，

吾生夢幻間，何事紲塵羈。

這株卓然獨立，傲迎風霜的孤松正是詩人人格的寫照。而在〈和郭主簿二首〉其二：

和澤同三春，菶菶涼秋節。露凝無游氛，天高風景澈。

陵岑聳逸峯，遙瞻皆奇絕。

芳菊開林耀，青松冠巖列。懷此貞秀姿，卓爲霜下傑。

銜觴念幽人，千載撫爾訣。檢素不獲展，厭厭竟良月。

也是自我高潔人格的象徵。總之，這幾種手法都是賦樹木禾苗、孤雲飛鳥以人的知覺與情感，形成主客交融、物我合一之境界。

陶淵明筆下的田園風光、自然景色充滿生機和活力，融注了詩人對自然由衷的情感：「平疇交遠風，良苗亦懷新」（〈癸卯歲始春懷古田舍〉其二）。寫良苗貪戀新春，一個虛字「亦」不僅賦予「良苗」以人的情感，同時洋溢於詩人心頭的喜悅之情也表達得淋漓盡致。蘇軾說這兩句「非古之耦耕植杖者，不能道此語。非余之世農，亦不能識此語之妙也」（〈題陶淵明詩二首〉見《蘇軾文集》卷五）。可謂深味生活窺見真諦而後得之。南宋張表臣對這兩句也深有體會：

卜居中陶，稼穡是力。秋夏之交，稍旱得雨，雨餘徐步，

清風獵獵，禾黍競秀，濯塵埃而泛新綠，乃悟淵明之句善

體物也。（《珊瑚鉤詩話》卷一）

洪亮吉說：

余最喜觀時雨既降，山川出雲氣象，以爲實足以窺化工之

蘊。古今詩人，雖善狀情景者，不能到也。陶靖節之「平

疇交遠風，良苗亦懷新，庶幾近之」。（《北江詩話》卷一）

沈德潛也指出：

公何句最佳？余答曰：「平疇交遠風，良苗亦懷新，亦一時

興到也」（《古詩源》）。眾鳥欣有托，吾亦愛吾廬。（《讀山

海經》其一）」。

寫詩人推及萬物的慈愛之懷與重歸隱居的欣悅之情。劉熙載說：

陶詩吾亦愛吾廬，我亦具物之情；良苗亦懷新，物亦具我
之情也。(《藝概‧詩概》)

用整個生命全身心的體悟和感知萬物，進而我就是天地大化的一份
子，與天地自然爲一氣，宇宙自然的大美和奧妙在其詩中的呈現就不
會令人驚訝了。這也正是陶淵明自己所說的「善萬物之得時，感吾生
之行休」(《歸去來辭》)。以這樣的心境和宇宙萬物融彙形成「物化」，
再用準確而精妙的語言表現這種詩態，則他的田園詩千古獨步就不足
爲奇了。

二、含蓄質樸

　　陶淵明飲酒詩的特色，在於從平凡的生活素材中提煉深沉的意蘊
和哲理，他將自己悲劇的一生作爲素材，毫無遮掩的展現，他的作品
有豐富的情感、睿智而有趣的思辨，洞察人生的幽默和超越世俗的調
侃，是情趣和理趣的統一。〔註23〕

　　詩中多爲生活所感，情思內發，思考深刻，語言自然蘊藏繁複的
意象。這意象中，他的「感情」往往是「半遮面」的，不敢讓人看出
全貌的。正如詩中所透露的，身體的衰弱，加上終身貧乏凍餒，這些
重壓；和對那似乎要把自己和整個社會捲走的無形力量，所產生的恐
懼感，常在他心中忽隱忽現。在這種不安的心境下，他歌詠企求和平
的，以農耕爲外衣的詩。〔註24〕

　　陶淵明善於從山水田園中尋找生活的趣味、感悟人生的哲理，又
將這哲理連同生活的露水和芬芳一起訴諸詩的形象和語言。所以，他
的詩既有哲人的智慧，又有詩人的情趣，對此，袁行霈先生說：

　　　陶淵明不僅是位詩人，也是哲人，他有很深刻的哲學思考，
　　　他的詩文中所用的詞語如果僅從字面上看，會覺得很簡單，

〔註23〕見楊立群〈含泪的幽默——淺論陶淵明詩文中的幽默感〉，寶雞文理
　　　　學院學報社會科學版（2003年10月）第23卷第5期，頁58。
〔註24〕見洪順隆撰《六朝詩論》（台北：文津出版社，1985年），頁133～
　　　　144。

> 如果聯繫他的哲學思考，就會發現具有深意，有的甚至代表
> 著某種哲學範疇，如「自然」、「化」、「眞」等。〔註25〕

可見字面上雖含蓄質樸，實則蘊含深意，雋永厚樸，耐人尋味。如「采菊東籬下，悠然見南山」與「此中有眞意，欲辨已忘言」；「結廬在人境，而無車馬喧」與「問君何能爾，心遠地自偏」；「眾鳥欣有託，吾亦愛吾廬」與「俯仰終宇宙，不樂復何如」等，陶淵明很好地將情趣與理趣融入同一首詩，從感性認識和理性認識兩個方面，從更高的層次上，在更深的意境裏，表現他的宇宙觀、人生觀。〈雜詩〉一：

> 人生無根蒂，飄如陌上塵。分散逐風轉，此已非常身。
> 落地爲兄弟，何必骨肉親！得歡當作樂，斗酒聚比鄰。
> 盛年不再來，一日難再晨；及時當勉勵，歲月不待人。

這是陶淵明五十歲時所作的一首著名的哲理詩。他跳出了當時盛行的玄言詩「理過其辭，淡乎寡味」的樊籬，以情化理，寓情於理，把人生比作沒有根蒂，飄忽不定的浮塵，然而詩人並未由此轉向宿命論，而是表達了「四海之內皆兄弟」、「相逢何必曾相識」的思想，希望世人相親相愛，盡情享受人生的歡樂，結尾又勸人勉勵向上，珍惜時光。「人生無根蒂，飄如陌上塵」和「得歡當作樂，斗酒聚比鄰」兩句，情趣盎然，而「落地爲兄弟，何必骨肉親」和「及時當勉勵，歲月不待人」兩句，又富含哲理，從而達到了情趣與理趣的完美統一。

　　藝術的境界，既使心靈和宇宙淨化，又使心靈和宇宙深化，使人在超脫的胸襟裡體會到宇宙的深境。陶淵明的詩歌即含著豐富的人生況味和宇宙深境，因而具有很高的藝術價值，創造了眞實、平凡而又不可企及的美的境界。

三、詠懷敘志

　　陶詩大都是抒情作品，但更多的是借景抒情。描寫景物時，他總把自己的感情傾注其中，注重傳神寫意。如：「芳菊開林耀，青松冠

〔註25〕見袁行霈《陶淵明研究》（北京：北京大學出版社，1997 年 7 月一版一刷），頁 209。

嚴列」，松菊是詩人堅貞孤傲品格的象徵，萬族各有托，孤雲獨無依，孤雲是詩人孤高無依形象的自我寫照；「望雲慚高鳥，臨水愧遊魚」，「眾鳥欣有託，吾亦愛吾廬」，飛鳥成了詩人的藝術化身，總之，在詩人描寫的景物中，都有一定的象徵意義，體現了詩人的思想性格。然而，詩人描寫景物和生活，並非隨意取景，而是選取與自己心情相合之物寫入詩中，用平凡的素材創造非凡的意境與情境，構思巧妙而新穎，如〈飲酒〉其五：

> 結廬在人境，而無車馬喧。問君何能爾，心遠地自偏。
> 采菊東籬下，悠然見南山。山氣日夕佳，飛鳥相與還。
> 此還有真意，欲辨已忘言。

此詩寫了詩人悠然自得的隱居生活和心境。詩人在東籬下採摘菊花，不經意看到前面的廬山，黃昏裏，山上的景色愈發美好，飛鳥互相結伴而回。觸景生情詩人不由得想到自己的歸隱，悟出了歸樸返真的人生哲理，甚感欣慰。詩的開頭四句是敘事、議論，也是抒情。中間四句描寫南山美景，道出了「心遠地自偏」的具體原因。最後兩句是議論和抒情，言有盡而意無窮，景語、情語、理語融為一體，含蓄深邃。

再如〈移居〉其二：

> 春秋多佳日，登高賦新詩。過門更相呼，有酒斟酌之。
> 農務各自歸，閑暇輒相思，相思則披衣，言笑無厭時。
> 此理將不勝，無為忽去茲。衣食當須紀，力耕不吾欺。

詩中「衣食當須紀，力耕不吾欺」，「過門更相呼，有酒斟酌之」、「農務各自歸，閑暇輒相思，相思則披衣，言笑無厭時。」等詩句都浸著濃厚的生活氣息和詩人的真情實感，平常中蘊著新奇，情、景、事、理，渾然天成，飄逸著脫俗而又樸素的美。

陶淵明曾作桓玄官吏，而桓玄篡晉之後，詩人雖然及時引退，仍然要受到社會輿論的非難，因而他自己在飲酒詩中大發牢騷，如〈飲酒〉十三：

> 有客常同止，趣舍邈異境，一士長獨醉，一夫終年醒。
> 醒醉還相笑，發言各不領。規規一何愚，兀傲差若穎。

寄言酣中客，日沒燭當炳。

獨醉的一士指自己，獨醒的一夫指一般士大夫，醉士和醒夫，雖然同處一社會，但取捨各異，彼此是格格不入的。士醉了，要向不合理的封建禮俗表示兀傲，醉酒反而使他超凡出眾，有的人表面上是醒的，實際上卻很愚蠢，很糊塗。陶淵明以此肯定了酣酒行為，白天喝酒，晚上仍然要秉燭酣暢一番，以保持「眾人皆醉我獨醒」的思想境界。又〈飲酒詩〉之二十：

> 羲農去我久，舉世少復真！汲汲魯中叟，彌縫使其淳。
> 鳳鳥雖不至，禮樂暫得新。洙泗輟微響，漂流逮狂秦。
> 詩書復何罪，一朝成灰塵。區區諸老翁，為事誠殷勤。
> 如何絕世下，六籍無一親。終日馳車走，不見所問津。
> 若復不快飲，空負頭上巾。但恨多謬誤，君當恕醉人。

在詩中，作者指責現實的封建禮俗，提出個人醉酒的重大意義，發人深省。「若復不快飲，空負頭上巾。但恨多謬誤，君當恕醉人」，這無疑肯定酣醉才能清醒，才能大膽對封建禮俗抗爭。否則便對不住頭上這頂儒冠了。指責當前的封建禮俗，在別人眼裡，就是罪人，是大逆不道，只有承認酒後失言，才能求得故人諒解。這樣一句反語清楚的表現了作者反封建禮俗的意志。

然而歸隱後，不擅農事的詩人面對生活的困窮，卻無力改善，只能藉詩表示哀傷自食其力之艱辛，如〈雜詩〉八：

> 代耕本非望，所業在田桑。躬親未曾替，寒餒常糟糠，
> 豈期過滿腹，但願飽粳糧。御冬足大布，粗絺以應陽。
> 正爾不能得，哀哉亦可傷！人皆盡獲宜，拙生失其方。
> 理也可奈何，且為陶一觴。

作者表示躬耕自資，壓根就不願當官，自己的物質生活要求也是很低的，只盼望「御冬足大布，粗絺以應陽」，肚子裡有粳糧可以充飢就夠了。但堅持田桑勞動的結果，卻是飢寒交迫，於是不禁「哀哉亦可傷」起來。最後，他把這種遭遇歸咎於無法對付的理，在自己拙生失其方的情況下，就只有且為陶一觴了。陶淵明的這種自白還是比較直

率的、天眞的。長期忍飢受凍，驅使他對溫飽關心起來。過去吹噓的那種精神生活這時不再提了，過去那種孤高自賞的態度這時也改變了。他覺得事事不如人，承認自己的拙笨。

朱熹說「陶淵明詩（主要指山水田園詩）人皆說是平淡，據某看他是豪放，但豪放得來不覺耳。」（朱子語類五則，黎靖德編，明刊本卷一百四十）一語道破了陶淵明不同內容的詩歌的相通之處：「寄豪放於沖澹」，換言之，即於豪放中見沖澹。如〈擬挽歌辭〉三：

> 荒草何茫茫，白楊亦蕭蕭。嚴霜九月中，送我出遠郊。
> 四面無人居，高墳正焦嶢。馬爲仰天鳴，風爲自蕭條。
> 幽室一已閉，千年不復朝。千年不復朝，賢達無奈何。
> 向來相送人，各自還其家。親戚或餘悲，他人亦已歌。
> 死去何所道，托體同山阿。

「荒草茫茫，白楊蕭蕭」，詩歌起首即營造了一種蕭瑟淒涼的氛圍。「幽室一已閉，千年不復朝。千年不復朝，賢達無奈何。」墳墓一旦封閉，即使千年也不會再見到日出，傳達出了一種無可奈何卻又超然豁達的心緒。「死去何所道，托體同山阿。」死有什麼好說的，也無所畏懼，就把自己交付自然山川，與山川同壽，與日月同輝！表現了一種沖和淡然、灑脫達觀的人生態度，這種人生態度便賦予了詩歌沖澹與豪放相結合的藝術境界和風格。〈詠貧士〉其二：

> 淒厲歲云暮，擁褐曝前軒。南圃無遺秀，枯條盈北園。
> 傾壺絕餘瀝，闚竈不見煙。詩書塞座外，日昃不遑研。
> 閒居非陳厄，竊有慍見言。何以慰吾懷？賴古多此賢。

詩人晚年窮困之時所作，「淒厲歲云暮」固然寫時節，而實際在象徵他的暮年。因爲在晚年，所以極力寫悽涼的景象如「擁褐曝前軒」、「南圃無遺秀，枯條盈北園。」，「擁褐曝前軒」穿的又薄又破，不能不去曬太陽，因爲窮困又言：「傾壺絕餘瀝，闚竈不見煙。」飲酒將盡之餘滴曰「瀝」，而「絕餘瀝」爲此身窮困最佳註腳，即使如此，他終日所鑽研的仍是詩書，故又說：「詩書賽座外，日昃不遑研」。因爲他終日研讀的是詩、書，在「論語」裡看到「在陳絕糧，從者病，莫能

興。子路慍見曰：『君子亦有窮乎』」？故而詩言：「閑居非陳厄，竊
有慍見言」。困居固然不是孔子的在陳絕糧，但也難免使人氣憤。但
是怎樣做自我安慰呢，只有靠著古代的貧士精神，「何以慰吾懷，賴
古多此賢」。古賢即為榮啓期、原憲、黔婁、袁安、張仲尉、黃子廉、
惠孫、子思等。〈詠貧士三〉：

　　榮叟老帶索，欣然方彈琴。原生納決履，清歌暢商音。
　　重華去我久，貧士世相尋。弊襟不掩肘，藜羹常乏斟。
　　豈忘襲輕裘？苟得非所欽。賜也徒能辯，乃不見吾心！

陶淵明以原憲自喻，詩的結尾：「賜也徒能辯，乃不見吾心！」由此
看來，其困苦情形如同榮啓期、原憲，詩中寫古人其實是自己心境的
寫照。如〈詠荊軻〉詩中寫荊軻之事：

　　燕丹善養士，志在報強嬴。招集百夫良，歲暮得荊卿。
　　君子死知己，提劍出燕京。素驥鳴廣陌，慷慨送我行。
　　雄髮指危冠，猛氣沖長纓。飲餞易水上，四座列群英。
　　漸離擊悲築，宋意唱高聲。蕭蕭哀風逝，淡淡寒波生。
　　商音更流涕，羽奏壯士驚。心知去不歸，且有後世名。
　　登車何時顧，飛蓋入秦庭。凌厲越萬里，逶迤過千城。
　　圖窮事自至，豪主正怔營。惜哉劍術疏，奇功遂不成。
　　其人雖已沒，千載有餘情。

陶淵明借詠史來抒發他的志士情懷和豪俠熱血，尤其是末兩句「其人
雖已沒，千載有餘情」，將對荊軻的讚美推到了極點，也將讀者的感
情推向了高潮，忍不住要反復吟誦，思緒起伏，懷古撫今，自心底油
然升起一股敬意和神往之情。

四、解憂樂志

　　飲酒詩中提及憂慮的有幾個方面：有憂慮虛度時光，有悲嘆功名
不成的，如四十歲寫的〈榮木〉、五十歲以後寫的〈雜詩〉「白日淪西
河」，有憂慮兒子不孝的，如老年寫的責子詩。然而，佔比重最大的
是那些憂慮人生無常、要及時行樂之作。如三十九歲寫的飲酒組詩「道

喪向千載」、「青松在東園」、「秋菊有佳色」，四十九歲寫的〈形影神〉，五十歲寫的〈遊斜川〉等，這些詩的共同點是思想頹廢，情調低落。要以酒消憂，又怕喝酒短命，只有採菊泛酒，希望喝酒又得長壽。這種「唯酒與長年」的想法，無非是在個人得失壽夭上兜圈子，白居易曾說陶詩「篇篇勸我飲，此外無所云。其他不可及，且效醉昏昏。」〔註26〕（效陶潛體詩）正說明了這類詩對後世之影響。

再看他的〈擬挽歌辭〉一：

> 有生必有死，早終非命促，昨暮同爲人，今旦在鬼錄。
> 魂氣散何之，枯形寄空木。嬌兒索父啼，良友撫我哭。
> 得失不復知，是非安能覺。千秋萬歲後，誰知榮與辱。
> 但恨在世時，飲酒不得足。

〈擬挽歌辭〉二：

> 在昔無酒飲，今但湛空觴。春醪生浮蟻，何時更能嘗？
> 肴案盈我前，親舊哭我傍。欲語口無音，欲視眼無光。
> 昔在高堂寢，今宿荒草鄉。荒草無人眠，極視正茫茫。
> 一朝出門去，歸來夜未央。

模擬西晉陸機的輓歌，詩中那樣地爲以酒消憂、及時行樂做宣傳，其害人之深不言而喻。

〈雜詩〉四：

> 丈夫志四海，我願不知老。親戚共一處，子孫還相保。
> 觴絃肆朝日，罇中酒不燥。緩帶盡歡娛，起晚眠常早。
> 孰若當世士，冰炭滿懷抱，百年歸丘壟，用此空名道。

詩中不但向別人宣揚那種及時行樂的頹廢思想，而且爲他個人繪出一幅大地主階級驕奢淫逸的剝削生活藍圖：親戚們聚在一起享樂；滿堂子孫都養尊處優，歌童舞女吹奏彈唱；吃不盡的菜餚，喝不盡的酒，鬆開腰帶盡情的吃喝，晚餐一完就睡覺，日上三竿也不起床。這種生活願望是何等的落後啊！

〔註26〕引自《全唐詩》（上海：上海古籍出版社，1996 年 11 月第 14 次印刷），頁 1052～1053。

　　責任感、對生命的留戀，對死亡的恐懼是人生最大的苦惱，一般人或逃避或置之不理，而陶淵明經歷了十年的矛盾、煩惱、苦悶的折磨，順應著他的本性，樸實無華的，在擾亂不安的晉宋之間，貧困田園的一角，建立起平靜滿足、逍遙自適的生活典型，達到莊子忘情達生的境界，他之所以能消弭責任感，破除生死的界限而解決了困擾，主要根基於其渾厚泰然的天性。在他的詩文裡透過意象及意象群充分顯示這種平穩泰然的境地，如〈飲酒詩〉二十首，是心情不安定時寫的，多採自問自答的形式，簡明有力，將胸中鬱悶的煩惱，都濃縮在詩句中，在序文中：

> 余閑居寡歡，兼比夜已長，偶有名酒，無夕不飲，顧影獨盡。忽焉復醉。既醉之後，輒題數句自娛，紙墨遂多，辭無銓次，聊命故人書之，以爲歡笑爾。

雖有「辭無銓次」、「以爲歡笑」之語，但是「閑居寡歡」、「醉後自娛」透露著這二十首詩是鬱悶時酒後之作。〈讀山海經〉之一：

> 孟夏草木長，遶屋樹扶疏。眾鳥欣有託，吾亦愛吾廬。
> 既耕亦已種，時還讀我書。窮巷隔深轍，頗迴故人車，
> 歡然酌春酒，摘我園中蔬。微雨從東來，好風與之俱，
> 泛覽周王傳，流觀山海圖。俯仰終宇宙，不樂復何如？

且〈讀山海經〉之五：

> 翩翩三青鳥，毛色奇可憐。朝爲王母使，暮歸三危山。
> 我欲因此鳥，具向王母言，在世無所須，唯酒與長年。

又〈答龐參軍〉：

> 相知何必舊，傾蓋定前言。有客賞我趣，每每顧林園。
> 談諧無俗調，所説聖人篇。或有數斗酒，閑飲自歡然。
> 我實幽居士，無復東西緣。物新人惟舊，弱毫多所宣。
> 情通萬里外，形跡滯江山。君其愛體素，來會在何年？

詩中所寫的自得其樂，自適自在的滿足與超脫，似乎已達莊子忘情境界。陶淵明以渾厚的愛心將自然界的景物，看的一片和諧。對朋友、鄰人的愛，因爲純然眞摯，使他與人無爭；對景物的喜愛，因爲立於

物我平等無間地位，在舉世惶惶的紛擾中，看到寧靜和平的炊煙，體會自然界的和諧，使沒有生命的天、雲生動活躍。莊子看出人爲情苦、性爲悅惡所損傷，觀念因物我的對立而複雜，所以要忘情、遣悅樂、齊物。而陶淵明由於具有這種寬厚泰然的天性，很自然的越過莊子養生之道步驟，所以他能：「長吟掩柴門，聊爲隴畝民」，自己也化入眼前景色，如〈飲酒詩〉之五：

> 結廬在人境，而無車馬喧。問君何能爾？心遠地自偏。
> 採菊東籬下，悠然見南山。山氣日夕佳，飛鳥相與還。
> 此還有眞意，欲辨已忘言。

在陶淵明心中，洋溢著爲外物的和諧而有的欣悅之情。憑藉這股先天的穩定力量，脫離塵俗回到田園，進一步解決內心的煩惱與恐懼。

陶淵明對生命有限的事實也曾感到不安，在歸田後他悟到了另一新的人生境界，在〈神釋〉詩中：

> 大鈞無私力，萬物自森著。人爲三才中，豈不以我故。
> 與君雖異物，生而相依附。結託善惡同，安得不相語。
> 三皇大聖人，今復在何處。彭祖愛永年，欲留不得住。
> 老少同一死，賢愚無復數。日醉或能忘，將非促齡具。
> 立善常所欣，誰當爲汝譽。甚念傷吾生，正宜委運去。
> 縱浪大化中，不喜亦不懼。應盡便須盡，無復獨多慮。

神，具有無上的權威，代表人的理性智慧，神駁斥了頹廢享樂的人生觀，也懷疑立善的功利主義，名是否能保全到後代，於是另創一種藝術的人生觀。「甚念傷吾生」，也就是莊子「不以好惡內傷其身」的觀念，陶淵明優美的天賦資稟，原來就少有厭惡，妒恨之情，而只有渾厚的愛心，平等的看待萬物。再經由莊子思想的潛移默化，由理性的修養達到超脫是非忘生死的境地。陶淵明飲酒詩呈現一種「俯仰終宇宙，不樂復何如」（〈讀山海經〉）的無奈，但卻超越了無奈之後的大徹大悟，大不和大空靈大解脫。

綜上所述，晉宋之際正處文風之變，時尚以繁富促密爲貴，而陶詩卻追求恬淡自然。「陶詩平淡，出於自然」，在別人看來，詩中的景

物是平淡的，然而在詩人看來，這些田園景物是眞實的、自然的，不知要勝過那官場的華美多少倍。因而，在陶淵明飲酒詩中我們找不到華美富麗的色彩、絲竹管弦的聒噪，更沒有人工修飾雕琢的精緻，有的只是平平淡淡、自自然然的本色、和悠淡的旋律。「種豆南山下，草盛豆苗稀」，「榆柳蔭後簷，桃李羅堂前」，「相見無塵雜，但道桑麻長」，榆柳、桃李、種豆、桑麻以及狗吠、雞鳴等普通的田園景物以及田間勞作、鄰里往來等平凡的日常農村生活，第一次被當作重要的審美物件，出現在文人的詩作中，陶淵明無愧是中國田園詩的開創者。

第六章　結　論

　　在大多數對陶淵明作品的研究中，指出陶淵明的作品，對於酒的書寫，是一大主題，針對酒在其生活中扮演的角色來探討，因此，筆者期望藉由詩歌中的基本單位意象與其組合，來呈現陶淵明飲酒詩歌的內涵，並藉此剖析詩人飲酒時心中的主要情感與思考。本論文的主要內容，可得到以下幾點結論：

　　一、由於文學不可能脫離時代背景而獨立存在，故在探討陶淵明飲酒詩歌的內涵之前，必須先對詩人的時代背生平事蹟作一番探究，而在探究陶淵明的生平事蹟過程中，有以下發現：

　　（一）時代背景

　　陶淵明生活在魏晉動盪之時，政治上呈現新舊勢力交替的現象。思想上正處儒學勢微而玄學、佛學盛行之世，文學上魏晉文學作品中充滿無為遁世的神仙之說陶淵明在這時代環境之下，受到老莊思想和浪漫文學的影響，他雖有道家的清靜自然，卻無頹廢荒唐的仙人道士之妄想，可謂獨樹一格，但在偏重辭采之美的時代中，陶詩即使深具意境之美，卻不被時人稱揚。

　　陶淵明生值東晉末葉，正是介於秦漢與隋唐之間的分裂割據時代，此時魏晉玄學發展漸至末期，也是六朝佛學方興未艾之際；此時之儒學雖弱闇，並未消匿。在政治上，則屬於一個老舊政權氣運耗微，

即將要有所鼎革之時段。陶淵明的時代就是這種政治失軌，玄風暢行，釋道昌盛，文人命蹇等諸種因素組合而成。

（二）家世生平經歷

出身優良門第的陶淵明，對自己的家族深感自豪，而其外祖父孟嘉更是型塑他一生性格的啓蒙良師。綜觀陶淵明的一生，從一位壯懷思飛的熱血少年，到種豆南山的隱者，其心路歷程可以下分三個時期：少壯時期、用世時期及隱耕時期。

陶淵明的人生，若以功利價值而言，是枯槁平淡的一生。然而回歸人生的眞義，則陶淵明走過的是眞實而有意義的一生。面對虛詐腐朽的官場，他冷眼以對，毫不留戀；面對家無儋石、三旬九食的貧困生活，他坦然以對，毫不退縮，寄情於大自然之中，並將飲酒寫入詩中，創作出一首首動人的飲酒詩篇，揭開了飲酒詩的帷幕，也影響後世文人爭相仿效。

陶淵明是中國文學史上第一個大量表現飲酒的詩人，飲酒是陶詩的重要題材。陶之酒，既和時代風氣密切相關，又具有鮮明的個性特點。陶淵明使酒和文人的精神生活發生了緊密而重要的聯繫。飲酒之於陶淵明而言，是嗜好之一，至於創作飲酒詩動機主要承繼詩人傳統及家族傳統而來，再加上時事的刺激及家庭缺憾，質性自然的他選擇與酒爲伍的生活，並且在作品中大量詠酒，使得詩文中酒香四溢。對陶淵明而言，飲酒是一種樂趣，飲酒的時候心情舒暢，酒後的天地親切平和，酒成爲日常生活詩化的象徵。

二、陶淵明飲酒詩之意象探討

在陶淵明飲酒詩中主要意象有酒意象、鳥意象、菊意象、松意象、風意象、雲意象、雨意象、山意象，其中鳥意象與菊花意象是則爲陶淵明飲酒詩中的特定意象；這些意象呈現出作者在面對亂世時，其心路歷程的三個階段：第一個階段充滿壯志。第二個階段主要呈現出當詩人心中仕隱的掙扎。第三個階段則傳達出陶淵明在體認到心中理想終究難以實現之際，轉而追求獨善其身的高潔人格與避世隱逸的生

活，並透露出詩人心中那不得已而避世的矛盾情懷。以下列表整理上述意象所涵蓋的主題情思：

類別	意象	主 題 情 思
飲酒	酒意象	人事感慨、孤懷磊落、銷憂遣懷
動物	鳥意象	遠志的高鳥、受困的羈鳥、失群的孤鳥、自由的飛鳥、還巢的歸鳥
植物	菊意象	凌霜傲雪、質性自然、延年益壽
	松意象	孤高傲岸、永恆不朽
天象	風意象	歸隱田園、安貧樂道、象徵自由、人格志趣
	雲意象	憂時傷世、嚮往隱逸、高潔孤獨、渲染烘托
	雨意象	

三、陶淵明飲酒詩之意象群主題探討

而飲酒詩中意象群則有「酒　鳥　山」、「酒—菊—松」、「鳥—松」、「鳥—雲」、「鳥—風」、「林木—雲—風—酒」、「雲—雨」、「風—雨」、「霜—露」、「山—川」、「日—月」等意象組合。在陶淵明飲酒詩中，意象與意象群組合，共同呈現詩人心中的隱逸情懷、高潔的人格特質、嚮往田園生活、閒適自在之情，且抒發對時間生命苦短的憂慮，以及追求長生不老的渴望，此與魏晉時代竹林七賢之一的阮籍，在其詠懷詩中所呈現的消極人生觀與矛盾性格頗有異曲同工之妙。

四、最後，將陶淵明飲酒詩中意象經營之形式表現及所包含的內容特色，歸納出以下幾個重點：

（一）在飲酒詩意象字句篇章表現方面：雖然陶詩自然樸實，迥異於當時詩風，但不意味著他的詩毫無技巧可言，他的技巧是不露痕跡，是高超的。須細細品嘗方能見出技巧，無怪乎後世白居易、蘇軾等人，對陶詩會如此愛不釋手。

（二）在飲酒詩意象設色發聲表現技巧方面：就意象色彩而言，陶淵明飲酒詩中意象色彩是尚「清」、尚「淡」的，是清虛、清淡、清新的，此為其形式上所秉具的一大特色。而飲酒詩中意象之聲韻組

合，則是悠淡的音樂式流動組合。詩中每一個意象像一個音符，都在流動中遞進、飛升。

（三）就飲酒詩意象及意象群所表現的內容特色而言：對田園生活的嚮往，是飲酒詩內容的主調。詩人經由意象及意象群的經營實際紀錄了田園生活，表達出嚮往隱居田園的心志，並且歌詠農村生活的美好，即使面臨「草盛豆苗稀」貧困的窘境也樂在其中。飲酒詩中也藉詩含蓄質樸透露出個人悟出的人生哲理，並繼承漢末以來組詩的傳統，以組詩形式，來抒發他隱含其內心悲觀的避世思想，並大加歌詠個人理想與懷抱。此外，鎔鑄了莊子達生思想境界，找到生命的出口，在煩悶、痛苦的折磨下，找到解憂之道，並進而樂其心志。

參考書目

一、專　書（按姓氏筆劃順序）

（一）陶淵明相關研究論著

1. 丁仲祐：《陶淵明詩箋注》（台北：藝文出版社，1971 年）。

2. 九思叢書編輯部：《陶淵明研究》一、二卷（台北：九思出版社，1977 年）。

3. 方祖燊：《陶淵明》（台北：河洛出版社，1978 年）。

4. 方祖燊：《陶潛詩箋註校證論評》（台北：蘭臺書局，1971 年）。

5. 王叔岷：《陶淵明詩箋證稿》（台北：藝文出版，1975 年）。

6. 王國瓔：《古今詩人隱逸之宗——陶淵明論析》（台北：允晨文化，1990 年）。

7. 王質撰：《陶淵明年譜》（北京：中華書局，1986 年）。

8. 宋丘龍：《陶淵明詩說》（台北：文史哲出版社，1984 年）。

9. 李公煥：《箋注陶淵明集》《四部叢刊》初編縮本（台北：台灣商務印書，1965 年）。

10. 李文初注：《陶淵明論略》（廣東：廣東人民出版社，1986 年）。

11. 李辰冬：《陶淵明評論》（台北：東大圖書公司，1975 年）。

12. 李清筠：《時空情境中的自我影像——以阮籍、陸機、陶淵明詩為例》（台北：文津出版社，2000 年）。

13. 李錦全：《陶淵明評傳》（南京：南京大學出版社，1998 年）。

14. 沈振奇著：《陶謝詩比較》（台北：台學生書局，1986 年）　。

15. 阮廷瑜著：《陶淵明詩論暨有關資料分輯》（台北：國立編譯館出版，1988 年）。

16. 岡村繁：《世俗與超俗——陶淵明析論》（台北：台灣書局，1882 年 11 月）。

17. 林玫儀：《南山佳氣——陶淵明詩文選》（台北：時報文化，1992 年 10 月）。

18. 韋鳳娟：《悠然見南山——陶淵明與中國閒情》（台北：台灣中華書局，1993 年）。

19. 孫守儂：《陶潛傳》（台北：正中書局，1978 年）。

20. 孫靜：《陶淵明的心靈世界與藝術天地》（河南：大象出版社，1997 年 4 月）。

21. 袁行霈：《陶淵明研究》（北京市：北京大學出版社，1997 年 7 月）。

22. 梁啓超：《陶淵明》（台北：台灣商務印書館，1996 年 7 月臺 2 版）。

23. 莊優銘：《陶淵明傳》（台北：國際文化事業有限公司，1985 年）。

24. 陳永明：《莫信詩人竟平澹——陶淵明心路歷程新探》（台北：台灣書店，1998 年）。

25. 陳怡良：《陶淵明之人品與詩品》（台北：文津出版社，1993 年）。

26. 陳美利：《陶淵明探索》（台北：文津出版社，1996 年 6 月）。

27. 陶文鵬：《戀戀桃花源——陶淵明作品賞析》（台北：開今文化事業有限公司，1993 年）。

28. 童超：《豪華落盡見眞淳》（台北：萬卷樓圖書有限公司，2001 年）。

29. 黃仲崙：《陶淵明作品研究》（台北：帕米爾書店，1969 年）。

30. 逯欽立校注：《陶淵明集》（台北：里仁書局，1985 年）。

31. 楊勇：《陶淵明校箋》（台北：正文書局，1999 年）。

32. 楊家駱主編：《陶淵明詩文彙評》（台北：世界書局，1998 年 5 月）。

33. 溫洪隆注譯：《新譯陶淵明集》（台北：三民書局 2002 年）。

34. 葉嘉瑩：《陶淵明飲酒詩講錄》（台北：桂冠出版社，2000 年）。

35. 葉嘉瑩：《葉嘉瑩說陶淵明飲酒及擬古詩》（北京：中華書局，2007 年）。

36. 劉本棟：《陶靖節事跡及作品編年》（台北市：文史哲出版，1995 年）。

37. 劉維崇：《陶淵明評傳》（台北：國立編譯館，1978 年）。

38. 蔡日新：《陶淵明》（台北：知書房出版社，2000 年）。

39. 鄧安生：《陶淵明新探》（台北：文津出版社，1995 年）。

40. 錢玉峰：《陶詩繫年》（台北：台灣中華書局，1992 年）。

41. 鍾優民：《陶淵明論集》（長沙：湖南人民出版社，1981 年）。

42. 鍾優民：《陶學史話》（台北市：允晨文化出版，1991 年）。

43. 龔斌：《陶淵明集校箋》（上海：上海古籍出版社，1996 年）。

（二）相關古籍

1. 方東樹：《昭昧詹言》（台北：廣文書局，1962 年）。

2. 王夫之等撰：《清詩話》（上海：上海古籍出版社，1999 年）。

3. 王弼、韓康伯注：《周易論略》（台北：成文出版社，1976 年）。

4. 王弼注：《老子王弼注》（高雄：復文出版社，1981 年）。

5. 司空圖：《二十四詩品》（台北：金楓出版社，1999 年）。

6. 何文煥輯：《歷代詩話（一）》（台北：木鐸出版社，1982 年）。

7. 何晏注：《十三經注疏》（台北：藝文印書館，1997 年）。

8. 李延壽：《南史》（台北：鼎文書局，1990 年）。

9. 沙門慧皎：《高僧傳》（台北：廣文書局，1971 年）。

10. 沈約：《宋書》（台北：鼎文書局，1990 年）。

11. 沈德潛：《唐詩別裁（一）》（台北：台灣商務出版社，1979 年）。

12. 沈德潛撰・馮保善注譯：《新譯古詩源》（台北：三民出版，2006 年）。

13. 房玄齡等：《晉書》（台北：鼎文書局，1990 年）。

14. 〔東漢〕許慎撰、〔清〕段玉裁注《說文解字注》（臺北：黎明文化，1993 年）。

15. 胡仔：《苕溪漁隱叢話》（台北：長安出版社，1978 年 12 年）。

16. 唐太宗御撰《晉書》（北京：中華書局，1974 年）。

17. 張伯偉編撰：《全唐五代詩格校考》（西安：陝西人民教育出版社，1996 年）。

18. 劉義慶撰、劉孝標注：《世說新語》（台北：藝文出版社，1959 年）。

19. 劉勰撰、周振甫注：《文心雕龍註》（台北：里仁出版社，2001 年）。

20. 歐陽詢：《藝文類聚》（台北：新興書局，1973 年）。

21. 蕭統編、李善注：《昭明文選》（上海：上海古籍出版社，1992 年）。

22. 鍾嶸撰、汪中選注：《詩品注》（台北：正中書局，1982 年）。

23. 顧龍振編:《詩學指南》(台北:廣文書局,1973 年)。

(三)文學、意象相關論著

1. Rene&Wellek 撰、梁伯傑譯:《文學理論》(台北:水牛出版社,1999 年)。

2. 王立:《中國古代文學十大主題》(台北:文史哲出版社,1994 年)。

3. 王立:《心靈的圖景 文學意象的主題史研究》(上海:學林出版社, 1992 年)。

4. 王長俊:《詩歌意象學》(安徽:安徽出版社,2000 年 8 月)。

5. 王夢鷗、許國衡譯:《文學論》(臺北:志文出版社,1992 年)。

6. 王夢鷗:《文學概論》(臺北:藝文印書館,1991 年)。

7. 王瑤:《中古文學史論》(台北:長安出版社,1982 年)。

8. 北京大學、北京師範大學中文系編「古典文學研究資料彙編」《陶淵明卷》,(北京:中華書局,1965 年)。

9. 朱光潛:《文藝心理學》(台北:台灣開明書局,1991 年)。

10. 朱光潛:《詩論》(台北:萬卷樓出版社,1993 年)。

11. 朱光潛:《詩論新編》(台北:洪範出版社,1982 年)。

12. 朱光潛:《談美書簡》(台北:洪葉文化事業公司,1995 年)。

13. 朱自清:《朱自清說詩》(上海:上海古籍出版社,1999 年)。

14. 吳功正:《六朝美學史》(南京:江蘇美術出版社,1996 年)。

15. 吳曉:《詩歌與人生——意象符號與情感空間》(台北:書林出版社, 1995 年)。

16. 李元洛:《詩美學》(台北:東大圖書有限公司,1990 年)。

17. 李瑞騰:《新詩學》(台北:駱駝出版社,1997 年)。

18. 李瑞騰:《詩的詮釋》(台北:時報出版公司,1982 年)。

19. 杜松柏:《詩與詩學》(台北:五南圖書公司,1998 年)。

20. 汪裕雄著:《意象探源》,(安徽:安徽教育出版社,1996 年)。

21. 宗白華:《中國美學史論集》(安徽:安徽教育出版社,2000 年 10 月)。

22. 宗白華:《美學散步》(上海:上海人民出版社,2001 年初版 6 印)。

23. 林文月:《山水與古典》(台北:三民書局,1996 年)。

24. 胡曉明:《中國詩學之精神》(江西:江西人民出版社,1991 年)。

25. 夏之放:《文學意象論》(廈門:汕頭大學,1993 年)。

26. 袁行霈：《中國詩歌藝術研究》（台北：五南圖書出版公司，1989年）。

27. 陳植鍔：《詩歌意象論》（北京：中國社會科學出版社，1992年）。

28. 陳滿銘：《意象學廣論》（台北：萬卷樓出版社，2006年）。

29. 陳銘：《說詩──中國古典詩詞美學三味》（台北：未來書城，2004年）。

30. 黃永武：《詩與美》（台北：洪範書局，1997年）。

31. 黃景進：《意境論的形成──唐代意境論研究》（台北：台灣學生書局，2004年）。

32. 黃維樑：《中國詩學縱橫論》（台北：洪範書局，1982年）。

33. 葉嘉瑩：《迦陵談詩》（台北：三民書局，1970年4月）。

34. 葉嘉瑩：《迦陵學詩筆記》（台北：桂冠圖書，2001年）。

35. 蒲震元：《中國藝術意境論》（北京：北京出版社，1999年）。

36. 劉若愚原著、杜國清譯：《中國詩學》（台北：幼獅出版社，1990年）。

37. 蕭馳：《中國詩歌美學》（北京：北京大學出版社，1986年）。

38. 龐德：《回顧·二十世紀文學評論》（上海：上海譯文出版社，1987年）。

39. 羅宗濤：《中國詩歌研究》（台北：中央文物出版社，1985年）。

40. 嚴雲受：《詩詞意象的魅力》（合肥：安徽教育出版社，2003年）。

41. 歐麗娟《杜詩意象論》，台北：里仁書局，1997年。

（四）論文集

1. 北京清華大學《中國宗教與文學論集》，1998年。

2. 成功大學中文系編《魏晉南北朝文學與學術研討會論文集(二)》（台北：文津出版社，2001年。

3. 臺北中國飲食文化基金會《第三屆中國飲食文化學術研討會論文集》，1994年。

（五）其 他

1. 中華書局編輯部：《魏晉思想論》（臺北：中華書局，1983年）。

2. 王世德主編：《美學辭典》（台北：木鐸出版社印行，1987年）。

3. 王瑤：《王瑤全集》（河北：河北教育，2000年）。

4. 李正治：《六朝詠懷組詩研究》（台北：花木蘭出版社，2007年）。

5. 李正治：《煙波千里：古體詩精華賞析》（台北：聯亞出版社，1982年）。

6. 李正治：《世事波舟：古體詩選》（台北：遠景出版社，1986年）。

7. 李清筠：《魏晉名士人格研究》（台北：文津出版社，2000年10月）。

8. 林瑞翰：《魏晉南北朝史》（台北：五南圖書公司，1990年）。

9. 洪順隆：《六朝詩論》（台北：文津出版社，1985年）。

10. 景蜀慧：《魏晉詩人與政治》（台北：文津出版社，1990年11月）。

11. 湯一介：《郭象與魏晉玄學》（北京：北京大學出版，1988年）。

12. 逯欽立：《漢魏六朝文學論集》（西安：陝西人民出版社，1984年）。

13. 葉舒憲：《文學與治療》（北京：社會科學文獻，1999年）。

14. 劉大杰：《中國文學發展史》（台北：華正書局，1991年7月）。

15. 劉揚忠：《詩與酒》（臺北：文津出版社，1994年1月初版）。

16. 魯迅：《而已集》（台北：風雲時代，1989年）。

17. 鍾優民、張松如：《中國詩歌史·魏晉南北朝》（高雄：麗文出版社，1994年）。

18. 袁之琦、游恒山編譯：《心理學名詞辭典》（台北：五南圖書出版，1993年）。

19. 馬文·哈裏斯著：《文化人類學》（台北：東方出版社，1988年）。

20. 馮契主編：《哲學大辭典》（上海：辭書出版社，1991年）。

二、學位論文（依年代先後順序排列）

1. 鄭安森《陶淵明思想研究》（國立臺灣師範大學國文研究所碩士論文，1986年）。

2. 崔年均《陶淵明詩承襲探析》（國立台灣大學中國文學研究所碩士論文，1986年）。

3. 金南喜《魏晉飲酒詩探析》（國立台灣大學中文所碩士論文，1992年6月）。

4. 楊玉成《陶淵明文學研究》（國立政治大學中國文學研究所博士論文，1992年6月）。

5. 李清筠《時空情境中的自我影像——以阮籍、陸機、陶淵明詩為例》（國立臺灣師範大學國文研究所博士論文，1998年）。

6. 孫鐵吾《李白詩歌中植物意象研究》（國立台灣師範大學國文研究所碩士論文，1998年5月）。

7. 陳靜利《詩經草木意象》（國立台灣師範大學國文研究所碩士論文，1998 年 6 月）。

8. 彭壽綺《唐詩中「雲」意象之承襲與延展——以初、盛唐爲主》（國立中興大學中國文學系碩士論文，1998 年 6 月）。

9. 許曉晴《論陶淵明詩歌中的理性精神》（廣西師範大學中文研究所碩士論文，2000 年 4 月）。

10. 吳瓊玫《唐詩魚類意象研究》（國立台灣師範大學國文研究所碩士論文，2000 年 6 月）。

11. 張雅慧《唐詩中「楊柳」意象之研究》（東吳大學中國文學系碩士論文，2000 年 6 月）。

12. 陳思穎《從詠懷詩意象探索阮籍的生命情調》（國立高雄師範大學國文學系碩士論文，2000 年 6 月）。

13. 張悅《詩與思之和諧交融——論中國傳統哲學中的意象思維》（陝西師範大學中文研究所碩士論文，2001 年 5 月）。

14. 孫榮《詩經植物意象探微——物我互通 生命一體的信仰及其藝術表現》（東北師範大學中文研究所碩士論文，2002 年 4 月）。

15. 梁驍《先秦典籍中的水意象》（蘇州大學中文研究所碩士論文，2002 年 4 月）。

16. 劉雅杰《詩經水意象綜論》（東北師範大學中文研究所碩士論文，2002 年 4 月）。

17. 榮小措《試論古代詩歌中的風意象》（西北大學中文研究所碩士論文，2002 年 5 月）。

18. 楊明哲《詩經獸類意象研究》（玄奘人文社會學院中國語文研究所碩士論文，2002 年 6 月）。

19. 蔡碧芳《南朝詩歌中柳意象研究》（彰化師範大學國文學系在職進修專班碩士論文，2002 年 8 月）。

20. 蘇娟巧《賴和漢詩意象研究》（國立彰化師範大學國文學系在職進修專班碩士論文，2002 年 8 月）。

21. 戴士媛《魏晉文學之生死觀研究——以阮籍・陸機・陶淵明爲例》（南華大學文學研究所碩士論文，2002 年）。

22. 鄭宜玟《陶淵明的生命哲學》（東海大學哲學系碩士論文，2004 年）。

23. 黃惠暖：《東坡詞草木意象研究》（國立台灣師範大學國文研究所教學碩士班碩士論文，2003 年 1 月）。

24. 劉益州：《詩經中「山」意象的表現與運用》（國立東華大學中國語文學系碩士論文，2003 年 6 月）。

25. 劉金菊《陶淵明詩修辭探究》(玄奘人文社會學院中國文學所碩士論文，2003 年)。

26. 林梧衛：《李白詩歌酒意象研究》(玄奘大學中國語文研究所碩士論文，2004 年)。

27. 金龍：《陶淵明詩文的生命體驗》(江西師範大學中文研究所碩士論文，2004 年 5 月)。

28. 陳燕玲《陶淵明與魏晉風流之研究》(國立成功大學中國文學系碩士論文，2004 年)。

29. 陳佳君：《辭章意象形成論》(國立台灣師範大學國文研究所博士論文，2004 年 6 月)。

30. 黃文琪：《詩經自然意象之美學觀》(國立台灣師範大學國文研究所碩士論文，2004 年 6 月)。

31. 張惠蓮《陶淵明的生命智慧》(佛光人文社會學院生命學研究所碩士論文，2005 年)。

32. 陳麗足：《陶詩中的生命層境與藝術風格》(國立台灣師範大學國文研究所教學碩士班碩士論文，2005 年 6 月)。

33. 鄭淳云《人與自然的對話──陶詩自然意象研究》(國立台灣師範大學國文系碩士論文，2005 年)。

34. 游顯惠《陶淵明飲酒詩及其生命意涵之研究》(國立台灣師範大學國文系碩士論文，2006 年)。

35. 吳泰炎《陶淵明詩歌中之審美意識研究》(中國文化大學中國文學研究所碩士在職專班碩士論文，2006 年)。

三、期刊論文 (依年代先後順序排列)

1. 李長之〈陶淵明的孤獨之感及其否定精神〉《文學雜誌》第二卷第十一期，1948 年。

2. 尉天驄〈從陶淵明的飲酒詩談起〉《文藝月刊》第 43 期，1973 年 1 月。

3. 蔡阿聰〈人生的理想化──再論陶淵明〉《漳州師院學報》第 1 期，1994 年。

4. 衛言〈文學意象的文化底蘊──意象主題史初探〉《十堰大學學報‧社科版》第 4 期，1994 年。

5. 賈莉〈景爲情設──陶淵明詩歌淺析〉《蘭州商學院學報》第 29 期，1994 年。

6. 林文月〈讀陶潛「責子」詩〉《中外文學》第 268 期，1994 年 9 月。

7. 王國瓔〈陶詩中的隱居之樂〉《台大中文學報》第七期，1995 年。

8. 朱明秋〈論淵明的自然觀〉《桂林市教育學院學報‧綜合版》第 27 期，1995 年。

9. 梁德林〈古代詩歌中的雲意象〉《廣西師院學報‧哲學社會科學版》第 1 期，1995 年。

10. 劉晨鳴〈酒與詩之精神通綴——讀陶淵明〉《川東學刊社會科學版》第 5 卷第 1 期，1995 年 1 月。

11. 楊玉成〈鄉村共同體：陶淵明「勸農」詩〉《大陸雜誌》第 90 卷，第 3 期，1995 年 3 月。

12. 陳美利〈有酒盈樽——談陶淵明的酒〉《語文學報》第 2 期，1995 年 6 月。

13. 魏娟莉〈從性格氣質看陶淵明的歸田〉《許昌師專學報‧社會科學版》第 15 卷第 1 期，1996 年。

14. 袁達〈談談陶潛詩文中的「太陽——英雄」原型〉《鄭州工學院學報‧社科版》第 1 期，1996 年。

15. 辛剛果〈「意象」辨析〉《聊城師範學院學報‧哲學社會科學版》第 2 期，1996 年。

16. 梁德林〈古代詩歌中的「風」意象〉《社會科學輯刊》總第 103 期，1996 年，第 2 期。

17. 傅正玲〈論陶淵明的「真」〉《中國語文》第 463 期，1996 年 1 月。

18. 陳美利〈陶淵明的文學創作風格〉《語文學報》第 3 期，1996 年 6 月。

19. 余淑瑛〈陶淵明「閑情賦」悲感之探究〉《嘉義農專學報》第 47 期，1996 年 8 月。

20. 胡鎮昇〈陶淵明的體驗與創作〉《壢商學報》第 5 期，1997 年 5 月。

21. 陳美利〈陶淵明的思想探究〉《語文學報》第 4 期，1997 年 6 月。

22. 簡有儀〈陶公詠懷詩辨〉《輔仁學誌——文學院之部》第 26 期，1997 年 6 月。

23. 祝菊賢〈陶淵明〈雜詩〉詩歌意象結構管窺〉《西北大學學報‧哲學社會科學版》第 26 卷第 4 期，1997 年 12 月。

24. 祝菊賢〈生命自我與現實自我的糾葛與化——陶淵明〈飲酒〉詩七首意象結構探索〉《西北大學學報‧哲學社會科學版》第 27 卷第 2 期，1997 年。

25. 李柳芳〈唐代詩歌與中國的酒文化〉《廣西廣播電視大學學報》第

九卷第四期，1998 年。

26. 張淑琴、高鳳偉：〈陶淵明詩文中「樹」的意象〉《濟南大學學報》第 8 卷第 4 期，1998 年。

27. 陳長榮〈適性抒懷與緣意寫景──陶淵明詠懷詩意境論〉《鐵道師院學報》第 15 卷第 3 期，1998 年 6 月。

28. 蘇芸〈陶淵明的作品中閃耀著真善美的光輝〉《西部學壇》第 1 期，1998 年 6 月。

29. 彭茵〈中國古典詩歌中的菊花意象〉《學術論壇》1998 年 6 月。

30. 馬現誠〈陶淵明的「安道苦節」及其人生境界〉《廣西民族學院學報‧哲學社會科學版》第 20 卷第 3 期 1998 年 7 月。

31. 陳美利〈陶淵明的「自然」觀〉《語文學報》第 5 期，1998 年 12 月。

32. 段學儉〈《詩經》中「南山」意象的文化意蘊〉《遼寧師範大學學報‧社科版》第 3 期，1999 年。

33. 郭文麗〈陶淵明歸隱中的性格因素〉《九江師專學報‧哲學社會科學版》第 4 期，1999 年。

34. 蕭家成〈酒文化與文明飲酒〉《中國飲食文化基金會訊》第 5 卷第 1 期，1999 年 2 月。

35. 傅武光〈陶淵明的「飲酒」詩〉《國文天地》第 166 期，1999 年 3 月。

36. 徐孝先〈論中國古典詩歌「意」與「境」的交融〉《遼寧教育學院學報》第 2 期 1999 年 3 月。

37. 黃亞卓〈試論陶淵明詩歌「真」的美學蘊味〉《廣西師範大學學報‧哲學社會科學版》第 35 卷第 1 期 1999 年 3 月。

38. 劉雪梅〈論陶中「松」、「菊」、「桃源」意象的道教神話原型〉《藝苑縱橫》1999 年 3 月。

39. 張玉芳〈陶淵明詩中的「風」之意象〉《中國文學研究》第 13 期，1999 年 5 月。

40. 沈凡玉〈陶淵明「讀山海經十三首」中的死亡超越〉《中國文學研究》第 13 期 1999 年 5 月。

41. 林智莉〈陶淵明「飲酒二十首」的三重悲哀〉《中國文學研究》第 13 期 1999 年 5 月。

42. 張宏軍〈略論陶淵明隱逸思想的發展軌跡〉《新疆師範大學學報‧哲學社會科學版》第 20 卷，第 3 期，1999 年 7 月。

43. 黃淑貞〈陶淵明「飲酒」詩試探〉《中國文化月刊》第 233 期，1999
    年 8 月。

44. 孫明君〈陶淵明：幻滅的田園夢〉《陝西師範大學學報·哲學社會
    科學版》第 28 卷第 3 期，1999 年 9 月。

45. 陳美利〈陶淵明詩文中「自然」意蘊之解析〉《語文學報》第 6 期，
    1999 年 12 月。

46. 孫曉梅〈回歸自然──陶淵明對生命的體驗方式〉《江西社會科學》
    第 2 期，2000 年。

47. 孫曉梅〈論陶淵明詩文生命主題的表現形式〉《江西社會科學》第 3
    期，2000 年。

48. 陸建祖〈鳥、菊、酒──陶淵明田園詩審美意象探析〉《電大教學》
    第 138 期，2000 年第 3 期。

49. 孫東臨〈萬物各有託，孤雲獨無依──陶淵明內心世界管窺〉《江
    漢論壇》2000 年 2 月。

50. 黃雅莉〈陶潛筆下桃源世界及其隱含的心理訊息〉《中國語文》第
    513 期，2000 年 3 月。

51. 馬雲萍〈陶淵明入仕及歸隱心態探析〉《大連教育學院學報》第 16
    卷，第 2 期，2000，年 6 月。

52. 高玉蘭〈詩歌語言中的意象〉《西安外國語學院學報》第 8 卷第 2
    期，2000 年 6 月。

53. 張郁欽〈論陶淵明田園詩的思想內容及其藝術特色〉《武漢冶金管
    理幹部學院學報》第 10 卷第 2 期，2000 年 6 月。

54. 景蜀慧〈陶淵明「讀「山海經」十三首政治主題疏釋〉《成大中文
    學報》第 8 期，2000 年 6 月。

55. 錢煥新〈淺析詩歌中的意象組合與感情定向〉《湖南廣播電視大學
    學報》第 2 期，2000 年 6 月。

56. 李剛〈陶謝詩意象比較〉《內蒙古大學學報·人文社會科學版》第
    32 卷增刊，2000 年 6 月。

57. 王曉衛〈魏晉詩歌中的「南山」意象〉《貴州大學學報·社會科學
    版》第 18 卷第 5 期，2000 年 9 月。

58. 羅靖〈論陶淵明生命價值本體中的人文意蘊〉《湖南商學院學報·
    雙月刊》第 7 卷第 5 期，2000 年 9 月。

59. 遙光〈孤傲的青松──陶淵明〉《國文天地》第 16 卷第 4 期，2000
    年 9 月。

60. 週期政〈陶淵明真淳的人格追求〉《郴州師範高等專科學校學報》

第 21 卷，第 5 期，2000 年 10 月。

61. 盧明瑜〈兩篇陶文淺析〉《德明學報》，第 16 期，2000 年 12 月。

62. 李迎新〈歸鳥意象與陶淵明的自然哲學觀〉《理論觀察》第 1 期，2001 年。

63. 鄧安生〈陶淵明的「任眞」與陶詩的自然本色〉《第二屆中日陶淵明學術研討會文集》《九江師專學報》，2001 年增刊。

64. 祝紉秋〈論陶淵明詩的「四趣」〉《甯師專學報・社會科學版》總第 17 期，2001 年，第 5 期。

65. 查曉波〈仕途・田園・桃源──陶淵明田園思想述評〉《江淮論壇》第 6 期，2001 年。

66. 王小玲〈淺談中國古典詩歌的意境美〉《南昌教育學院學報》第 16 期，2001 年。

67. 戴建業〈「委心」與「委運」──論陶淵明的存在方式〉《第二屆中日陶淵明學術研討會文集》《九江師專學報》，2001 年增刊。

68. 王海平〈陶淵明隱逸心理結構及詩歌意境〉《社會科學家》第 88 期，2001 年 3 月。

69. 梅大聖〈詠貧士：陶淵明歸田心態及其理想人格模式構想的描述〉《遼寧大學學報・哲學社會科學版》第 29 卷第 2 期，2001 年 3 月。

70. 霍建波〈人品與花品──陶淵明與菊花之關係小論〉《集寧師專學報》第 23 卷第 1 期，2001 年 3 月。

71. 朱榮智〈中國傳統文人的三種生命情調──以屈原、陶淵明、蘇東坡爲例〉《國文天地》第 191 期，2001 年 4 月。

72. 張虎升〈陶淵明的夕照情結〉《江漢大學學報》第 18 卷，第 2 期，2001 年 4 月。

73. 鄭夙姿〈從陶淵明的田園詩見其獨特的人生觀〉《語文教育通訊》，第 22 期，2001 年 6 月。

74. 孫春旻〈論古典詩詞意象的因襲〉《鄭州大學學報・哲學社會科學版》34 卷，第 4 期，2001 年 7 月。

75. 蕭瑤〈意象淺說〉《乾坤詩刊》第 19 期，2001 年 7 月。

76. 謝群〈試論中國古典詩歌意象群組合的歷史傳承性〉《湘潭師範學院學報・社會科學版》第 23 卷，第 4 期，2001 年 7 月。

77. 呂建春〈意象間距的探討〉《臺灣詩學季刊》第 36 期，2001 年 9 月。

78. 楊實和〈詩歌靠意象的經營而生輝〉《信陽農業高等專科學校學報》

第 11 卷第 3 期，2001 年 9 月。

79. 田忠輝、李淑霞〈意象思維的「詩化」之路〉《佳木斯大學社會科學學報》第 19 卷第 5 期，2001 年 10 月。

80. 鄭源發〈陶淵明的變身手段——陶詩中的酒與鳥〉《國文天地》第 198 期，2001 年 11 月。

81. 孫靜〈論陶淵明的重「心」與重「意」——陶詩特點之根源〉《樹仁學報》第 2 期，2001 年 12 月。

82. 劉來春〈平淡中見豪放，豪放中蘊平淡——從陶詩中的菊花意象再議陶詩風格〉《安徽工業大學學報社會科學版》第 4 期，2001 年 12 月。

83. 胡曉靖〈淺談意象在詩歌中的地位和作用〉《許昌師專學報》第 21 卷第 4 期，2002 年。

84. 趙原均〈飛動的精靈，不安的靈魂——陶淵明與鳥的再探析〉《青海社會科學》第 3 期，2002 年。

85. 屈光〈中國古典詩歌意象論〉《中國社會科學》第 3 期，2002，年。

86. 高國藩〈論陶淵明詠風〉《鹽城師範學院學報，哲學社會科學版》第 1 期，2002 年。

87. 崔鳳珍〈淺談陶淵明詩的理趣〉《內蒙古電大學刊》總第 48 期，2002 年，第 2 期。

88. 李海燕〈陶淵明與隱士文化〉《山東教育學院學報》第 2 期，2002 年。

89. 李耀南〈玄學視野中的陶淵明人生觀和審美人生境界〉《華中科技大學學報·人文社會科學版》第 6 期，2002 年。

90. 程鴻〈陶淵明田園詩的自然風格〉《語文學刊》第 3 期，2002 年。

91. 杜勃妹〈陶淵明詩中的含蓄美〉《內蒙古科技與經濟》第 12 期，2002 年。

92. 張鈞、付振華〈淺析陶淵明生命哲學的兩個層次〉《內蒙古民族大學學報·社會科學版》第 28 卷，第 1 期，2002 年 2 月。

93. 王傳康〈詩文與醇酒的完美結合——陶淵明詠酒之作賞論〉《南京廣播電視大學學報》第 3 期，2002 年 3 月。

94. 王雪梅〈從儒士到隱者——淺析陶淵明思想之轉變〉《勝利油田師範專科學校學報》第 16 卷第 1 期，2002 年 3 月，。

95. 高文〈盛年不重來，一日難再晨——論陶淵明詩歌中「晨」意象〉《井岡山師範學院學報·哲學社會科學》第 23 卷第 2 期，2002 年 4 月。

96. 陳沆淵〈陶淵明田園詩所反映的農村景物和生活〉《廣東文獻》第 118 期，2002 年 4 月。

97. 張泉〈論陶淵明的隱逸及隱逸生活〉《理論學刊》第 109 期，2002 年 5 月。

98. 黃耀東〈管析陶淵明的思想特色〉《廣西民族學院學報・哲學社會科學版》院慶專輯，2002 年 5 月。

99. 杜宏偉〈論中國古典詩歌的意象美〉《三門峽職業技術學院學報》第 1 卷第 1 期，2002 年 6 月。

100. 周敏華〈陶淵明「飲酒詩」淺析〉《中國語文》第 540 期，2002 年 6 月。

101. 張娣明〈戰爭動亂中的陶淵明及其解脫之道〉《中國學術年刊》第 23 期，2002 年 6 月。

102. 陳宜伶〈論陶淵明之「任眞」與「自得」〉《東華中國文學研究》第 1 期，2002 年 6 月。

103. 楊繼新〈淺談陶淵明詩歌的植物意象〉《徐州教育學院學報》第 17 卷，第 2 期，2002 年 6 月。

104. 趙慧先〈眞淳淡遠的田園意趣——淺談陶淵明詩歌的藝術風格〉《邯鄲職業技術學院學報》第 15 卷，第 2 期，2002 年 6 月　。

105. 林敬文〈陶淵明爲人及其詩文蘊藏的哲理之探索〉《運籌研究集刊》第 1 期 2002 年 6 月。

106. 秦麗輝〈意境生成結構的符號學分析〉《雲南民族學院學報・哲學社會科學版》第 19 卷第 4 期，2002 年 7 月。

107. 白振奎〈陶詩與鳥——兼論陶淵明玄學人生觀的詩意轉換〉《南昌大學學報・人社版》第 33 卷第 3 期 2002 年 7 月。

108. 陳曉芬〈天生萬物，餘得爲人——論陶淵明的生命意識〉《華東師範大學學報・哲學社會科學版》第 34 卷，第 4 期，2002 年 7 月。

109. 吳廣義〈人生旨趣與文學藝術的和諧統——試論陶淵明田園模式的建構〉《陰山學刊》第 15 卷第 4 期，2002 年 8 月。

110. 花志紅〈古詩中「月」的意象淺析〉《雁北師範學院學報》第 18 卷第 4 期，2002 年 8 月。

111. 江合友〈論陶淵明詩的哲學境界〉《景德鎮高專學報》第 17 卷第 3 期，2002 年 9 月。

112. 余偉〈論陶淵明的超脫與執著〉《浙江工商職業技術學院學報》第 1 卷第 3 期，2002 年 9 月。

113. 劉蔚〈陶淵明詩文中「樂」的內涵〉《徐州師範大學學報・哲學社

會科學版》第 28 卷，第 3 期，2002 年 9 月。

114. 周國權〈論古典詩歌意與象的距離〉《同濟大學學報‧社會科學版》第 13 卷第 5 期，2002 年 10 月。

115. 傅正義〈中國詩歌「無我之境」奠基者──陶淵明〉《西南民族學院學報‧哲學社會科學版》第 23 卷第 10 期，2002 年 10 月。

116. 范偉軍〈中國古典詩歌意境「空白」論〉《河北學刊》第 22 卷第 6 期，2002 年 11 月。

117. 許程明〈試論陶淵明詩文中的樹木意象〉《韓山師範學院學報》第 23 卷第 4 期，2002 年 12 月。

118. 吳蘇陽〈意象與意境〉《松遼學刊‧人文社會科學版》第 6 期，2002 年 12 月。

119. 林敬文〈陶淵明美學思想之探索〉《運籌研究集刊》第 2 期，2002 年 12 月。

120. 王曉坤、賈卉〈陶淵明的任真情結〉《長春大學學報》第 13 卷第 1 期，2003 年 2 月。

121. 歐宗智〈阮籍陶潛之處世態度及其詩風〉《中國語文》第 548 期，2003 年 2 月。

122. 干天全〈論詩歌意象與意境的創造〉《溫州大學學報》第 1 期，2003 年 3 月。

123. 李錦娣〈陶淵明的美學思想〉《岱宗學刊》第 7 卷第 1 期，2003 年 3 月。

124. 曹勝高〈論古典詩歌「境」的構成〉《河南科技大學學報‧社會科學版》第 21 卷第 1 期，2003 年 3 月。

125. 楊桂珍〈詩的「意象」說〉《遼寧工程技術大學學報‧社會科學版》第 5 卷，第 2 期，2003 年 3 月。

126. 梁德林〈古代詩歌中的水意象〉《廣西師範學院學報‧哲學社會科學版》，第 24 卷，第 2 期，2003 年 4 月。

127. 施劍南〈陶淵明的田園詩初探〉《齊齊哈爾大學學報‧哲學社會科學版》2003 年 5 月。

128. 黃翠芬〈中國詩學中比興意象的傳統思維〉《朝陽學報》第 8 卷，第 1 期，2003 年 6 月。

129. 李健〈比興思維與意象的生成〉《韶關學院學報‧社會科學版》第 24 卷第 7 期，2003 年 7 月。

130. 錢志富〈陶淵明的意義〉《葡萄園詩刊》第 159 期，2003 年 8 月。

131. 薛書文〈陶淵明的哲學思想與陶詩的自然平淡之美〉《焦作工學院學報·社會科學版》第 4 卷第 3 期，2003 年 8 月。

132. 王平〈就陶淵明藝術造詣論其在文學史上的地位與影響〉《南亞學報》第 23 期，2003 年 8 月。

133. 鄭新安〈論詩的意象〉《鄭州輕工業學院學報·社會科學版》，第 4 卷第 3 期，2003 年 9 月。

134. 魏耕原〈飛鳥意象穿翔魏晉詩賦的衍變歷程〉《陝西師範大學學報·哲學社會科學版》第 32 卷第 5 期，2003 年 9 月。

135. 黎俐均〈陶淵明「歸園田居·其三」之篇旨及章法分析〉《國文天地》第 221 期，2003 年 10 月。

136. 許之遠〈飲酒文學及其影響〉《僑協雜誌》第 83 期，2003 年 10 月。

137. 李麗英〈陶淵明飲酒詩之五篇旨探析〉《中學辭章教學》2003 年 10 月。

138. 向明〈論詩中的意象〉《臺灣詩學學刊》第 2 期，2003 年 11 月。

139. 周靜佳〈酣觴賦詩──論陶詩的飲酒主題〉《成大中文學報》第 11 期，2003 年 11 月。

140. 曹福剛、陳學文〈論陶淵明田園詩的藝術特色〉《渭南師範學院學報》第 18 卷，第 6 期，2003 年 11 月。

141. 陳巍仁〈陶淵明「固窮」析論〉《中國語文》第 558 期，2003 年 12 月。

142. 黃志盛〈魏晉文人的生命抉擇〉《國文高雄海院學報》第 18 期，2003 年 12 月。

143. 周曉琳〈平淡出於自然──陶淵明「自然」心態解析〉《西華師範大學學報·哲社版》第 5 期，2003 年。

144. 李彥華〈從陶淵明的詩文中看魏晉時代的人生態度〉《遼寧師專學報·社會科學版》第 29 期 2003 年。

145. 馬榮江、劉香蘭〈從《榮木》詩看陶淵明的內心世界〉《青海師專學報·教育科學》第 3 期，2003 年。

146. 黎曉玲〈陶淵明歸田詩的「靜」〉《成都大學學報·社科版》第 3 期，2003 年。

147. 黃真美〈陶淵明與酒〉《萬芳學報》創刊號，2004 年。

148. 吳俊傑〈自然真率沖淡虛靜──談陶淵明的南山人格〉《山東省農業管理幹部學院學報》第 20 卷第 5 期，2004 年。

149. 黃志文〈詩語平淡萬古秀，華芬落盡見真淳〉《語文天地》第一期，

2004 年。

150. 王叔新〈試論陶淵明詩文真率美的美育意義〉《廣西社會科學》總第 109 期第 7 期，2004 年，。

151. 韋春喜〈試論陶淵明《詠貧士》七首〉《阜陽師範學院學報・社會科學版》總第 97 期，第 1 期，2004 年，。

152. 袁文意〈陶淵明隱逸身形的背後──兼談儒道人生觀的消漲融合〉《重慶三峽學院學報》第 20 卷，第 5 期，2004 年。

153. 週期政〈論陶淵明隱逸的表達模式〉《三峽大學學報・人文社會科學版》第 26 卷，第 1 期，2004 年 1 月。

154. 潘銘基〈誰是荊軻的知己──兼論陶淵明「詠荊軻」的注釋問題〉《國文天地》第 224 期，2004 年 1 月。

155. 韋燕寧〈靜念園林好，商歌非吾事──陶淵明歸田探析〉《南寧師範高等專科學校學報》第 21 卷第 1 期，2004 年 3 月。

156. 馬銀華〈此中有真意，欲辨已忘言──論陶淵明的自然人生〉《濰坊學院學報》2004 年 5 月。

157. 鄭琇文〈蘇陶「飲酒」詩之特色比較〉《雲漢學刊》第 11 期，2004 年 5 月。

158. 蔡瑜〈試從身體空間論陶詩的田園世界〉《清華學報》新 34 卷第 1 期，2004 年 6 月。

159. 康雲山〈由語言藝術談陶詩「天然」、「真淳」的意蘊〉《南師語教學報》第 2 期，2004 年 7 月。

160. 李曉黎〈試論陶詩中的酒意象〉《宿州學院學報》第一期，2005 年。

161. 蔡瑜〈從飲酒到自然──以陶詩為核心探討〉《台大中文學報》第二十二期 2005 年 6 月。

162. 楊善利〈從鳥類意象看陶淵明的心路歷程〉《連雲港職業技術學院學報》第 18 卷第 3 期，2005 年 9 月。

163. 蔡琇瑩〈飲酒其四賞析〉《古典文學》2005 年 10 月。

164. 楊立群〈雲無心以出岫，鳥倦飛而知還──淺析陶淵明詩文中雲的意象〉《寶文理學院學報社會科學版》第 25 卷第 6 期 2005 年 12 月。

165. 豆紅橋〈鳥，酒，山──論陶淵明詩歌意象建構及其象喻意義〉《河西學院學報》第 6 期，2006 年。

166. 溫虎林〈陶淵明詩歌中「南山」意象探析〉《甘肅高師學報》第 11 卷第 3 期，2006 年。

167. 周靜佳〈從世說新語論名士飲酒〉《六朝學刊》第 2 期，2006 年 6

月。

168. 史玉風〈陶淵明詩文中的鳥意象解讀〉《無錫商業職業技術學院學報》第 6 卷第 4 期，2006 年 8 月。

169. 張谷良〈醉翁之意不在酒，而亦在酒——試論陶淵明之酒趣〉《虎尾科技大學學報》第二十五卷第三期，2004 年 9 月。

170. 陳龍〈從詩文看陶淵明的詩與酒〉《玉溪師範學院學報》第十一期，2007 年。

171. 洪靜云〈陶淵明詩中鳥意象探析〉《文教資料》2007 年 8 月號中旬刊。

172. 陳春平〈陶淵明詩鳥意象探微〉《康定民族師範高等專科學校學報》第 16 卷第 4 期 2007 年 8 月。

173. 凌朝棟〈高鳥，羈鳥，歸鳥——折射陶淵明三種歷程的鳥類意象〉《渭南師範學院中文系名作欣賞》第四期 2008 年。

附錄　陶淵明飲酒詩意象

編號	詩題	原　詩　義	意　象	備註
1	停雲序	停雲，思親友也。罇湛新醪，園列初榮，願言不從，歎息一彌襟。 靄靄停雲，濛濛時雨。八表同昏，平路伊阻。 靜寄東軒，春醪獨撫。良朋悠邈，搔首延佇。 停雲靄靄，時雨濛濛。八表同昏，平陸成江。 有酒有酒，閒飲東窗。願言懷人，舟車靡從。 東園之樹，枝條再榮。競用新好，以怡余情。 人亦有言，日月于征。安得促席，說彼平生。 翩翩飛鳥，息我庭柯。斂翮閒止，好聲相和。 豈無他人，念子實多。願言不獲，抱恨如何！	酒、雲、雨、江、樹、日、月、飛鳥、	
2	時運並序	時運，游暮春也。春服既成，景物斯和，偶影獨游，欣慨交心。 邁邁時運，穆穆良朝。襲我春服，薄言東郊。 山滌餘靄，宇曖微霄。有風自南，翼彼新苗。 洋洋平澤，乃漱乃濯。邈邈遐景，載欣載矚。 稱心而言，人亦易足。揮茲一觴，陶然自樂。 延目中流，悠想清沂。童冠齊業，閒詠以歸。 我愛其靜，寤寐交揮。但恨殊世，邈不可追。 斯晨斯夕，言息其廬。花藥分列，林竹翳如。 清琴橫床，濁酒半壺。黃唐莫逮，慨獨在余。	酒、山、靄、風、澤	

3	榮木並序	榮木，念將老也。日月推遷，已復九夏。總角聞道，白首無成。 采采榮木，結根于茲。晨耀其華，夕已喪之。人生若寄，顦顇有時。靜言孔念，中心悵而。 采采榮木，于茲託根。繁華朝起，慨暮不存。貞脆由人，禍福無門。匪道曷依，匪善奚敦。 嗟予小子，稟茲固陋。徂年既流，業不增舊。志彼不舍，安此日富。我之懷矣，怛焉內疚。 先師遺訓，余豈之墜。四十無聞，斯不足畏。脂我名車，策我名驥。千里雖遙，孰敢不至。	酒、木、日月、驥	
4	酬丁柴桑	有客有客，爰來宦止。秉直司聰，惠于百里。飡勝如歸，聆善若始。匪惟諧也，屢有良游。載言載眺，以寫我憂。放歡一遇，既醉還休。實欣心期，方從我遊。	酒	
5	答龐參軍並序（四言）	龐爲衛軍參軍，從江陵使上都，過潯陽見贈。 衡門之下，有琴有書。載彈載詠，爰得我娛。豈無他好，樂是幽居。朝爲灌園，夕偃蓬廬。人之所寶，尚或未珍。不有同愛，云胡以親。我求良友，實覯懷人。歡心孔洽，棟宇惟鄰。伊余懷人，欣德孜孜。我有旨酒，與汝樂之。乃陳好言，乃著新詩。一日不見，如何不思。嘉游未斁，誓將離分。送爾于路，銜觴無欣。依依舊楚，邈邈西雲。之子之遠，良話曷聞。昔我云別，倉庚載鳴。今也遇之，霰雪飄零。大藩有命，作使上京。豈忘宴安，王事靡寧。慘慘寒日，肅肅其風。翩彼方舟，容裔江中。勗哉征人，在始思終。敬茲良辰，以保爾躬。		
6	形影神並序 形贈影	貴賤賢愚，莫不營營以惜生，斯甚惑焉。故極陳形影之苦，言神辨自然以釋之。好事君子，共取其心焉。 形贈影 天地長不沒，山川無改時。草木得常理，霜露榮悴之。謂人最靈智，獨復不如茲。適見在世中，奄去靡歸期。奚覺無一人，親識豈相思。但餘平生物，舉目情悽洏。我無騰化術，必爾不復疑。願君取吾言，得酒莫苟辭。		

7	影答形	存生不可言，衛生每苦拙。誠願遊崑華，邈然茲道絕。與子相遇來，未嘗異悲悅。憩蔭若暫乖，止日終不別。此同既難常，黯爾俱時滅。身沒名亦盡，念之五情熱。立善有遺愛，胡可不自竭。酒云能消憂，方此詎不劣。		
8	神釋	大鈞無私力，萬物自森著。人爲三才中，豈不以我故。與君雖異物，生而相依附。結託善惡同，安得不相語。三皇大聖人，今復在何處。彭祖愛永年，欲留不得住。老少同一死，賢愚無復數。日醉或能忘，將非促齡具。立善常所欣，誰當爲汝譽。甚念傷吾生，正宜委運去。縱浪大化中，不喜亦不懼。應盡便須盡，無復獨多慮。		
9	九日閑居並序	余閑居，愛重九之名。秋菊盈園，而持醪靡由，空服九華，寄懷於言。 世短意恆多，斯人樂久生。日月依辰至，舉俗愛其名。露淒暄風息，氣澈天象明。往燕無遺影，來雁有餘聲。酒能袪百慮，菊爲制頹齡。如何蓬廬士，空視時運傾。 塵爵恥虛罍，寒華徒自榮。斂襟獨閑謠，緬焉起深情。棲遲固多娛，淹留豈無成。		
10	歸園田居（二）	野外罕人事，窮巷寡輪鞅。白日掩荊扉，對酒絕塵想。時復墟里人，披草共來往。相見無雜言，但道桑麻長。桑麻日已長，我土日已廣。常恐霜霰至，零落同草莽。		
11	歸園田居（五）	悵恨獨策還，崎嶇歷榛曲。山澗清且淺，遇以濯吾足。漉我新熟酒，隻雞招近局。日入室中闇，荊薪代明燭。歡來苦夕短，已復至天旭。		
12	遊斜川並序	辛酉正月五日，天氣澄和，風物閑美。與二三鄰曲，同遊斜川。臨長流，望曾城。魴鯉躍鱗於將夕，水鷗乘和以翺飛，彼南阜者，名實舊矣，不復乃爲嗟歎。若夫曾城，傍無依接，獨秀中皋，遙想靈山，有愛嘉名；欣對不足，率共賦詩，悲日月之遂往，悼吾年之不留。各疏年紀鄉里，以記其時日。 開歲倏五十，吾生行歸休，念之動中懷，及辰爲茲遊。氣和天惟澄，班坐依遠流。弱湍馳文魴，閑谷矯鳴鷗。迴澤散游目，緬然睇曾丘。雖微九重秀，顧瞻無匹儔。提壺接賓	魚、鳥、酒、山水	

	侶，引滿更獻酬，未知從今去，當復如此不？中觴縱遙情，忘彼千載憂。且極今朝樂，明日非所求。		
13	乞食	飢來驅我去，不知竟何之。行行至斯里，叩門拙言辭。主人解余意，遺贈豈虛來。談諧終日夕，觴至輒傾杯。情欣新知勸，言詠遂賦詩。感子漂母惠，愧我非韓才。銜戢知何謝，冥報以相貽。	觴
14	諸人共遊周家墓柏下	今日天氣佳，清吹與鳴彈。感彼柏下人，安得不爲歡。清歌散新聲，綠酒開芳顏。未知明日事，余襟良已殫。	鳴、柏、酒
15	答龐參軍並序	三復來貺，欲罷不能。自爾鄰曲，冬春再交。欵然良對，忽成舊游。俗諺云：「數面成親舊。」況情過此者乎？人事好乖，便當語離。楊公所歎，豈惟常悲！吾抱疾多年，不復爲文。本既不豐，復老病繼之。輒依周禮往復之義，且爲別後相思之資。 相知何必舊，傾蓋定前言。有客賞我趣，每每顧林園。談諧無俗調，所說聖人篇。或有數斗酒，閑飲自歡然。我實幽居士，無復東西緣。物新人惟舊，弱毫多所宣。情通萬里外，形跡滯江山。君其愛體素，來會在何年？	林、酒、江山
16	連雨獨飲	運生會歸盡，終古謂之然。世間有松喬，於今定何間？故老贈余酒，乃言飲得仙。試酌百情遠，重觴忽忘天。天豈去此哉，任眞無所先。雲鶴有奇翼，八表須臾還。 自我抱茲獨，僶俛四十年。形骸久已化，心在復何言。	松喬、酒天、鶴（鳥）
17	移居二	春秋多佳日，登高賦新詩。過門更相呼，有酒斟酌之。農務各自歸，閑暇輒相思，相思則披衣，言笑無厭時。此理將不勝，無爲忽去茲。衣食當須紀，力耕不吾欺。	酒
18	和劉柴桑	山澤久見招，胡事乃躊躇。直爲親舊故，未忍言索居。良辰入奇懷，挈杖還西廬。荒塗無歸人，時時見廢墟。茅茨已就治，新疇復應畬。谷風轉淒薄，春醪解饑劬。弱女雖非男，慰情良勝無。栖栖世中事，歲月共相疏。耕織稱其用，過此奚所須。去去百年外，身名同翳如。	山水、谷風、醪、歲月、年	隱居生活

19	和郭主簿（一）	藹藹堂前林，中夏貯清陰。凱風因時來，回飆開我襟。息交遊閑業，臥起弄書琴。園蔬有餘滋，舊穀猶儲今。營己良有極，過足非所欽。春秫作美酒，酒熟吾自斟。弱子戲我側，學語未成音。此事眞復樂，聊用忘華簪。遙遙望白雲，懷古一何深。	凱風、酒、雲
20	和郭主簿（二）	和澤同三春，華華涼秋節。露凝無游氛，天高風景澈。陵岑聳逸峯，遙瞻皆奇絕。芳菊開林耀，青松冠巖列。懷此貞秀姿，卓爲霜下傑。銜觴念幽人，千載撫爾訣。檢素不獲展，厭厭竟良月。	酒、松、菊、風
21	於王撫軍座送客	秋日淒且厲，白卉具已腓。爰以履霜節，登高餞將歸。寒氣冒山澤，游雲倐無依。洲渚四緬邈，風水互乖違。瞻夕欣良讌，離言聿云悲。晨鳥暮來還，懸車斂餘暉。逝止判殊路，旋駕悵遲遲。日送回舟遠，情隨萬化遺。	花、霜、餞、山、水、雲、風、鳥、暉
22	歲暮和張常侍	市朝悽舊人，驟驥感悲泉，明旦非今日，歲暮余何言。素顏斂光潤，白髮一巳繁。闊哉秦穆談，旅力豈未愆。向夕長風起，寒雲沒西山。厲厲氣遂嚴，紛紛飛鳥還。民生鮮常在，矧伊愁苦纏。屢闕**清酤**至，無以樂當年。窮通靡攸慮，顦顇由化遷。撫己有深懷，履運增慨然。	朝、暮、風、雲、山、鳥、酒
23	和胡西曹示顧賊曹	蕤賓五月中，清朝起**南颸**，不駛亦不遲，飄飄吹我衣。重雲蔽白日，閑雨紛微微。流目視西園，曄曄榮紫葵。於今甚可愛，奈何當復衰。感物願及時，每恨靡**所揮**。悠悠待秋稼，寥落將賒遲。逸想不可淹，猖狂獨長悲。	風、雲、雨、酒
24	癸卯歲始春懷古田舍（一）	在昔聞南畝，當年竟未踐，屢空既有人，春興豈自免？夙晨裝吾駕，啓塗情已緬。鳥哢歡新節，泠風送餘善。寒草被荒蹊，地爲罕人遠。是以植杖翁，悠然不復返。即理愧通識，所保詎乃淺。	鳥、風

25	癸卯歲始春懷古田舍（二）	先師有遺訓，憂道不憂貧。瞻望邈難逮，轉欲志長勤。秉耒歡時務，解顏勸農人。平疇交遠風，良苗亦懷新。雖未量歲功，即事多所欣。耕種有時息，行者無問津。日入相與歸，壺漿勞近鄰。長吟掩柴門，聊為隴畝民。	風、壺漿	
26	還舊居	疇昔家上京，六載去還歸。今日始復來，惻愴多所悲。阡陌不移舊，邑屋或時非。履歷周故居，鄰老罕復遺。步步尋往迹，有處特依依。流幻百年中，寒暑日相推。常恐大化盡，氣力不及衰。撥置且莫念，一觴聊可揮。	年日、觴	
27	己酉歲九月九日	靡靡秋已夕，淒淒風露交。蔓草不復榮，園木空自凋。清氣澄餘滓，杳然天界高。哀蟬無留響，叢雁鳴雲霄。萬化相尋繹，人生豈不勞！從古皆有沒，念之中心焦。何以稱我情，濁酒且自陶。千載非所知，聊以永今朝。	夕、風、露、草、木、雁、雲、酒	
28	庚戌歲九月中於西田穫早稻	人生歸有道，衣食固其端，孰是都不營，而以求自安。 開春理常業，歲功聊可觀。晨出肆微勤，日入負禾還。 山中饒霜露，風氣亦先寒。田家豈不苦，弗獲辭此難。 四體誠乃疲，庶無異患干。盥濯息簷下，斗酒散襟顏。 遙遙沮溺心，千載乃相關。但願長如此，躬耕非所歎。	酒山風	
29	飲酒二十首之一	（序）余閑居寡歡，兼比夜已長，偶有名酒，無夕不飲，顧影獨盡。忽焉復醉。既醉之後，輒題數句自娛，紙墨遂多，辭無銓次，聊命故人書之，以為歡笑爾。 （一） 衰榮無定在，彼此更共之。邵生瓜田中，寧似東陵時。寒暑有代謝，人道每如茲。達人解其會，逝將不復疑。忽與一觴酒，日夕歡相持。	酒、日、夕、酒	
30	飲酒之二	積善云有報，夷叔在西山，善惡苟不應，何事空立言，九十行帶索，飢寒況當年，不賴固窮節，百世當誰傳。	山、年	

31	飲酒之三	道喪向千載，人人惜其情，有酒不肯飲，但顧世間名。所以貴我身，豈不在一生，一生復能幾，倏如流電驚，鼎鼎百年內，持此欲何成。	年、酒	
32	飲酒之四	栖栖失群鳥，日暮猶獨飛。徘徊無定止，夜夜聲轉悲。厲響思清晨，遠去何所依，因值孤生松，斂翮遙來歸。勁風無榮木，此蔭獨不衰。託身已得所，千載不相違。	鳥、日暮、松、風、木	
33	飲酒之五	結廬在人境，而無車馬喧。問君何能爾？心遠地自偏。採菊東籬下，悠然見南山。山氣日夕佳，飛鳥相與還。此還有真意，欲辨已忘言。	菊山鳥	
34	飲酒之六	行止千萬端，誰知非與是，是非苟相形，雷同共譽毀，三季多此事，達士似不爾，咄咄俗中愚，且當從黃綺。		
35	飲酒之七	秋菊有佳色，裛露掇其英，汎此忘憂物，遠我遺世情，一觴雖獨進，杯盡壺自傾，日入羣動息，歸鳥趨林鳴，嘯傲東軒下，聊復得此生。	酒、菊、林、鳥	
36	飲酒之八	青松在東園，眾草沒其姿，凝霜殄異類，卓然見高枝。連林人不覺，獨樹眾乃奇，提壺撫寒柯，遠望時復爲，吾生夢幻間，何事紲塵羈。	松霜、提壺、柯	
37	飲酒之九	清晨聞叩門，倒裳往自開，問子爲誰歟，田父有好懷，壺漿遠見候，疑我與時乖，襤縷茅簷下，未足爲高栖。一世皆尚同，願君汩其泥，深感父老言，稟氣寡所諧，紆轡誠可學，違己詎非迷，且共歡此飲，吾駕不可回。	酒、田父、世	
38	飲酒之十	在昔曾遠遊，直至東海隅。道路迴且長，風波阻中塗，此行誰使然，似爲飢所驅。 傾身營一飽，少許便有餘。恐此非名計，息駕歸閑居。	風、路	
39	飲酒之十一	顏生稱爲仁，榮公言有道，屢空不獲年，長飢至於老。雖留身後名，一生亦枯槁，死去何所知，稱心固爲好，客養千金軀，臨化消其寶，裸葬何必惡，人當解意表。	年	

40	飲酒之十二	長公曾一仕，壯節忽失時，杜門不復出，終身與世辭。仲理歸大澤，高風始在茲，一往便當已，何爲復狐疑，去去當奚道，世俗久相欺。擺落悠悠談，請從余所之。	水、風	
41	飲酒之十三	有客常同止，趣舍邈異境，一士長獨醉，一夫終年醒，醒醉還相笑，發言各不領。規規一何愚，兀傲差若穎。寄言酣中客，日沒燭當炳。	日、醉	
42	飲酒之十四	故人賞我趣，挈壺相與至。班荊坐松下，數斟已復醉。父老雜亂言，觴酌失行次。不覺知有我，安知物爲貴。悠悠迷所留，酒中有深味。	挈壺、松、觴酌	
43	飲酒之十五	貧居乏人工，灌木荒余宅，班班有翔鳥，寂寂無行跡。宇宙一何悠，人生少至百。歲月相催逼，鬢邊早已白。若不委窮達，素抱深可惜。	木、鳥、歲月	
44	飲酒之十六	少年罕人事，遊好在六經。行行向不惑，淹留遂無成。竟抱固窮節，飢寒飽所更。弊廬交悲風，荒草沒前庭。披褐守長夜，晨雞不肯鳴。孟公不在茲，終以翳吾情。	悲風、草、日夜	
45	飲酒之十七	幽蘭生前庭，含薰待清風。清風脫然至，見別蕭艾中。行行失故路，任道或能通。覺悟當念還，鳥盡廢良弓。	蘭、風、鳥	
46	飲酒之十八	子雲性嗜酒，家貧無由得。時賴好事人，載醪祛所惑。觴來爲之盡，是諮無不塞。有時不肯言，豈不在伐國。仁者用其心，何嘗失顯默。	子雲、酒	
47	飲酒之十九	疇昔苦長飢，投耒去學仕。將養不得節，凍餒固纏己。是時向立年，志意多所恥。遂盡介然分，終死歸田裏。冉冉星氣流，亭亭復一紀。世路廓悠悠，楊朱所以止。雖無揮金事，濁酒聊可恃。		
48	飲酒二十	義農去我久，舉世少復眞！汲汲魯中叟，彌縫使其淳。鳳鳥雖不至，禮樂暫得新。洙泗輟微響，漂流逮狂秦。詩書復何罪，一朝成灰塵。區區諸老翁，爲事誠殷勤。如何絕世下，六籍無一親。終日馳車走，不見所問津。若復不快飲，空負頭上巾。但恨多謬誤，君當恕醉人。	鳥、水、飲	

49	止酒	居止次城邑，逍遙自閑止。坐止高蔭下，步止蓽門裡。好味止園葵，大歡止稚子。平生不止酒，止酒情無喜。暮止不安寢，晨止不能起。日日欲止之，營衛止不理。徒知止不樂，未知止利己。始覺止爲善，今朝眞止矣。從此一止去，將止扶桑涘，清顏止宿容，奚止千萬祀。	日暮	
50	述酒	重離照南陸，鳴鳥聲相聞。秋草雖未黃，融風久已分。素礫皛修渚，南嶽無餘雲，豫章抗高門，重華固靈墳。流淚抱中歎，傾耳聽司晨。神州獻嘉粟，西靈爲我馴。諸梁董師旅，芊勝喪其身。山陽歸下國，成名猶不勤。卜生善斯牧，安樂不爲君。平王去舊京，峽中納遺薰。雙陽甫云育，三趾顯奇文。王子愛清吹，日中翔河汾。朱公練九齒，閑居離世紛。峨峨西嶺內，偃息常所親。天容自永固，彭殤非等倫。	鳥、草、風、雲	
51	責子	白髮被兩鬢，肌膚不復實。雖有五男兒，總不好紙筆。阿舒已二八，懶惰故無匹。阿宣行志學，而不愛文術。雍端年十三，不識六與七。通子垂九齡，但覓梨與栗。天運苟如此，且進杯中物。		
52	蜡日	**風雲**送餘運，無妨時已和。梅柳夾門植，一條有佳花。我唱爾言得，**酒**中適何多！未能明多少，章山有奇歌。	風雲、梅柳、花、酒、山	
53	擬古一	榮榮窗下蘭，密密堂前柳。初與君別時，不謂行當久。出門萬里客，中道逢嘉友。未言心相**醉**，不在接杯**酒**。蘭枯柳亦衰，遂令此言負。多謝諸少年，相知不中厚。意氣傾人命，離隔復何有。	蘭、柳	
54	擬古七	日暮天無雲，春風扇微和。佳人美清夜，**達曙酣且歌**。歌竟長歎息，持此感人多。皎皎雲間月，灼灼葉中華，豈無一時好，不久當如何！	日暮、雲、風、酣、月、花	
55	擬古八	少時壯且厲，撫劍獨行遊。誰言行遊近？張掖到幽州。飢食首陽薇，渴飲易水流。不見相知人，惟見古時丘。路邊兩高墳，伯牙與莊周。此士難再得，吾行欲何求。	飲、丘、伯牙、莊周	

56	雜詩一	人生無根蒂，飄如陌上塵。分散逐風轉，此已非常身。落地爲兄弟，何必骨肉親！得歡當作樂，**斗酒**聚比鄰。盛年不重來，一日難再晨，及時當勉勵，歲月不待人。	風、酒、日月	
57	雜詩二	白日淪西河，素月出東嶺。遙遙萬里暉。蕩蕩空中景。**風**來入房戶，夜中枕席冷。氣變悟時易，不眠知夕永。欲言無予和，揮杯勸孤影，日月擲人去，有志不獲騁。念此懷悲悽，終曉不能靜。	日月、風、酒	
58	雜詩四	丈夫志四海，我願不知老。親戚共一處，子孫還相保。**觴**絃肆朝日，罇中酒不燥。緩帶盡歡娛，起晚眠常早。孰若當世士，冰炭滿懷抱，百年歸**丘壟**，用此空名道。	日、年	
59	雜詩八	代耕本非望，所業在田桑。躬親未曾替，寒餒常糟糠，豈期過滿腹，但願飽粳糧。御冬足大布，粗絺以應陽。正爾不能得，哀哉亦可傷！人皆盡獲宜，拙生失其方。理也可奈何，且爲陶一**觴**。	觴	
60	詠貧士二	淒厲歲云暮，擁褐曝前軒。南圃無遺秀，枯條盈北園。**傾壺**絕餘瀝，闚竈不見煙。詩書塞座外，日昃不遑研。閑居非陳厄，竊有慍見言。何以慰吾懷？賴古多此賢。	歲暮	
61	詠貧士三	榮叟老帶索，欣然方彈琴。原生納決履，清歌暢商音。重華去我久，貧士世相尋。弊襟不掩肘，藜羹常乏**斟**。豈忘襲輕裘？苟得非所欽。賜也徒能辯，乃不見吾心！	斟	
62	詠二疏	大象轉四時，功成者自去。借問衰周來，幾人得其趣？游目漢廷中，二疏復此舉。高嘯返舊居，長揖儲君傅。**餞送**傾皇朝，華軒盈道路。離別情所悲，餘榮何足顧。事勝感行人，賢哉豈常譽！厭厭閭里歡，所營非近務。促席延故老，揮觴道平素。問金終寄心，清言曉未悟。放意樂餘年，遑恤身後慮。誰云其人亡，久而道彌著。	餞、揮觴	
63	詠荊軻	燕丹善養士，志在報強嬴。召集百夫良，歲暮得荊卿。君子死知己，提劍出燕京。素驥鳴廣陌，慷慨送我行。雄髮指危冠，猛氣衝長纓。飲餞易水上，四座列群英。漸離擊悲筑，宋意唱高聲。	飲餞	

		蕭蕭哀風逝，淡淡寒波生。商音更流涕，羽奏壯士驚。心知去不歸，且有後世名。登車何時顧，飛蓋入秦庭。凌厲越萬里，逶迤過千城。圖窮事自至，豪主正怔營。惜哉劍術疏，奇功遂不成。其人雖已沒，千載有餘情。		
64	讀山海經一	孟夏草木長，遶屋樹扶疏。眾鳥欣有託，吾亦愛吾廬。既耕亦已種，時還讀我書。窮巷隔深轍，頗迴故人車。歡然酌春**酒**，摘我園中蔬。微雨從東來，好風與之俱，泛覽周王傳，流觀山海圖。俯仰終宇宙，不樂復何如？	草木、鳥、酒、雨、風、山海圖	
65	讀山海經二	玉臺凌霞秀，王母怡妙顏。**天地**共俱生，不知幾何年。靈化無窮已，館宇非一山，高**酣**發新謠，寧效俗中言。	天地、山、酣	
66	讀山海經五	翩翩二青鳥，毛色奇可憐。朝為王母使，暮歸三危山。我欲因此鳥，具向王母言，在世無所須，唯**酒**與長年。	朝暮、鳥、酒	
67	讀山海經八	自古皆有沒，何人得靈長？不死復不老，萬歲如平常。赤泉給我**飲**，員丘足我糧。方與三辰游，壽考豈渠央。	歲、飲	
68	擬挽歌辭一	有生必有死，早終非命促，昨暮同為人，今旦在鬼錄。魂氣散何之，枯形寄**空木**。嬌兒索父啼，良友撫我哭。得失不復知，是非安能覺。千秋萬歲後，誰知榮與辱。但恨在世時，飲**酒**不得足。	朝暮、木、酒	
69	擬挽歌辭二	在昔無**酒**飲，今但湛空觴。春**醪**生浮蟻，何時更能嘗？肴案盈我前，親舊哭我傍。欲語口無音，欲視眼無光。昔在高堂寢，今宿荒草鄉。**荒草**無人眠，極視正茫茫。一朝出門去，歸來夜未央。	酒、荒草、夜	
70	讀山海經三	迢遞槐江嶺，是謂玄圃丘。西南望崑墟，光氣難與儔。亭亭明玕照，落落清瑤流。恨不及周穆，託乘一來游。	江、山	
71	讀山海經四	丹木生何許？迺在密山陽。黃花復朱實，食之壽命長。白玉凝素液，瑾瑜伐奇光。豈伊君子寶，見重我軒黃。	木、黃花	
72	讀山海經六	逍遙蕪皋上，杳然望扶木。洪柯百萬尋，森散覆暘谷。靈人侍丹池，朝朝為日浴。神景一登天，何幽不見燭。	木、日	

73	讀山海經七	粲粲三珠樹，寄生赤水陰，亭亭凌風桂，八幹共成林。靈鳳撫雲舞。神鸞調玉音，雖非世上寶，爰得王母心。	樹	
74	讀山海經九	夸父誕宏志，乃與日競走。俱至虞淵下，似若無勝負。神力既殊妙，傾河焉足有？餘迹寄鄧林，功竟在身後。		
75	讀山海經十	精衛銜微木，將以填滄海；形天無干戚。猛志故常在！同物既無慮，化去不復悔。徒設在昔心，良晨詎可待？	精衛	
76	讀山海經十一	臣危肆威暴，欽駓違帝旨。窫窳強能變，祖江遂獨死。明明上天鑒，為惡不可履。長枯固已劇，鵃鵶豈足恃。		
77	讀山海經十二	鴟鵝見城邑，其國有放士。念彼懷王世，當時數來止？青丘有奇鳥，自言獨見爾，本為迷者生，不以喻君子。		
78	讀山海經十三	巖巖顯朝市，帝者慎用才。何以廢共鮌？重華為之來。仲父獻誠言，姜公乃見猜。臨沒告飢渴，當復何及哉！		